KB188802

예술로 노는 시니어

예술로 노는 시니어

문무학

뜻밖에

책머리에

『예술로 노는 시니어』라는 제목을 붙인 이 책은 예술로 노는 시니어의 실천기다. 한 달 4주를 첫째 주는 영화나 연극, 둘째 주는 공연, 셋째 주는 독서, 넷째 주는 전시를 보고 일주일에 한 편씩 그 관람기를 써서 묶는 책이다. 뭐, 특별할 것 없는 책이다. 그런데 왜, 책을 내는가? 그 대답은 간단하다. 내가 살아있다는 것을 증거하고 싶은 것이다. 살아있다는 것은 무엇인가를 하고 있는 것이다.

지난해에는 매주 한 권씩 쉰두 권의 책을 읽고 서평을 써서 『책으로 노는 시니어』라는 책을 발간했다. 올해는 책만 읽는 것에서 예술의 세계로 범위를 넓혀보자고 작정하고 실천했더니 연말에 쉰두 편의 관람기가 모였다. 이를 『책으로 노는 시니어』의 후속작으로 묶는 것이다. 지난해에는 기대하지 않았지만 적지 않은 관심을 받았다. 큰글자책으로 출판되기도 했고, 한국출판문화산업진흥원의 전자책 제작 지원 사업에 선정되기도 했다.

매주 한 장르의 예술을 접하고 그 관람기를 쓰는 일을 계속해 보니 좋은 점이 여러 가지 있었다. 무엇보다도 삶에 활기가 돌았다. 할 일이 없어서 시간을 어떻게 죽일까 고민할 필요가 없어졌다. 무엇을 읽을까? 무엇을 보러 갈까? 생각하는 데도 시간이 필요하고, 극장으로 공연장으로 전시장으로 나들이 가듯 가는 일도 신이 났다. 같이 갈 사람이 있으면 같이 가고 가급적 혼자 간다. 갔다 와서는 관람기를 쓰니까 언제나 할 일이 있는 것이다.

다음으로 생각이 많아졌다. 예술 작품을 감상하면 그것이 어떤 장르이든지 알면 아는 대로, 모르면 모르는 대로 생각할 거리가 생긴다. 생각한다는 것은, 특히 시니어들의 뇌 건강을 위한 특별한 운동법이기도 하다. 참으로 두려운 치매 예방에 생각보다 더 좋은 예방은 없다는 사실은 널리 알려져 있다. 작품 활동을 하는 사람의 경우 더러는 작품 소재를 얻기도 하고, 표현 방법에 새로움을 얻을 수 있는 행운을 만나기도 한다.

마지막으로 자긍심이 생겼다. 시니어가 되어서도 우리 사회에 조금이라도 기여할 수 있다는 자긍심이다. 경제가 발전하려면 소비가 진작되어야 하듯이 예술도 발전하려면 소비가 이루어져야 한다. 예술이 소비되어야 하는 것이다. 노인이라서 우대 할인을 받더라도 극장과 공연장과 전시장에 가야 한다. 그것이 나를 위하고 예술을 발전시키는 일이다. 예술 발전을 위해 책 읽고, 극장 공연장 전시장을 드나드는 것보다 더 크고 중요한 일은 없다.

1년 동안 주마다 예술 장르를 달리하며 책 읽고, 극장과 공연장 전시장을 드나들었다. 이전에도 그랬지만 다른 건 서평은 썼지만 관람기는 쓰지 않았다는 것이다. 그런데 공연과 전시를 보고 관람기를 쓰는 것이 책 읽고 서평 쓰는 것에 못지않았다. 참으로 좋았다. 예술에 대한 공부를 깊게, 그리고 구체적으로 하게 했다. 그것이 세상을 바꿀 글이 될 것은 아니지만 세상 바꾸기 전에 나를 바꾸는 길이 되고 있었다.

2024년 대한민국은 초고령사회에 진입했다. 시니어들이 바르게 살며 후손들의 부담을 덜어주어야 한다는 생각을 다져야 할 때가 온 것이다. 따라서 시니어들에게 예술을 소비하여 나도 건강하고 사회도 건강하게 만드는 일을 하자고 권하고 싶다. 시니어가 할 수 있는 일 중에서 예술을 소비하는 일보다 더 좋은 일이 없을 것 같다. 최선의 길이 아니라 해도 절대 세상에 해 끼칠 일은 아니다. '예술을 소비하자.' 이 말 한마디 하고 싶다.

2025년 1월

문무학

차례

알고 있는 서사, 모르는 영화 기법

영화명: 〈노량-죽음의 바다〉,
개봉: 2023. 12. 20., 등급: 12세 관람가, 장르: 액션 드라마,
러닝타임: 153분, 감독: 김한민, 주연: 김윤석, 백윤식, 정재영,
허준호, 극장: CGV 대구연경, 관람일시: 2024. 1. 6. 15:20

2024년에는 예술로 한번 놀아보자는 계획을 세웠다. 1주 1권의 책을 읽고 그중 한 편은 서평을 쓰고, 극장(공연장)과 전시장에 한 번 이상 갔다 와서 관람기를 쓴다. 그리고 2025년 초에 책으로 출판할 계획이다. 2023년 매주 1권씩의 책을 읽고 서평을 써서 2024년 1월 발간한 『책으로 노는 시니어』의 후속편이다. 한편으론 2010년부터 2013년 4년간 대구 예총 회장 재임 시 대구와 대구시민, 대구예술인을 위해서 '예술소비운동' 을 주창하며 실행했던 것을 나 혼자 실천하며 살아보겠다는 요량이다.

2024년 예술로 놀기, 그 첫발을 영화관에 디뎠다. 예술인의 삶을 다룬 것이나 예술과 관련된 내용의 영화로 시작하고 싶었지만 그런 영화를 찾지 못했다. 그러나 견강

부회로 이순신의 죽음을 다룬 영화 〈노량-죽음의 바다〉를 봤다. 이순신의 삶은 어느 예술가의 삶보다 치열했다. 따지고 보면 해전의 영웅인 그의 삶에 비견될 만한 예술가의 삶을 찾기도 쉽지 않을 것이다. 이순신의 해전이 시라면 그는 몸으로 시를 썼고, 그림이라면 바다가 캔버스다. 그리고 바다의 모든 소리는 음악이 되기에 조금의 부족함도 없다.

이 영화를 제대로 이해하기 위해서는 두 가지를 알고 가야 하지 않을까 싶다. 이순신을 알고 임진왜란을 아는 것이 그것이다. 그냥 이순신이 해전의 세계적 영웅이라는 상식적 수준을 조금은 뛰어넘는 수준까지는 가 있어야 될 것 같다. 그래서 검색한다. 이순신(李舜臣, 1545~ 1598)은 조선 중기 무신으로 1576년(선조 9년) 무과에 급제하여 그 관직이 동구비보 권관, 훈련원 봉사, 수군만호, 조산보만호, 전라남도 수사를 거쳐 정헌대부 삼도수군통제사에 이르렀다. 왜군과 싸우다 바다에서 장렬하게 전사한다. 이 영화의 마지막 장면이 될 것이다.

임진왜란은 1592년(선조 25년) 전국시대가 끝난 도요토미 정권 치하의 일본이 조선을 침략하면서 발발하여 1598년(선조 31년)까지 이어진 전쟁이다. 두 차례의 침략 중 1597년의 제2차 침략을 정유재란이라고 따로 부른다. 임진왜란은 조선과 일본뿐 아니라, 대명과 여진족 등 아시아 전체에 큰 영향을 미쳤다. 이 전쟁의 결과 조선은 경복궁과 창덕궁 등 2개의 궁궐이 소실되었고, 인구는 최소 100만 명 이상 감소했으며, 경작지의 2/3 이상이 황폐화되는 큰 피해를 입었다.

이 영화는 김한민 감독의 이순신 3부작, 2014년 〈명량〉, 2022년 〈한산-용의 출현〉에 이은 3부작의 막을 내리는 작품이다. 영화의 시작은 도요토미 히데요시(풍신수길)가 "이슬로 와서 이슬로서 떠나는 이 내 몸이여, 나니와〔浪速〕의 영화도 꿈속의 꿈이런가. 조선에서 철군하오." 라는 유언을 하는 것으로 시작된다. 이 유언에 따라서 왜군들이 조선에서 황급히 퇴각하려 한다는 것이 알려진다.

그러나 이순신은 "절대 전쟁을 이렇게 끝내서는 안 된다."며 조명연합함대를 꾸려 왜군의 퇴각로를 막고 적들을 섬멸하기로 한다. 그러나 왜군의 뇌물 공세에 넘어간 명나라 도독 진린은 왜군에게 퇴로를 열어주려 한다. 이순신에게 어차피 끝난 전쟁이니 피를 흘릴 것이 없지 않으냐고 주장한다. 진린이 싸울 마음이 없다면 단독으로 출정하겠다는 마음을 먹은 이순신은 노량에서 적들을 맞아 싸울 준비를 한다.

임진왜란 7년간 전사자들의 명부를 보며 마음을 다잡은 이순신은 죽은 전우들과 함께 임진왜란을 끝낼 전투를 시작한다. 어두운 밤바다에서 벌어진 전투는 밤이라서 피아식별이 잘 안 되었다. 그러나 전쟁 앞에서 망설임이 있을 수 없었고 피할 도리도 없었다. 그가 믿고 따르는 장수들이 그를 굳건히 지키며, 이순신이 내리는 명령을 받들어 전략을 이행했다. 거기다 명군까지 합세한 대규모 전투가 박진감 있게 펼쳐졌다. 그러나 전쟁을 지휘하던 이순신이 왜군의 조총 사격을 받게 된다.

적의 총에 맞은 이순신은 북을 치면서 전쟁을 독려한다. 그가 북 치는 것마저 할 수 없었을 때 전장은 잠시 술렁거렸지만, 아군이 계속해서 북을 치면서 전쟁을 조선의 승리로 이끌어갔다. 전쟁이 끝난다. 이순신의 삶도 끝났다. 이순신의 꿈이 이루어진 것이다. 그러나 그는 이미 이 세상 사람이 아니었다. 이순신이 그야말로 사력을 다해 친 북소리는 단순한 북소리가 아니었다. 전쟁을 끝내는 북소리, 다시는 왜군이 조선을 침략하지 못하게 해야 한다는 외침이었다. 북소리는 전쟁을 끝나게 하고 평화를 부르는 소리가 되었다.

영화 전편에서는 주로 해전의 격렬함을 보여주었다. 영화 잘못인지 내 잘못인지 모를 일이지만 크게 감동은 오지 않았다. 영화를 보면서도 시계를 몇 번이나 쳐다봤다. 내게서 인상적인 장면은 아무래도 이순신의 가족과 관련된 짠한 장면과 이순신이 사력을 다해 북을 치는 장면이었다. 600년 전 해상전이지만, 지금 지구촌에서 벌어지고 있는 러시아와 우크라이나 전쟁, 레바논 무장정파 헤즈볼라와 이스라엘 간의 전쟁, 북한의 계속적인 무력 도발 등 전쟁이 영화나 이야기로만 있는 것이 아니라는 사실을 말해주고 있다.

이 글을 쓰면서 알고 있는 스토리의 영화를 볼 때 무엇을 보아야 하는지를 몰라서 안타까웠다. 단순히 영화의 줄거리를 아는 것이라면 굳이 영화관에 갈 필요도 없다. 거대한 스크린에서 해전 장면을 웅장한 사운드로 생생하게 보는 맛이 없지는 않았지만, 영화에서 무엇을 어떻게 보아야 하는지를 알아야겠다는 생각을 하지 않을 수 없다. 하는 수 없이 『영화평 어떻게 쓸 것인가』라는 책을 구해 읽어야겠다는 작심을 한다. 이 책을 읽고 나서 쓰는 다음 달 영화평은 이보다는 잘 쓸 수 있겠지, 또 그런 별 볼 일 없는 꿈을 꾼다.

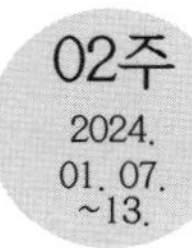

민영치와 설장고

공연명: 〈대구시립교향악단 2024 신년음악회〉,
공연장: 대구콘서트하우스 그랜드홀,
관람일시: 2024. 1. 12. 19:30

2024년 1월 둘째 주 금요일 대구시향 신년음악회. 신년음악회라는 말만 들어도 나는 설렌다. 뭐, 특별히 클래식 애호가도 아니지만 2012년 빈 필의 마리스 얀손스 지휘 신년음악회 CD를 통해 본 광경이 너무나 인상적이었기 때문이다. 특히 전통적인 앵콜곡 〈라데츠키 교향곡〉을 연주할 때 지휘자가 객석을 지휘하고 관중은 지휘에 따라 박수가 음악이 되게 하는 연주는 결코 쉽게 볼 수 있는 광경이 아니었기 때문이다.

입장권을 구해 놓고 준비를 했다. 무엇을 해야 할까 생각하다가 이제라도 클래식을 제대로 좀 들어보자 싶어 관련 서적을 찾았다. 책꽂이에 『열려라, 클래식』(이현석 듣고 씀, 돋을새김, 2003)이 꽂혀있다. 한꺼번에 읽기가 쉽지 않겠다 싶었는데 의외로 쉽게 읽히는 편이었다. 제2장 「클래식으로 한 걸음 다가서기」(54~62쪽)는 지금 내게 꼭 필요한 정보이고 지식이었다. 클래식에 한 걸음 다가서려면 1. 제일 먼저 클래식 전문 방송을 자주 듣는다, 2. 클래식 서적을 탐독한다, 3. 들어서 좋은 곡부터 음반을 사서 듣는다, 4. 레코드 숍은 제2의 집, 자주 찾는 습관을 들인다, 5. 본격적인 음반 수집을 시작한다, 6. 폭넓은 레퍼토리로 영역을 넓혀간다, 7. 음악회장에 가서 연주를 듣는 것이다. 이 중에서 1번은 내가 하고 있는 일이고 2번도 가끔씩 하면 되고, 7번도 음악회에 가려고 하는데 나머지는 버거운 일들이다.

그리고 이 책의 64~65쪽에 두 페이지에 걸친 「음악회 에티켓」 '공연을 보기 전에 레퍼토리 파악을~', '공연을 다 하고 난 후에는' 이 실려있는데 이와 관련한 추억이 있어 큰 느낌을 받았다. 대구예총을 맡아 일할 때 '예술소비운동' [1]을 벌이면서 공연장과 전시장에서 에티켓 북이 절실히 필요하다고 판단하여 공연 전시 에티켓 북을 발간한 적이 있기 때문이다.

태창장학문화재단의 후원으로 발간한 공연 전시 관람 에티켓 『통하자 예술아』(한국예총 대구광역시연합회, 학이사, 2011)

---

1) 대구예총에 '예술소비운동본부' 라는 기구를 만들어 공연본부장에 손경찬, 전시본부장에 최상대 씨를 모시고, 한 달에 책 한 권 읽기, 공연장(영화관)과 전시장 한 번 가기를 실천했다.

가 그것이다. 공연장과 전시장에 드나들 때 지켜야 할 예절이 어떤 것인가를 아는 것은 그야말로 교양인이 갖추어야 할 자질이다. 그런데 과문한 탓인지 모르겠지만 그 당시 그런 책을 찾지 못하여, 이런 내용으로 처음 책을 만들고 긍지와 보람을 느꼈다. 반응도 좋았다.

이현석이 책에서 시키는 대로 인터넷을 통해 레퍼토리를 확인해 본다. 10개의 레퍼토리 중에서 민영치 〈오디세이-긴 여행〉이 15분, 하차투리안 〈가이느 모음곡〉 세 곡이 10분 정도의 연주시간이고 나머지는 모두 짧은 곡들이었다. 라벨의 〈어릿광대의 아침 노래〉, 슈트라우스 2세 〈피치카토 폴카〉, 〈트리치-트라치 폴카, Op. 214〉, 쓰리 바리톤 박찬일, 방성택, 오승용의 오페라 세비야의 이발사 중 〈나는 거리의 만물박사〉, 라라의 〈그라나다〉, 비제의 〈투우사의 노래〉, 푸치크 〈피렌체 행진곡, Op. 214〉, 아르투로 마르케스 〈단손 제2번〉이 레퍼토리다.

신년음악회라는 특수성에 따라 대중성에 많은 관심을 기울였구나 하는 생각이 들었다. 폴카와 행진곡의 경쾌함으로 신년의 기분을 살리려 했고, 오페라 아리아 중에서도 많이 알려진 작품을 성악곡으로 올렸다. 첫 곡 라벨의 〈어릿광대의 아침 노래〉는 연주곡 선택에서 제목의 영향을 받았겠다 싶다. 나는 라벨 곡을 연주한다면 무곡 〈볼레로〉 였으면 싶었다. 관현악을 최대한 조금씩 확장시키면서 되풀이되는 음률은 매우 관능적이기까지 해서 참으로 좋아하는 무곡이기 때문이다.

이어진 슈트라우스 폴카 두 곡. 활 대신 손가락으로 현을 퉁겨 연주하는 피치카토 주법을 살려 통통 튀는 경쾌한 〈피치카토 폴카〉, 부인들의 수다스러운 대화를 유머있게 표현한 〈트리치-트라치 폴카〉, 경쾌함에서 선택될 수 있는 곡이었다. 성악가 쓰리 바리톤의 노래와 연기는 좋았다. 오페라 세비야의 이발사 중에서 〈나는 거리의 만물박사〉, 라라의 〈그라나다〉, 오페라 카르멘 중 〈투우사의 노래〉는 그들의 노련한 무대 매너와 함께 빛을 발했다.

민영치의 〈오디세이-긴 여행〉은 프로그램 해설에 따르면 제1악장은 새로운 세계와의 만남 상상, 제2악장은 다양한 리듬 변화를 구사해 갈등이나 고통의 표현, 제3장은 해외에서 생각나는 고향을 담았다고 한다. 설장고 연주가 인상적이었다. 민영치의 작곡과 설장고는 서양 음악과 동양 음악의 매치라는 점에서 신년음악회 프로그램에서 특별한 의미를 가질 수 있겠다 싶은 생각도 든다.

푸치크 〈피렌체 행진곡〉은 푸치니가 이탈리아 피렌체를 여행하며 경험한 밝고 여유로운 남부 유럽에 대한 동경을 담은 곡이다. 화려한 전주부와 우아하고 매력적인 트리오, 강렬하고 아름다운 후반부를 가진 이 곡은 '이탈리아풍 그랜드 마차' 라는 부제가 붙어 있으며 푸치크의 작곡 능력이 유감없이 발휘되어 대중의 큰 사랑을 받고 있다고 한다. 아르투르 마르케스의 〈단손 제2번〉, '단손'은 쿠바어로 세련된 살롱 춤곡이라는 뜻이다. 단손은 쿠바에서 비롯되었지만 베라크루스를 중심으로 멕시코에서 대중적 인기를 얻게 되었다고 한다.

앵콜곡, 신년음악회의 단골 레파토리, 〈라데츠키 행진곡〉이다. 요한 슈트라우스 1세가 죽기 1년 전에 작곡해 이탈리아를 정복한 오스트리아 장군 요제프 라데츠키 장군에게 헌정한 곡이라고 한다. 아주 신나는 곡이지만, 사실은 정부에서 반정부 운동을 와해시키기 위해 의뢰한 곡이었기에 비난도 많이 받았다. 그는 이 일로 인해 반혁명적 작곡가란 지탄을 받아 빈을 떠나야 했다. 후에 귀국했지만 전염병에 감염되어 45세 나이로 세상을 떠났다.

이 곡이 연주될 때 빈 필의 마리스 얀손스 지휘가 떠올랐다. 그런 멋진 퍼포먼스가 있었으면 하는 바람이 있었지만 그 바람은 이루어지지 않았다. 나는 지휘자 백진현의 지휘를 처음 보았다. 프로그램에 소개되고 있는 그의 다양한 경험은 그의 지휘를 크게 기대하게 한다. 내가 모르는 게 많아서 그의 장점을 발견하지 못했을 것이다. 앞으로 좀 더 공부하고 자주 들어보면 보이는 게 깊고 넓어지겠지…….

앵콜곡인 쓰리 바리톤의 〈희망의 나라〉는 신년음악회에 어울리는 가곡이다. 1931년 현제명 작시, 작곡이다. 일제강점기 31년에 작곡, 32년 발표되었고, 현제명이 친일반민족행위자로 변절했다는 점 때문에 일각에서 친일 성향의 가곡으로 희망의 나라가 일본제국을 상징한다는 주장이 있었다. 그러나 작곡 시기가 현제명의 변절 이전이고, 노래 가사에 자유, 평등, 평화 등 민권 의식이 들어있는 점이 주목할 만한데 이것이 일본 제국은 아니라는 점에서 친일이라 하기에는 어려운 점이 있다. 그걸 떠나서 프랑스 문예 평론가 롤랑 바르트가 "작품은 그것이 제공하는 텍스트와 작가를 분리하여 보아야 한다."고 밝힌 바 있는데 그런 성숙한 의식으로 대하는 것이 좋겠다는 생각이 든다.

앵콜 두 곡이 워낙 유명한 곡이라 그런지 일화를 거느리고 있다. 〈라데츠키 행진곡〉이나 〈희망의 나라〉는 경쾌한 곡의 흐름이나, 희망적인 가사를 담은 가곡이라는 점에서 신년음악회 레퍼토리로는 조금도 부족한 곳이 없는 곡이라고 생각된다. 전체 래퍼토리 중에서 내게 새로웠던 레퍼토리는 민영치의 작곡과 설장고였다. 보지 못했던 것을 보아서 신년음악회가 기억되겠다.

2024년의 내 삶이 경쾌하고 "돛을 달아라 부는 바람 맞아 물결 넘어 앞에 나가자 자유 평등 평화 행복 가득한 곳

희망의 나라로" 라는 가사처럼 되길 바라며 함께 간 아내의 손을 말없이 꼭 잡아 본다. 빈이 아니라도 신년음악회라는 제목만 붙으면 어디든 가고 싶다. 2024년 1월 26일 금요일 아양아트센터 신년음악회도 출연자와 레퍼토리가 어떻든 간에 신년음악회라는 이름 때문에 갈 것이다.

새해 출발은 언제나 신나야 하기 때문에…….

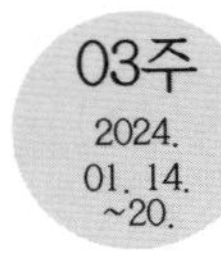

전쟁 속의 사랑

Ernest Hemingway, 김욱동 옮김, 『A Farewell to Arms』, 민음사, 2023(1판 24쇄).

헤밍웨이 『A Farewell to Arms』는 〈타임〉지가 뽑은 20세기 100선, 미국대학위원회 선정 SAT[2] 추천도서, 죽기 전에 꼭 읽어야 할 책 1001선[3]으로 선정되고, 연극과 영화, 드라마로 제작되기도 했다. 이후 발표한 『노인과 바다』가 노벨문학상을 수상하면서 이른바 세계적 고전으로 자리 잡은 책이다. 워낙 유명한 책이라 그에 따른 일화도 매우 많다. 제목과 얽힌 이야기도 있고, 우리나라에서는 책 제목의 번역과 관련된 논란도 적지 않다.

제목과 관련된 일화 한두 가지를 살펴보면 제목이 영

---

2) 미국 학부 진학 희망자들을 대상으로 하는 대입 평가고사.
3) 피터 박스올(Peter Boxall): Sussex Univ에서 영국 문학을 강의하며 20세기 소설과 희곡에 대한 폭넓은 저작을 발표한 작가. 대한민국 작품은 『토지』와 『태백산맥』이 들어있다.

국 시인 조지 필(1557~1598)의 시 제목에서 따왔다는 설[4]이 있다. 그것이 사실이든 아니든 조지 필의 시에 이런 작품이 있긴 하다. 해설에서도 언급되고 있지만 'Arms'는 '팔'의 복수이니 '품'을 의미할 것이고, 이 소설에서 바클리를 떠나보낸 것은 또 다른 'A Farewell to Arms'(연인의 팔/품과의 작별)이라는 주장도 있다. 전자가 혐오 대상과의 자발적인 '결별'이라면, 후자는 사랑하는 대상과의 안타깝지만 강제적인 '작별'이라는 차이가 있다는 것이다.

번역과 관련된 논란은, 민음사판 번역자는 "그동안 '무기여 안녕' 또는 '무기여 잘 있거라'로 번역되어 왔다. 그러나 전자의 경우 '안녕'이라는 표현을 작별인사가 아닌 처음 만났을 때 하는 인사말로 오해하기 쉽다. 한편 후자의 경우, 현행 맞춤법상 '-거라'라는 어미가 '가다'나 '가다'로 끝나는 동사 어간에만 붙기 때문에 '있거라'는 잘못된 표기이다. 그래서 이 번역본에서는 국립국어원 현행 맞춤법에 맞게 제목을 '무기여 잘 있어라'로 표현했다."고 해설에서 밝히고 있다.

그러나 다른 견해로 『무기여 잘 있거라』라는 한국어 제목이 초월번역 중 하나로 불리기도 한다. '-거라'라는 어미는 본래 어근 '가-'로 끝나는 어근에만 붙을 수 있으

---

4) blog jobsick영어

므로 엄밀하게는 비문이지만, 어감이 좋기도 하고 '먹거라', '읽거라' 등 비규범적 용례가 널리 퍼졌기에 용인되는 사례라는 것이다. 어느 것이 옳다고 말하기는 어렵지만 소설책의 제목이기 때문에 비규범적 용례를 따르는 것이 나쁘지 않다는 생각이다.

작가 헤밍웨이는 1899년 미국 일리노이에서 태어났다. 고등학교 졸업 후 대학 입학을 포기하고 〈캔자스시티 스타〉 신문사의 수습기자로 취직, 신문 기자를 그만두고 제1차 세계 대전에 참전키 위해 미 육군에 자원하지만 입대가 거부되어 미 적십자 부대의 앰뷸런스 운전사로 지원해 이탈리아 전선에 투입되었다. 이탈리아 전투에서 두 다리에 중상을 입었고, 1922년 〈토론토 스타〉 특파원 자격으로 그리스-터키 전쟁을 취재하며 다양한 경험을 소재로 소설 창작에 전념했다.

1926년 『태양은 떠오른다』로 '길 잃은 세대'의 대표 작가로 부상했으며, 1929년 전쟁문학의 명작으로 꼽히는 『무기여 잘 있거라』를 통해 전 세계적으로 큰 반향을 일으켰다. 1940년 스페인 내전을 다룬 서사시적 장편소설 『누구를 위하여 종은 울리나』 이후 이렇다 할 작품 없이 작가 생명이 끝났다는 비판까지 들었으나, 십여 년 만에 발표한 『노인과 바다』(1952)로 이듬해 퓰리처상 수상에 이어 1954년 노벨문학상까지 수상하며 작가로서의 명성을 회복했다. 이후 1959년 이후부터 건강이 악화되면서 우울증, 알코올중독증에 시달리다 1961년 7월 2일 케첨의 자택에서 엽총으로 생을 마감했다.

내가 읽은 헤밍웨이의 작품은 『노인과 바다』가 가장 먼저였고, 그 후는 1932년 발표한 투우에 관한 『오후의 죽음』, 『누구를 위하여 종은 울리나』 등이었지만, 인상 깊은 작품은 『노인과 바다』와 다른 책에서 많이 인용되고 있는 초 단편소설 "For Sale: baby shoes, never worn"[5] (팝니다: 아기 신발, 사용한 적이 없음)이다. 여섯 단어로 소설 문법, 발단 전개 절정 결말을 갖춘 소설을 썼다고 보았다.

『A Farewell to Arms』의 줄거리는, 이탈리아에서 건축을 공부하던 미국 청년 프레더릭 헨리는 1차 세계대전이 발발하자 이탈리아 전선에 앰뷸런스 부대의 장교로 참전한다. 거기서 우연히 영국 출신 간호사 캐서린 바클리를 만나고, 헨리가 후방 병원에 입원해 바클리의 간호를 받으며 관계가 깊어진다. 완쾌한 후 헨리는 임신한 바클리를 두고 다시 전선으로 차출된다. 전투에서 연합군이 대패해 퇴각하던 중 총살당할 위기에 처한 그는 강물에 뛰

5) 메리언 울프 지음, 전병근 옮김, 『다시 책으로』, 어크로스, 2023(초판 11쇄), 77~78쪽. 이 작품의 창작 에피소드. 어니스트 헤밍웨이에게 짓궂은 작가 친구들이 내기를 걸었다. 친구들은 천하의 헤밍웨이라 해도 여섯 단어로는 이야기를 쓸 수 없을 거라며 내기를 하자고 해서 만들어진 작품이다.

어들어 가까스로 목숨을 건진다. 다시 만난 헨리와 바클리는 국경을 넘어 스위스에서 출산을 기다리며 잠시나마 행복을 누리지만 결국 비극적인 이별을 맞게 된다는 것으로 이 책 표사에 잘 요약하고 있다.

이 작품을 전쟁소설과 연애소설의 한계를 넘어 존재에 대한 깊은 통찰을 담아내는 것으로 평가한다. 독자들이 전쟁에서 큰 감동을 받았다면 전쟁소설로, 아니면 연애가 더 큰 감동이었다면 연애소설로 분류해도 괜찮을 것이다. 분류의 문제는 독자들이 크게 신경 쓸 일은 아니다. 이 소설을 작가는 '내가 쓴 『로미오와 줄리엣』' 이라고 했다고 하는데 거기에 머무는 것이 아님은 분명하다.

어쨌든 이 소설은 그의 이력과 살펴보면 겹치는 것이 많은 자전적 소설임은 틀림없다. 자기 삶에 무심하던 주인공은 비참한 전장에서 진정한 사랑을 경험하며 추상적이고 관념적인 것의 공허함, 세상에 내던져져 죽음으로 향할 수밖에 없는 인간 조건과 그래서 더 소중한 사랑과 교감의 가치를 깨닫는다. 하드보일드 기법[6]에 풍부한 시적 장치를 더해 울림을 준다는 해설에 따로 더 붙일 말이

---

6) 하드보일드를 직역하면 '완전히 끓인다' 라는 뜻으로 보통 달걀 완숙을 일컫는다. 흔히 비정파소설, 영화로 불린다. 푸석푸석한 달걀 완숙과 같이 말랑말랑한 감정은 버리고 오로지 사실적이고 냉철한 시각으로만 상황을 묘사한다. 강건체로 번역하기도 한다.

없다.

"세상일이라는 게 언제나 설명할 수 있는 건 아니잖아요."(34쪽), "뭐든지 글자 그대로 받아들이면 안 돼요."(39쪽), "전쟁보다 나쁜 게 있으려고요.", "패배가 더 나빠."(85쪽), "당신을 위해서 그러고 싶은 거야.", "이미 '나'라는 존재는 없어요. 내가 바로 '당신'이에요. 나를 당신과 떼어놓고 생각하지 마세요."(184쪽), "아냐, 노인이 지혜로울 거라고 생각하는 건 엄청난 착각이야. 지혜로워지는 게 아냐. 다만 신중해질 뿐이지."(402쪽), "이 세상은 모든 사람을 부러뜨리지만 많은 사람은 그 부러진 곳에서 더욱 강해진다."라는 글에서 헤밍웨이의 작가 정신과 이 소설이 주는 의미를 찾았다. 삶과 세상, 그리고 사랑을…….

서평 쓰기를 마치고 "코냑과 함께 커피를 마셨다."(216쪽), "브랜디는 영웅들이 마시는 술이라죠."(224쪽)라는 구절을 떠올린다. 믹스커피에 코냑 몇 방울 떨어뜨려 마시면서, 발표 당시 금서의 반열에 오른 제롬 데이비드 샐린저 『호밀밭의 파수꾼』에서 열여섯 살의 주인공 홀든 콜필드의 "형이 왜 이딴 엉터리 소설을 좋아하는지 모르겠다."는 말을 떠올리며 히죽 웃어본다. 삶도 사랑도 전쟁도 모두 사람의 일이지만 이해하기 어려운 것들이다.

1월의 다른 책, 한 문장

1. 베르나르 베르베르 장편소설 『제3인류』 1권, 열린책들, 2014.

"네 아버지는 인류에게 소중한 사람이었어, 과거를 이해함으로써 미래를 밝게 비추었지."(115쪽)

"나는 그보다 우리가 과거를 이해함으로써 미래를 엿보려 한다고 생각해요."(167쪽)

"마치 앞을 멀리 보기 위해서는 먼저 뒤를 멀리 보아야 한다는 듯이"(167쪽)

"아이큐 테스트가 도입된 1940년부터 1990년까지 세계의 거의 모든 지역에서 지능이 높아지는 경향을 보였습니다. 1990년 최고치에 도달한 지능지수 곡선은 계속 그 상태를 유지하다가 작년(?)부터 급격한 하강세로 돌아섰다고 합니다. 그 이유 첫째, 우리의 뇌는 그동안 충분한 영양을 공급받으며 잘 관리되어 왔지만 이제는 그 효율이 한계에 도달했다. 둘째, 인터넷을 통해 언제 어디에서든 즉각적으로 문제를 해결하게 됨으로써 특히 젊은이들의 집중력과 사고력이 저하되고 있다. 필요한 정보는 언제든지 기계를 통해 얻을 수 있다는 생각에 더 이상 정보를 기억하려 하지 않는다. 셋째, 경제적인 효율을 중시하는 풍조가 만연함에 따라 젊은이들이 장기간의 연구를 필요로 하는 학문을 점점 기피

하고 있다. 넷째, 세상이 너무 복잡해짐에 따라 세상을 총체적으로 이해하고자 하는 사람들이 점점 줄어들고 있다. 다섯째, 오염, 여섯째, 수면부족.”(170~171쪽)

“세상이 어떤 식으로 바뀌는 것을 보고 싶다면, 너 자신이 그런 쪽으로 변해야 한다.”(307쪽)

“전통이란 나쁜 습관의 다른 이름일 수도 있다.”(316쪽)

2. 이현석 듣고 씀, 『열려라 클래식』, 돋을새김, 2003.

“작가 오스카 와일드는 ‘음악은 인간에게 잊혀진 과거를 회상하게 하고, 눈물로 인해 숨겨진 슬픔의 감각을 깨워준다’ 고 했다.”(112쪽)

3. 이문길 시집 『초가삼간 오막살이』, 브로콜리숲, 2024.

“죄 없이는/ 생명도 없는 것이다.”(89쪽, 「죄」)

그림 보러 갔다가 그림 밖에서 더 큰 것을 보다

전시명: 2023 한수원아트페스티벌, 〈모네에서 앤디워홀까지〉,
전시기간: 2024. 1. 16~5. 26., 전시장: 경주예술의전당,
알천미술관 갤러리해 4F, 관람일: 2024. 1. 31.

한수원아트페스티벌 〈모네에서 앤디워홀까지〉 특별전은, '특별하다' 는 말에 손색이 없는 전시임이 분명하다. 경주예술의전당 알천미술관 갤러리해 4F에서 2024년 1월 16일부터 5월 26일까지 비교적 장기간 열리는 전시회다. 2024년 첫 전시 관람을 무엇으로 할까 검색하다가 이 전시회를 알게 되었다. 대구에서 경주는 자동차로 한 시간이면 충분한 거리지만 심리적 거리가 있는 편이다. 1월 마지막 날, 김형경 시인 내외와 아내와 나 네 명이 오전 10시 반에 봉무동 단산지에서 경주로 출발했다.

도슨트 해설이 있는 오후 2시에 맞추어 관람하려고 했지만 여의치 못해 우리끼리 관람하기로 했다. '한국 최초로 근현대 세계미술사를 총망라한 최대 규모의 해외 유명작가 모네, 세잔, 반 고흐, 피카소, 앤디 워홀 등의 원화 작품을 선보이는 것이기 때문' 이라는 주최 측의 안내 팸플릿이 있다. 그림을 잘 알지 못해도 중고등학교 미술시간부터 들어온 작가의 작품, 그것도 원화로 전시한다니 특별하지 않을 수 없다. 그래서 관람에 앞서 설렘이 일기도 했고 얼마간 긴장되기까지 했다.

17세기 네덜란드 황금기의 명작에서부터 인상파, 후기인상파, 낭만주의, 라파엘 전파, 나비파, 야수파, 큐비즘, 컨템포러리 아트에 이르기까지 아프리카를 대표하는 명작들로, 아프리카 공화국의 국립미술관인 '요하네스버스 아트 갤러리' 의 소장품 145점이라고 한다. 미술 사조에 대한 이해가 깊지 못해서 어렵긴 하다. 그러나 서양미술사의 흐름을 고전에서부터 현대미술에 이르기까지 한자리에 볼 수 있다는 것만은 작품이 시대별로 전시되어서 어느 정도는 알 수 있겠다 싶었다.

섹션 I . '네덜란드 화가의 황금기' 부터 작품을 관람하면서 지금 쓰고 있는 이 관람기를 쓸 요량으로 수첩을 들고 메모를 하고 싶은 것이 있어 메모를 하고 있는데 전시장 관리 직원이 와서 메모를 하면 안 된다며 내게 주의를 주었다. 그렇게 많은 전시장을 가본 건 아니지만, 그래도 세계 3대 미술관 중의 하나인 러시아 상트페테르부르크 에르미타주 미술관 관람을 하면서 메모를 맘대로 한 기억이 있어서, "사진 찍지 말라는 건 이해가 되는데, 어떻게 메모를 하지 말라니 그건 이해할 수 없다."고 했더니, 그렇게 지시를 받았다고 했다.

여러 사람이 관람하고 있는데 소란 피울 수 없어서 수첩과 볼펜을 포켓에 집어넣긴 했지만 왜 그럴까 하는 생각이 지워지지 않았다. 섹션 II. '빅토리아 시대의 영국', III. '인상주의 이전, 낭만주의에서 사실주의의 혁명까지', IV. '인상주의의 태동', V. '인상주의 이후'를 스쳐가다가 로댕의 〈이브〉 조각상 앞에서 발걸음을 멈추었다. 로댕의 〈생각하는 사람〉은 아니까 그에 짝하는 그림인가 싶었다. 이브 조각상은 삶의 본질적인 진리와 의미를 관조하듯 매우 깊이 있는 과정을 통하여 제작되었다는 해설을 인터넷에서 찾아 읽었다.

모네의 그림은 일본 나오시마에서 〈수련〉을 본 기억이 떠올랐다. 〈봄〉은 그냥 그림이 편안했다. 내가 자란 고향 언덕의 한 덤불 찔레꽃 숲 같았다. 그 수풀에 꽃이 피고 새들이 지저귀는 느낌을 받는다. 그리고 반 고흐의 모자를 쓴 자화상이 인상적이었다. 〈늙은 남자의 초상〉이라는 제목이었는데 엄숙하고 무거웠다. 쿠르베의 〈에트르타 백악 절벽〉은 소설가 기 드 모파상이 "코끼리가 코를 바다에 담그고 있는 모습"이라고 했으며, 소설 『여자의 일생』 배경으로 삼기도 했다는 그림이다.

이어서 VI. '20세기 초 아방가르드', VII. '두 번째 20

세기' , Ⅷ. '20세기부터 현재까지의 남아프리카 예술계' , Ⅸ. '꿈에서 태어난 박물관' 으로 쭉 훑어 나왔다. 그림을 몰라도 한참 모르는 내가 봐도, 클라드 모네의 〈봄〉, 귀스타브 쿠르베의 〈에트르타 백악 절벽〉, 에드가 드가 〈두 명의 무희들〉, 앤디 워홀의 작품들은 참 인상적이었다. 이른바 명화라고 하는 그림들은 색감의 깊이가 다르고, 인물 그림에서 눈빛을 느낄 수 있었다. 일반적인 그림에서 볼 수 없었던 그 무엇이 있었다. 그래서 명화라고 부르는 이유를 알 수 있을 것 같기도 했다.

1월의 마지막 날, 1월의 관람으로 정했던 〈모네에서 앤디워홀까지〉에서 전시장에 전시된 작품들 중 인상적인 작품은 위에서 밝힌 그림들이고 제일 궁금한 화가는 쿠르베였다. 두 가지 이유가 있다. 하나는 이 전시에 작품이 없었지만, 터키의 에로틱 미술 수집가 카릭 베이가 쿠르베에 주문하여 그린 작품들, 침대에 잠들어 있는 레즈비언 커플을 그린 〈잠자는 사람들〉과 시트로 머리를 가린 여자의 복부, 벌린 다리, 생식기, 가슴, 곤두선 유두, 음모를 묘사한 〈세상의 기원〉을 본 기억이 있기 때문이다. 〈세상의 기원〉을 패러디한 작품 오를랑의 〈전쟁의 근원〉(1989)까지….

그다음 이유는 모더니즘 미술이 다양한 유파와 사조를 낳으며 운동의 형태로 전개되었는데, 최초의 모더니

즘 운동이 리얼리즘이고 그 대표자가 바로 귀스타브 쿠르베이기 때문이다. 리얼리즘 운동을 전개하며 그가 남긴 "천사를 보여주면 천사를 드리겠다."고 한 말의 의미가 심상치 않았다. 이를 문학에서 해석해 보면 2022년 노벨문학상을 받은 프랑스의 아니 에르노가 보인, 경험하지 않은 것은 쓰지 않는다는 태도와 같다는 생각이 든다. 그림은 보이는 것, 문학은 경험하는 것, 그것이 리얼리즘이라고 해도 틀리지 않을 것 같다.

클로드 모네가 "대상을 바라보기 위해서는, 바라보는 대상의 이름을 잊어야 한다."고 한 말을 읽기도 했는데 선입견을 가지지 않고 봐야 한다는 주장이기도 하다. 그건 분명하다. 어떤 선입견을 가지고 보면 본질을 올바르게 보아낼 수 없을 것이다. 이런 저런 생각을 하며 오늘 경주까지 가서 입장료 만 원씩 내고 본 전시회가 나쁘지 않았다. 나는 이렇게 책을 읽고, 공연이나 영화를 보거나 전시장에 가는 것을 '예술소비' 라는 이름 붙이기 좋아하는데 오늘 예술소비는 단순히 소비에만 그치지 않을 것 같다.

그리고 또 한 가지 소득은 전시회에서 메모하는 것을 금지시켜 조금 불편했던 그 문제가 찝찝해서, 대구미술관 학예관 박○○ 선생께 전화해서 물어보았다. 전시장에서 메모를 금지시키는 경우가 있느냐고, 그랬더니 그러기도 한다는 것이었다. 고가의 귀중한 작품이 본의 아니게 훼손당할 우려가 있기 때문이라는 것이다. 생각해 보니 어린이 관람객이나 몸이 불편한 관람객들이 볼펜을 쥐고 넘어지기라도 한다면 문제가 생기기도 하겠다 싶었다. 큰소리치지 않고 직원의 말을 잘 들어준 것이 다행이었다.

이 세상을 다 알고 사는 사람이야 있을 수 없지만 이 정도의 상식이 없었다는 건 확실히 부끄러운 일이 아닐 수 없다. 앞으로는 이해되지 않는 일도 왜일까 깊이 생각하는 버릇을 들여야겠다. 잘 모르고 설쳐서 될 일이 이 세상 어디 있겠는가. 그림 보러 갔다가 그림에서보다 그림 밖에서 더 큰 것을 얻은 기분이다. 함께한 네 사람 모두가 특별히 그림에 관한 전문적인 대화를 나누지 못했지만, 서로 마주 보면서 흐뭇한 미소를 지을 수 있었다. 아주 만족했다는 뜻이다.

건국의 역사

영화명: 〈건국 전쟁〉,
개봉: 2024. 2. 1., 등급: 12세 관람가, 장르: 다큐멘터리,
러닝타임: 101분, 감독: 김덕영, 출연: 이승만,
극장: 메가박스 대구이시아점, 관람일시: 2024. 2. 8. 17:30

2024년을 예술로 놀아보자고, 예술을 소비하면서 살아보자고 작정하고, 지난 1월 그 계획을 잘 실천했다. 예술을 소비하며 내 삶을 가꾸고, 나의 예술소비가 이 나라 예술 발전에 기여할 수 있으리라는 기대를 가지면서……. 영화 발전을 바란다면 내가 표를 사서 극장에 가는 것이 최선이다. 그것이 기여하는 것이다. 예술적인 삶을 살고자 하는 욕망은 가지면서도 예술을 소비하지 않는다면 예술적인 삶을 살 수 없다는 것은 나의 신념이 되었다. 2월 첫째 주 영화 한 편을 보고 영화평을 쓰리라고 작정한 주다.

개봉 초 다큐멘터리 〈건국 전쟁〉을 봤다. 지난달 〈노량〉을 보고 〈건국 전쟁〉을 보는 것이 망설여지기는 했지만 이 주일의 영화를 선택하는데 여러 한계가 있었다. 내 시간을 맞추는 것이 가장 문제이긴 했지만……. 영화를 보고 어떻게 영화평을 쓸 것인가의 문제를 해결하기 위해 『영화평 어떻게 쓸 것인가』(김지미 지음, 서울대학교출판문화원, 2019)를 먼저 읽기로 했다. 지은이 김지미는 영화배우가 아니라 영화평론가다. 영화를 전공하여 서울대에서 박사학위를 취득하고 영화 분석과 제작, 글쓰기 관련 강의를 하는 사람이다.

「어떤 책을 읽어야 영화평을 잘 쓸 수 있나요?」라는 머리말로부터, 아홉 개의 장으로 나누어 집필한 책이다. 1. 영화 비평은 왜 하는가?, 2. 우리는 영화를 배우지 않았다, 3. 영화평은 일종의 대화다, 4. 영화분석을 위하여 무엇을 준비해야 하는가?, 5. 영화에서 무엇을 읽을 것인가?, 6. 영화에서 무엇을 볼 것인가?, 7. 영화에서 무엇을 들을 것인가?, 8. 영화 밖에서 무엇을 참고할 것인가?, 9. 영화평 이렇게 쓸 수 있다, 그리고 맺음말로 구성되어 있다. 문학 평론이나 타 분야의 평론을 쓰는 것과 크게 다르지 않아 걱정했던 것보다는 마음이 편해진다.

이 책에서 "영화에 대해 쓰려면 우선 우리는 학교가 가르쳐 주지 않았던 영화를 배워야 한다."(33쪽)는 주장에 적극적으로 동의한다. 그리고 문학과 영화가 다른 점을 "문학은 구체적인 사물이나 감정을 추상적인 언어를 통해 표현하는 것이고, 영화는 감독이 선택하고 배열한 시청각적인 대상을 제시함으로써 추상적인 의미를 전달한다. 문학은 작가가 전달하고자 하는 의미를 언어라는 추상적 기호를 통해 명시할 수 있다. 반면 영화는 시각적 이미지나 대사나 행위를 통해서 그 의미를 암시할 수 있다."(34쪽)는 말에서 느낌이 왔다.

그리고 185쪽에서 "이 세상에 어떤 예술 작품도 홀로 선 것은 없다. 영화도 마찬가지다. 모든 작품에는 선행 예술 작품들이 쌓아놓은 발자취들이 있고, 그것을 배태한 사회적 맥락이 존재한다."라는 말을 읽었고, 4장 '영화분석을 위해 무엇을 준비해야 하는가?' 에서 1. 영화를 보라, 2. 메모를 하라, 3. 대상 영화에 대한 지식을 쌓아라, 4. 논점을 세우고 타당성을 검증하라는 명령 어투의 요령에 고개를 끄덕였다. 다행이다. 홀로 선 예술 작품이 없고, 평론도 "모든 길은 로마로 통한다."라는 말에 크게 다르지 않구나 싶었기 때문이다.

그리고 "영화는 예술의 영역 가운데 가장 늦게 발생한 장르인 까닭에 예술의 모든 영역을 넘나들며 다양한 요소들을 활용한다."(146쪽)는 말은 한 편의 영화에서 보아야 하고, 볼 수 있는 것이 참으로 많다는 사실을 깨닫게 해 준다. 그래서 '제7의 예술'[7]이니, 종합 예술로 불리는

---

7) 1911년 리치오토 카뉘도(Ricciotto Canudo)는 대중 오락물에 불과

가 보다. 늦게 나와서 7번의 번호를 받았지만 이 시대 예술의 총아가 되는 것은 영화가 종합 예술이기 때문일 것이다. '종합'은 어렵다는 의미를 포함하지만 겁먹진 말아야겠다. 모든 것을 다 알고 시작할 수는 없으니까 써나가면서 부족한 것 채워보자고 작정한다.

이 정도의 이해만으로 〈건국 전쟁〉을 본 소감은 감명이라는 말과는 조금 거리가 있지만, '아, 그랬구나. 내가 모르는 게 있었구나'를 깨닫는 것이었다. 〈건국 전쟁〉은 한국 현대사 70년을 통해서 오늘의 대한민국을 지켜내기 위해 노력했던 이승만 대통령과 건국 1세대들의 희생과 투쟁을 조명한 작품이다. 다큐멘터리 영화라는 말 그대로 건국 대통령 이승만의 일대기다. 한마디로 이승만 대통령이 건국을 위해 엄청난 일들을 했는데, 그를 독재자

했던 활동사진을 '움직이는 조형 예술'이자 '제7의 예술'이라고 선언했다.
참고: 프랑스에서는 헤겔의 미학 연구에서 쓰였던 건축, 조각, 회화, 음악, 문학이라는 기본 예술(여기까지가 본래 헤겔의 예술 분류)에 대하여 근대에 무용과 연극이라는 공연예술을 여섯 번째의 예술로 넣었고, 여덟 번째는 논란이 많은데 라디오와 텔레비전, 사진이 자웅을 겨뤄 프랑스 내에서도 상당히 혼용되고 있다. 문화부에서는 사진이라고 했지만, 프랑스 국립사진센터가 엮여서 또 다른 이야기가 있다. 아홉 번째 예술은 만화가 확고하게 언급되는 상태, 현재 제 10 예술로 게임과 요리가 후보군으로 꼽힌다. 하여튼 프랑스에서는 '제n의 예술'이 각각을 지칭하는 대명사로 흔히 쓰인다. 그 외 예술 분류로 시간예술(음악, 문학), 공간예술(미술, 사진) 시간·공간예술(연극, 무용, 영화, 만화, 애니메이션, 마술), 실용예술(건축, 디자인, 공예, 요리, 패션, 미용) 혼합 예술(비디오 게임)이 있다.

로 몰아붙이고 그에 대한 평가가 재대로 이루어지지 않고 있다는 것을 주제로 삼아 사실을 증언과 자료로 제시하면서 지금이라도 그에 대한 부정적 평가를 바로잡아야 한다는 것이었다.

외교, 토지개혁, 교육 면에서 보인 이승만의 통치력이 오늘날 대한민국을 만들었다는 것이다. 절대로 부정할 수 없는 일이라는 것을 인정하지 않을 수 없다. 그건 역사가 증명하는 일이다. 3.15 부정 선거도 부정 선거를 하지 않아도 그는 대통령이 될 수 있었지만, 부통령 때문에 이루어진 일이었다. 외교가 살 길이라는 것, 긍정하지 않을 수 없고 세계사에서도 보기 드문 치적으로 꼽을 수 있는 토지 개혁, 교육 특히 여성 교육에 바친 이승만의 치적은 높이 평가되는 것이 마땅하다.

이런 영화를 만든 김덕영 감독의 제작 정신은 놀랍다. 이미 2020년 〈김일성의 아이들〉이란 영화, 즉, 6.25 전쟁 때 북한에서 동유럽 국가들로 보내진 5천여 명에 달하는 전쟁고아들의 삶을 조명하여 다큐멘터리 영화 감독의 위상을 확립했다. 그로부터 4년 뒤에 내놓은 작품이다. 김 감독은 연합뉴스와의 인터뷰에서 "1990년대 평양에 다녀온 목사를 인터뷰한 적이 있는데 그때도 평양 거리에 '이승만 괴뢰 도당을 타도하자' 라는 구호가 붙어 있었다고 해서 이승만이라는 키워드로 현대사의 비밀 같은 걸

풀 수 있겠단 생각이 들었다."고 했는데 이것이 제작 동기가 된 것이다.

3년에 걸쳐 제작되었는데, 이승만 대통령의 모습이 담긴 영상과 사진, 며느리 조혜자 여사를 포함한 주변 인물과 국내외 전문가들의 인터뷰 등으로 구성되었다. 미국의 주요 도시와 하와이 등 이 대통령의 행적이 깃든 곳을 직접 찾아가 취재했다. "그동안 이승만 대통령의 어두운 면, 잘못된 면만 부각하고 심지어는 살인자나 독재자의 이미지로 덧칠하지 않았나."라며 "그걸 조금이라도 바꾸는 게 내 소망"이라고 밝혔다. 또한 "나도 84학번으로 전형적인 586세대"라며 "나 역시 대학을 나오고 저널리스트로 활동하면서도 그렇게 오랫동안 이승만이 누군지 몰랐던 데 대한 철저한 자기반성이 영화에 담겨있다."고 했다.

특히 1954년 미국을 방문한 이 대통령이 뉴욕 맨해튼에 있는 '영웅의 거리'에서 카퍼레이드 하는 모습이 담긴 45초 분량의 영상을 미국 국립문서기록관리청(NARA)에서 찾아냈다. 사진 일부가 남아있긴 했지만 동영상의 존재가 알려진 것은 처음이다. 송재윤 캐나다 맥매스터대 교수는 〈조선일보〉에 "이승만 전 대통령은 한평생 대한민국의 독립을 위해 분투하고 공산 전체주의와 대결한 자유의 전사였고, 6.25 전쟁 직후 미국은 바로 그런 이승만에게 뉴욕 중심가의 카퍼레이드 특전을 베풀었던 것"이라고 증언했다. 그뿐만 아니라 이 대통령이 좋아했다는 노래 〈메기의 추억〉과 동요 〈반달〉 등의 음악으로 향수를 불러일으킨다. 이런 사실들은 김덕영 감독의 이 영화에 바친 열정과 노력에 경의를 표하지 않을 수 없게 했다.

그럼에도 불구하고 극장을 나오면서 기분이 개운하지 않았다. 이승만의 공은 인정하지 않을 수 없지만 그에게 과는 없었던가 하는 의문 때문이다. 다른 것은 다 제쳐두고 대한민국 정부 수립 이후, 6.25 전쟁 전후 경찰과 우익단체에 의해 좌익 또는 부역자, 그 가족이라는 이유로 희생시킨 사람은 얼마나 많은가. 그 무고한 희생자들의 죽음은 그가 세운 건국의 공로로 다 무시해도 좋을 것인가? 바른 평가를 위해서라면 공을 다루면서 과도 다루어야 하는 것 아닌가 하는 생각을 지울 수 없기 때문이다.

영화를 만든 이유가 이승만에 대한 재평가를 위해서다. 그렇지만 지금 우리 사회에 만연한 보수와 진보의 갈등 속에서 보수의 입장을 대변하는 것인가 하는 못된 생각을 하지 않을 수 없었는데, 내 스스로 정치판을 비판하면서 정치적 사고를 하고 있음에 놀란다. 이런 영화가 제22대 총선을 앞둔 시점에 개봉되는 것이 그런 생각을 갖게 했는지도 모르겠다. 〈영남일보〉 논설위원으로 있던

1995년 광복 50주년에 〈조선일보〉와 함께 〈영남일보〉가 "이승만과 나라 세우기"라는 특별기획전을 할 때 곁다리 일을 도왔던 생각도 떠올랐다. 그러면서 이승만에 대한 재평가는 그런 균형 속에서 이루어져야 한다는 하나 마나 한 이야기가 떠오르는 것이다. 아니나 다를까, 개봉되자마자 포털 사이트 영화 소개 코너에 포스터가 게시되지 않는 등의 문제가 일어나고 있다. 아! 한반도의 이념 논쟁은 언제 끝이 날 것인가?

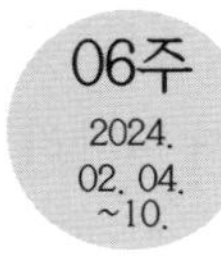

'극적인 사랑'을 테마로 한 연주회

공연명: 〈대구시향 제502회 정기연주회〉,
공연장: 대구콘서트하우스 그랜드홀,
관람일시: 2024. 2. 16. 19:30

대구시향 제502회 연주회다. 2월에 열린다고 2.28 민주운동 64주년 기념이라는 타이틀도 붙었다. 연주회 연주 내용과 전혀 상관없이 2.28을 기억하자는 의미에서였을 것이다. 거부감이 들지도 않았고 나쁘지 않다는 생각도 들었다. 연주회에 '극적인 사랑'이라는 테마를 잡은 것이 특이했다. 과문한 탓인지 모르겠지만 연주의 테마를 밝혀주니까 연주회의 분위기를 짐작할 수 있어서 좋았고 기대감을 높였다.

세르게이 세르게예비치 프로코피예프(1891~1953). 내게는 생소한 작곡가였다. 2024년 현재 러시아와 전쟁을 치르는 우크라이나 출생의 작곡가다. 1953년 3월 5일 사망했지만 소비에트 연방 정치인이자 국가원수였던 이오시프 스탈린의 사망과 겹쳐 그의 사망을 아무도 알지 못했다는 이야기가 전한다. 오페라 〈세 개의 오렌지에 대한 사랑〉과 〈로미오와 줄리엣〉 외 발레, 교향곡, 관현악곡, 협주곡(피아노, 바이올린, 첼로), 실내악, 피아노, 합창, 가곡 등 많은 작품을 남겼다.

연주회는 프로코피예프의 〈세 개의 오렌지에 대한 사랑〉 교향적 모음곡, Op. 33bis 중 〈기인들〉로 막이 올랐다. 'bis' 는 스페인 음악 용어로 앙코르 응답 연주라는 의미라고 한다. 아주 짧게 3분, 금관의 기괴한 팡파르에 이어 목관이 주도하는 가벼운 리듬으로 전개되었다. '음악이 뭐 저래' 라는 느낌이 들 정도로 정돈되지 않았다. 알고 보니 그것이 곡의 의도였다. 희극 팬, 비극 팬, 서정극 팬, 쾌락주의자가 등장해 각자의 장르를 주장할 때 기인들이 나타나 상황을 진정시키는 모습을 각종 악기로 묘사한 것이라고 한다.

이어서 차이콥스키 〈피아노 협주곡 제1번 B♭ 단조, Op. 23 3악장〉 곡이다. 차이콥스키가 만든 세 곡의 피아노 협주곡 중 가장 사랑받는 작품이라고 한다. 피아노는 완벽한 테크닉과 음악성을 지닌 이 세대의 피아니스트 리더로 불리는 중국의 위엔 지에가 연주했다. 이 곡이 매우 다양한 기교가 요구되는 곡이라고 하는데 그의 연주 솜씨는 잘 모르긴 해도 열정적이라 관객을 끌어들이는 힘을 가지고 있었다. 세계적으로 사랑받는 협주곡을 세계가 인정하는 피아니스트가 연주하는 것이니 관객을 사로잡는 것은 당연하다. 앵콜 연주곡은 모차르트의 〈작은 별 변주곡〉이어서 따라 흥얼거릴 수 있었다.

인터미션이 끝나고 프로코피예프의 발레 〈로미오와 줄리엣 Op. 64〉 중 발췌곡 일곱 곡이 연주되었다. 셰익스피어의 「로미오와 줄리엣」은 많은 음악가들에게 영감을 준 소재라서 여러 형태의 작품으로 만들어졌고, 프로코피예프의 발레곡이 심오한 정서 표현과 예리한 개성, 화려한 규모 등으로 호평받고 있다고 하는데 내가 그것을 알아차릴 수는 없었다. 다만 발레곡이라 하는 선입견에 휘말려서 그런지 모르지만 지휘자의 지휘가 발레를 연상시킨다는 엉뚱한 생각만 떠올랐다.

눈에 띄는 것은 플루티스트의 연주였다. 조명이 금관악기 플루트를 비추자 황금색 악기가 빛을 내며 반짝거렸다. 그런 가운데 독주의 선율이 흘렀는데 내 귀엔 그것이 매우 감미롭게 들렸다. 팸플릿을 살펴보니 〈로미오와 줄리엣〉 곡이었는데, 제19곡으로 〈발코니 정경〉과 제21곡 〈사랑의 춤〉으로 구성되었다고 한다. 로미오의 주제가 바이올린으로 변형, 연주되면 줄리엣의 선율은 플루트로 연주된다고 했는데 내가 인상 깊게 봤다는 플루트 연주가 그 부분인 것 같다. 이후 안단테가 되면 줄리엣이 사랑에 눈을 뜬 주제가 잉글리시 호른과 첼로로 연주된다고 하는

데 그런 구분은 내게 어렵다.

발레 음악 연주가 끝나고, 앵콜곡이 연주되었다. 제목도 알 수 없는 음악이었는데 매우 신나는 음악이었다. 지난 1월 신년음악회에 왔을 때 레퍼토리 선정 때문이었는지 모르겠지만 매우 산만하다는 느낌을 받았는데 이번은 아주 깔끔하게 정리되었다. 퓨전이니 콜라보니 하는 음악들이 유행처럼 번지지만 클래식은 그야말로 정통적인 관현악단의 연주가 좋다. 지휘자 백진현도 1월과는 다르게 활기차고 즐거운 열정을 보여 관객들에게 어필했다. 당연한 일이겠지만 지휘자의 역량이 연주회 분위기를 크게 좌우한다는 사실을 알 수 있었다.

연주회의 테마를 '극적인 사랑'으로 정한 까닭도 이해되었다. 〈세 개의 오렌지에 대한 사랑〉 줄거리는, 어느 왕국에 우울증에 걸린 왕자가 살고 있었다. 웃음만이 왕자의 병을 치료할 수 있는데, 우연히 마녀의 우스꽝스러운 모습에 왕자가 떠들썩하게 웃자 화가 난 마녀는 왕자에게 세 개의 오렌지를 사랑하게 하는 주문을 건다. 왕자는 이 오렌지를 구하기 위해 여행을 떠나고 무서운 여자 거인이 사는 집의 흉포한 요리사 손에서 오렌지를 구출한다. 이들은 세 명의 공주로 변하고 두 명은 갈증 때문에 죽지만 세 번째 오렌지에서 나온 공주 니네타는 때마침 물을 마셔 생명을 구한다. 이후 왕자와 니네타는 험난한

위기를 이겨내고 결혼한다는 것. 여기에 〈로미오와 줄리엣〉이 연주되니 '극적인 사랑' 이라는 테마를 붙일 만했다.

콘서트하우스 주차장에 주차를 하기 위해 연주 시작 한 시간 전에 도착했지만 이미 만차가 되었고, 콘서트 하우스 옆의 주차 건물도, 도로변 주차도 할 수 없어 그냥 돌아가야 하나 생각하며 큰길 건너 유료 주차장을 찾았다. 거기에도 주차할 수 없어, 하는 수 없이 밤이라 문 닫은 상점 앞에 불법(?) 주차를 하고 공연장으로 갔다. 공연 중 자꾸 신경이 쓰였다. 다음부터는 더 일찍 오거나 불편하더라도 대중교통을 이용해야겠다는 생각을 했다. 다행히 연주회가 끝날 때까지 차 빼라는 연락은 오지 않았고 차는 내가 세워둔 자리에 얌전히 있었다. 차를 타고 돌아오면서 연주회에서 유일하게 내가 조금이라도 알았던 모차르트의 〈작은 별 변주곡〉 리듬을 흥얼거렸다. 귀찮은 것도 힘든 것도 음악이 다 씻어주었다. 예술소비의 기쁨이 왔다. 행복했다.

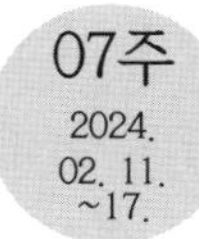

왜 제목이 베니스의 상인일까?

윌리엄 셰익스피어, 최종철 옮김, 『셰익스피어 전집 I』,
「베니스의 상인」, 민음사, 2014.
봉현선 엮음, 『소설로 읽는 셰익스피어 6대 희극』,
「베니스의 상인」, 혜원, 2007.

윌리엄 셰익스피어(1564~1616)가 활동하던 시대, 그 시대는 대학에서 교육받은 학식 있는 작가들을 '대학재사' 라고 불렀다. 그런데 셰익스피어는 고등교육을 전혀 받지 못하였다. 이 사실 때문에 그의 작품들 전부를 대학 교육도 받지 않은 셰익스피어 혼자 집필했을까 하는 의문이 사후에까지 끊이지 않고 있다. 중상류 상공인의 아들로 태어나 18세 되던 해 8살 연상의 여성과 결혼하여 1590년을 전후한 시기부터 극작가로서의 생활을 시작하였다.

그는 고등교육을 받지 못했음에도 불구하고 위대한 작가가 되었다. 넉넉지 않은 가정 경제, 가족들이 겪은 슬픔 속 인간에 대한 심오한 통찰, 타고난 언어구사능력을 그 배경으로 삼을 수 있을 것 같다. 극작가 활동만으로는 생계를 유지하기 어려워 배우 활동을 하기도 했다. 이

것이 무대 예술을 깊이 이해하게 만들었다. 배우를 경험한 극작가와 경험하지 않은 극작가가 쓴 희곡이 같을 수 없다. 끝내 영국이 낳은 세계 최고의 극작가로서 희비극을 포함한 38편(36, 37편)의 희곡, 시집 및 소네트집을 남겼다.

동시대 극작가 벤 존슨은 "당대뿐 아니라 만세萬世를 통해 통용되는 작가"라고 했다. 비평가 토마스 칼라일이 "영국 식민지 인도와 바꿀 수 없다."고 했다는 말은, 『영웅숭배론』의 "(잉글랜드가) 인도는 언젠가는 잃게 되겠지만, 셰익스피어는 사라지지 않을 것이며 영원히 우리와 함께할 것이다."라는 말이 와전된 것이 아닐까 생각된다. 그 외 로렌스 올리비아의 "셰익스피어: 신의 눈에 가장 가까운 화신"이라는 명성을 얻었다.

그의 희극 「베니스의 상인」은 1596년에 집필되었다. 1594~1600년에 걸쳐 창작된 일련의 희극들은 흔히 '낭만희극'으로 불리며 사랑과 결혼에 관한 이야기를 소재로 해 서정적 분위기와 재담, 익살, 해학 등 희극 고유의 요소를 두루 섭렵하고 있다. 젊은 남녀 사이의 사랑이 우여곡절 끝에 행복하게 끝나는 것이 낭만희극의 정석이다. 사랑의 풍요함과 사랑의 병, 변신의 능력, 변덕스러운 장난, 그 파괴적 힘에 이르기까지 실로 다양한 모습을 보여주고 있다. 따라서 「베니스의 상인」은 그의 낭만희극 중 한 편이다.

특별히 깊이 읽을 필요를 느끼지 않았지만 소설로 재구성한 책이 있어 보게 되었다. 역시 희곡은 희곡으로 읽는 것이 소설로 읽는 것보다 나았다. 베니스의 상인 안토니오와 그의 친구 바사니오의 우정과 바사니오와 벨몬트의 부자 상속녀 포셔의 사랑이 핵심이다. 아름다운 우정과 아름다운 사랑의 행복한 결말로 막을 내린다. 베니스의 고리대금업자 유대인 샤일록의 악행, 안토니오의 우정, 포셔의 지혜가 웃음을 만드는 작품이다. 낭만희극이라는 이름이 붙기도 했지만 계략과 지혜 등을 생각하면 웃음이 나올 뿐이다.

희극은 웃음이 나게 되면 성공한 작품으로 볼 수 있다. 그런데 이 작품을 읽으면서 나는 희곡의 작품 제목을 왜 '베니스의 상인' 이라고 했을까를 가장 먼저, 그리고 가장 많이 생각했다. 그의 유명한 작품 「로미오와 줄리엣」처럼 주인공 이름을 갖다 붙이든지, 주인공 '안토니오와 바사니오' , 그도 아니면 '포셔와 바사니오' 로 하는 것이 작품 내용을 더 잘 살리는 것 아닌가 하는 생각이 들었기 때문이다. 제목은 가장 짧은 줄거리일 수도 있기 때문이다. 내 생각이 유치한 게 아닌가 싶어서 더 오래 생각해 보니까 또 다른 생각이 들기도 한다.

'베니스의 상인' 으로 한 이유가 두 가지 정도 떠오른다. 첫째는 이 희곡의 의미를 개인적인 일에서 사회적인 일로 넓히기 위해서라는 점이다. 베니스라는 도시를 드러내고 싶었던 것이다. 샤일록의 사악함과 안토니오의 우정은 베니스 상인 사회를 묘사하기 위한 적절한 장치가 될 수 있다. 또 다른 하나는 사랑이 먼저인가 우정이 먼저인가를 생각해 보게 한다는 것이다. 내용은 사랑에 치우쳐져 있지만, 제목은 우정에 치우쳐 있다. 사랑도 우정에 못지않고, 우정 또한 사랑에 못지않은데 이 작품 제목은 우정에 무게를 실은 것으로 보인다.

번역은, 옮긴이 최종철의 땀이 묻어있다. 그가 셰익스피어 작품에서 "사람이 한 번의 호흡으로 한 줄의 시에서 가장 편하게 전달할 수 있는 음(의미)의 전달 양은 영어와 한국어가 별로 차이가 없다."는 사실을 발견하고 번역에 적용한 것이다. 그래서 희곡을 읽으면 우리말의 운율을 느낄 수 있다. 예를 들면 2막 7장에서 원로 공작이

"자네는 곤경으로 이리 용감해졌나?
아니면 공손할 기색이 전혀 없어 보이니
예의를 경멸하는 거친 무뢰한인가."

라고 하는 대사가 나오는데 이렇게 표기하고 여기에 글자 한두 자 보태면 완벽한 우리의 시조 형식이 되기도 한다.

희곡의 대사가 운문 형식으로 이루어졌다는 것은 연극을 매우 감미롭게 감상할 수 있게 한다. 대사에 신화 속의 인물들을 많이 끌고 들어오는데 이는 운문이 가지는 언단의장言短意長의 특성을 살리기 위한 것이다. 예를 들어 4막 1장의 '트로일로스'와 '헤로', 이들은 신화 속 사랑 이야기에 나오는 연인들이다. 트로일로스는 크레시다를 사랑하였고, 레안드로스는 그리스 청년으로 연인인 헤로(비너스의 수녀)를 만나러 가다가 헬레스폰토스에 빠져 죽었다.

번역가의 세심한 번역으로 「베니스의 상인」을 우리말 운율을 느끼며 읽을 수 있었다. 따라서 『소설로 읽는 셰익스피어 6대 희극』을 읽는 것은 괜한 수고가 아니었나 하는 생각이 들기도 한다. 줄거리가 중요한 것이 아니라 연극 읽는 맛을 내어야 진정한 희곡이 될 수 있기 때문이다. 낭만희극이라는 갈래 특성에 따라 재미있게 읽긴 했지만 샤일록은 지나치게 악독하게, 포셔는 지나치게 지혜롭게, 안토니오는 지나치게 의리 있게 등장시켰다. 그래서 웃음을 자아낼 수 있긴 했지만, 극의 마지막 부분에서

바사니오: 실수에 거짓말을 더할 수만 있다면
부정하고 싶지만 보다시피 그 반지는
내 손가락 위에는 없답니다, 사라졌소.

포셔: 당신의 가짜 진심, 그것처럼 비었어요.
맹세코, 그 반지를 줄 때까진 절대로
당신 곁에 안 누워요.

극의 흐름을 따라온 독자들이 이 대사를 읽으며 얼마나 웃었을까? 말하기 어려운 사정을 가진 바사니오의 주눅 듦과, 앙큼하기 그지없는 포셔의 대사는 웃음을 감추기 어렵게 한다. 그러나 아무리 희극이라 해도 지금까지 내가 읽은 셰익스피어 작품 중에서는 제일 낮은 자리에 앉히게 될 것 같다. 셰익스피어와 관련해서는 내게 정말 웃기는 일 하나가 있다. 2016년 8월 셰익스피어 센터에 갔을 때 읽지도 못할 영문판 셰익스피어 작품집을 사 가지고 와서 책꽂이에 떡 꽂아두고 있는 것이다. 한 권도 아니고 다섯 권이나……. 셰익스피어의 명작은 희곡 작품으로만 남는 게 아니다. 프로코피예프의 발레 음악 〈로미오와 줄리엣, Op. 64〉 중 발췌곡 일곱 곡을 대구시향 정기연주회(2024. 2. 제502회)에서 들을 수 있었다. 감미로웠다.

2월의 다른 책, 한 문장

1. 사)전국유료실버타운협회 포푸라사 편집부, 이지수 옮김, 『사랑인 줄 알았는데 부정맥』, 포레스트북스, 2024. 2.(초판 6쇄).

"연명 치료/ 필요 없다 써놓고/ 매일 병원 다닌다"

(우루이치 다카미쓰, 남성, 미야기현, 일흔 살, 무직)

2. 김지미 지음, 『영화평 어떻게 쓸 것인가』, 서울대학교 출판문화원, 2019.

"영화는 예술의 영역 가운데 가장 늦게 발생한 장르인 까닭에 예술의 모든 영역을 넘나들며 다양한 요소들을 활용한다."(146쪽)

3. 로맹 롤랑 지음, 박영구 옮김, 『괴테와 베토벤』, 웅진닷컴, 2000.

"괴테는 음악을 가리켜 마치 강물이 바다로 흘러들 듯이 음악은 모든 시가 흘러나오고 흘러 들어가는 진정한 요소라고 말했다."(143쪽, 괴테)

"착한 마음씨보다 더 뛰어난 인간의 장점을 나는 알지 못한다."(163쪽, 베토벤)

날것 그대로의 세상

전시명: 〈렘브란트, 17세기의 사진가〉,
전시기간: 2023. 10. 31.~2024. 3. 17.,
전시장: 대구미술관, 관람일: 2024. 2. 21.

2월 전시회 관람을 대구미술관의 '렘브란트' 전을 선택하고, 21일 관람하기로 했다. 가기 전 내 서가에 있는 미술 관련 책을 펼쳐본다. 먼저 이명옥의 『아침미술관 1·2』, 1권에서 〈벨사살왕의 연회〉(1965, 캔버스에 유채, 구약성서 다니엘서에 나오는 벨사살왕의 일화에서 소재를 정한 작품) 그림에 이명옥은 '교만의 말로' 라고 이름 붙였다. 다음으로 〈니콜라스 튈프 박사의 해부학 강의〉(1632, 캔버스에 유채)에는 '인간을 알기' 라는 해설을 붙였다. 2권의 〈화가의 아틀리에〉(1929년경, 목판에 유채) 해설은 '창작의 산실을 경험하다' 였다.

두 번째 책, 1600년대 '네덜란드의 거장들' 항목에 〈논쟁 중인 두 노인〉(1628, 패널에 유채, 72×60cm, 호주 멜버른 빅토리아 국립 박물관, 베드로와 바울의 논쟁을 그린 작품), 〈니콜라스 튈프 박사의 해부학 강의〉는 앞의 책에도 실린 그림이다. 〈34세의 자화상〉(1640, 캔버스에 유채, 102×80cm, 영국 런던 내셔널 갤러리)은 이 그림이 소장된 갤러리를 갔다 오긴 했는데 이 그림에 대한 기억은 없다. 〈야간 순찰〉(1642, 캔버스에 유채, 363×437cm, 네덜란드 암스테르담 국립미술관)은 대작이다. 〈개울에서 목욕하는 여인〉(1654, 오크 패널에 유채, 61.8×47cm, 영국 런던 내셔널 갤러리)까지 무려 다섯 작품이나 수록되었다. 그의 명성을 짐작하고 남을 일이다. 5/1001의 의미가 크다.

그 외 인터넷을 통해 렘브란트의 그림을 제대로 보려면 두 가지 기법을 알아야겠다는 사실을 암시받았다. 드라이포인트 에칭etching과 키아로스쿠로chiaroscuro〔明暗法〕 기법이 그것이다. 드라이포인트 에칭은 동판 위에 날카로운 도구로 판을 긁어 만드는 기법이고, 키아로스쿠로 기법은 명암법으로 해석되듯 빛과 어둠을 극적으로 배합하는 기법이다. 위의 책에서 "성경의 한 부분을 손가락으로 가리키고 있는 바울의 얼굴빛은 강하게 밝혀진 반면에 완고한 베드로는 어둠 속에 있다."고 해설했는데 이 기법으로 이해했다.

이 정도의 준비로 전시장을 향했다. 비가 내렸다. 달력상으로 2월 21일 겨울이라 겨울비라고 불러야 마땅할 것 같은데, 입춘도 우수도 지나 봄비라고 해도 괜찮을 듯하다. 비가 내리는 것도 봄비처럼 오락가락하고 보슬보슬

내리기 때문이다. 오는 둥 마는 둥 하는 것을 반길 일은 아니지만 그리 귀찮은 것도 아니었다. 대구미술관이 2023년 해외교류전으로 〈렘브란트, 17세기 사진가〉라는 제목이 붙은 전시회를 선보였다.

Rembrandt Harmenszoon Van Rijn(1606~1669). 네덜란드 황금시대의 대표적인 화가이자 도안가, 판화가이며 명암의 혁신적인 사용, 초상화, 자화상, 성서를 주제로 한 작품 역사화 등을 남겼다. 전시회의 주제가 '렘브란트, 17세기의 사진가' 다. 17세기니까 사진이 발명되기 2세기 전 마치 카메라의 렌즈와도 같은 시선으로 17세기의 세상과 당시의 사람들을 있는 모습 그대로 바라보고 작품에 담아낸 렘브란트의 시선에 주목한다는 해설이 있다.

이번 전시는 120여 점이 소개되는 대규모다. 전시장 입구의 렘브란트 생애를 거칠게 훑어보고 자화상(Self-portraits) 앞에 서니 작아서 보아내기 어려웠다. 렘브란트 이후 판화의 역사가 다시 쓰였다는 평가를 받을 정도로 동판화 역사에 큰 획을 그은 독보적인 판화가이고, 17세기를 통틀어 렘브란트만큼 자화상을 많이 그린 화가는 없다고 한다. 젊은 시절부터 노년에 이르기까지의 모습을 그렸다고 하는데 그림을 읽어내기는 어려웠다.

'거리의 사람들' 에서는 그의 시선이 사회적 약자들을

향해 있었구나 하는 짐작만 갈 뿐 알 수가 없다. 해설에 따르면 그는 이상화하지 않은 날것 그대로의 세상을 작품에 담아냈다고 한다. 그다음은 성경 속 이야기를, 그다음은 '장면들' 코너였다. 단순해 보이는 이미지에 추가적인 의미를 부여하는 은유적인 내용을 담고 있다는데 전시된 작은 작품에서 그걸 읽어낼 수 없어서 안타깝기만 했다.

'누드' 판화에서는 그가 이상적인 신체보다는 눈에 보이는 그대로의 신체를 묘사해서 당시 비난을 받았지만, 있는 그대로의 모습을 담아내는 것을 화가로서의 사명으로 받아들였다고 한다. 작긴 했지만 〈난로 옆에 앉은 반라의 여자〉라는 작품이 반이라서 더욱 눈길을 끌었다. 그다음의 '풍경'에는 인상적인 나무들과 사람과 동물 등 다양한 요소들이 등장했다. '습작' 코너는 그가 빠르게 스케치한 일상이나 매우 개인적인 관찰 등 다양한 장면들을 하나의 판 위에 작업했다.

마지막 코너 '인물, 초상'에서는 약 20여 점의 공식 초상화를 판화로 제작했는데 그 주인공들은 주로 우호적이고 사적인 관계였고, 대개 의뢰받아 제작되었다고 한다. 〈아래를 내려다보는 수염 난 늙은 남자〉가 그리 낯설지 않게 느껴졌다. 거칠게 전시장을 한 바퀴 둘러 나왔지만, 그림이 너무 작아서 안경을 들었다 놨다 하면서 보기는 어려웠다. 〈아래를 내려다보는 수염 난 늙은 남자〉가 인상적인 것도 아마 그런 연유에서였으리라.

빗길을 달려와서 전시장의 분위기에 젖다가 가는 기분이다. 그래도 아무리 본 게 없다고 하더라도 렘브란트 동판화 120여 점을 스쳐보긴 했으니 그것으로 위로를 받아야겠다. 내가 몰라서 혹은 내 눈이 어두워서 보지 못한 것을 탓할 곳은 어디에도 없다. 주로 에칭 기법의 작품이었다. 소품으로만 전시되어 내 기대에 미치지 못했지만 대가의 작품을 스쳐라도 본 것은 기쁨이다. 전시장을 빠져나왔는데 비는 여전히 추적대고 있다. 위대한 작품을 보고 제대로 이해하지 못하는 이 서글픈 마음을 위로라도 하듯이…….

추락을 해부하면 부부 사이의 갈등이 나온다

영화명: 〈추락의 해부〉, 개봉: 2024. 01. 31.,
등급: 15세 관람가, 장르: 드라마 스릴러, 러닝타임: 152분,
감독: 쥐스틴 트리에, 주연: 산드라 휠러, 스완 아를로,
밀로 마차도 그라너, 극장: 오오극장, 관람일시: 2024. 3. 1. 16:30

1월과 2월의 영화 관람이 조금 맹숭맹숭해서 3월엔 흥행을 따라갈 것이 아니라 예술을 따라가자는 요량을 했다. 극장도 독립영화전용관 오오극장을 택했다. 마침 프랑스 영화 〈추락의 해부〉가 상영되고 있었다. 주저할 것 없이 예매했다. 상영 시간에 맞춰 극장을 찾아가는 길이 신났다. 오오극장은 좌석이 55개로 9년 전 개관할 때 극장 좌석을 판매했는데 그때 나도 555,555원으로 한 자리를 사서 내 이름이 붙은 좌석이 있기 때문이다. 그러나 도착이 늦어서 영화 시작 직전에 들어가, 그 자리를 확인할 시간이 없었다.

영화 〈추락의 해부〉는 먼저 제목이 끌렸다. 거기다 제76회 칸영화제 황금종려상 수상작이라니 더욱 기대되었다. 남편이 3층 건물에서 눈이 내린 마당으로 떨어져 죽

었다. 자발적으로 뛰어내린 것인지, 아니면 단순한 사고인지, 그도 아니면 살인인지 그걸 밝혀가는 것 아니 해부하는 것이 영화의 줄거리다. 유력한 용의자로 죽은 사람의 아내, 유명 작가 산드라가 지목되었다. 그도 그럴 것이 그 산장엔 그녀와 남편 그리고, 유일한 목격자인 시각장애 아들과 안내견뿐이었기 때문이다.

이런 설정이 영화에 집중하게 했다. 법정에서 용의자를 범인으로 몰고 가려는 검사 측과 그것이 아니라 자살일 가능성이 많다는 아내의 주장과 아내를 변호하는 변호사의 싸움이 지루할 정도로 길었지만 그 논리들이 재미있었다. 그래서 영화도 러닝 타임이 152분이나 된다. 2시간이 넘는 것이다. 법정에서 주요 논쟁은 사고 전날의 부부 싸움에 맞춰졌다. 아내의 팔에 멍이 있었고, 부부 싸움을 크게 했기 때문에 아내가 용의자로 지목될 수밖에 없는 상황이 되고 말았다.

그러나 용의자의 진실한 상황 설명과 평소 부부 사이의 관계를 설명하고, 시각장애를 가진 아들이 아버지와 나눈 대화를 법정에서 들려주면서 재판은 아내의 손을 들어주었다. 나도 그 판단이 바르다 싶었다. 자살이었다. 추락을 이기지 못한, 나는 남편이 세 번 추락한 것으로 보았다. 첫 번째는 런던에서 살다 고향으로 돌아와 산장에서 사는 것이다. 둘째는 글을 쓰고 싶었으나 그 일도 제대로 할 수 없었는데 아내는 유명 작가. 그런 현실을 견디지 못하여 세 번째 자살을 선택한 것으로 보였다. 영화를 보고 내가 내린 판단이다.

평소의 부부 사이에서 있었던 일이 서로 화가 난 상태에서는 어떻게 바뀌는가 하는 문제에서 공감하지 않을 수 없었다. '표절' 논쟁이다. 남편도 글을 쓰려고 하고, 아내는 유명 작가, 남편의 글에서 아이디어가 좋은 것이 있었는데 그 글을 완성하지 못하자, 아내가 그걸 자기 책에 써도 되겠느냐고 물어 허락을 받고 그대로가 아니라 변용하여 그녀의 책에 썼다. 그래 놓고, 부부 싸움이 벌어졌을 때 그걸 '표절' 이라고 아내에게 마구 욕을 하며 집기들을 집어 던지며 화를 냈다. 어디서나 부부 싸움은 이렇게 자질구레하다.

부부 사이가 좋으려면 어떻게 해야 하는지는 늘 의문이다. 잘하면 되는 것이지만 그 '잘' 의 기준이 서로 다른 것이다. 이만하면 잘한다 싶은데 상대방은 부족하다고 생각할 수 있기 때문이다. 부부 사이는 너무나 가까워서 멀어지고, 멀어지면 오히려 가깝다는 생각이 들 때도 있다. 어느 한쪽이 무조건 참아준다고 해서 되는 일도 아니다. 알고 보면 참아준다는 것은 아주 버리는 것이 아니라 쌓아두는 것이란 걸 부부싸움 한두 번 해본 사람이면 긍정할 것이다. 이 영화가 부부 사이를 깊이 생각해 보게 했다. 이것이 해부의 주제다.

다시 영화로 돌아가 엔딩 부분이 감동적이었다. 법정의 마지막 진술을 앞두고 아들이 어머니와 떨어져 있으려 해서 어머니는 집을 나와 있었다. 엄마가 재판이 끝나고, 집으로 돌아가고 싶다고 아들에게 전화한다. 집으로 돌아와 침대에서 포옹해 주고 나와서 소파에 누워있을 때 반려견 스눕이 꼭 사람처럼 그녀의 곁에 가서 포옹을 하고 곁에 눕는다. 3층에서 떨어져 사망한 것을 가장 먼저 본 것은 사람들이 아니고 이 스눕이었다. 이것은 스눕이 진실을 인정한다는 상징이다.

그리고 영화를 본 사람들이 반려견이 있어야겠다 싶은 생각을 하게 할 것 같다. 그렇지만 나는 아니다. 내게도 15년 동안 반려견이 있었다. 스눕과 같은 종의 '포리'라고 불렀던 골든 리트리버와 '또식이' 라고 불렀던 퍼그였다. 나보다는 아내가 더 많이 사랑했고, 더 좋아했지만 그 반려견들이 떠올랐다. 이제 '포리' 니 '또식이' 라는 이름도 가물가물해졌는데 영화에서 같은 종을 보게 되니 반갑기 그지없었다. 그런 이별을 다시는 하지 않기 위해서 반려견을 두지 않을 것이다.

영화가 끝나고 불이 밝혀졌을 때 극장이 어딘가 달라졌다 싶었다. 전에는 의자마다 그 의자를 산 사람의 이름이 붙어 있었는데 보이지 않는다. 몇 좌석 살펴보다가 마침 직원이 와서 물어보았다. 의자를 갈면서 버렸다 한다. 더 이상 할 말이 없다. 이래도 되는 것인가? 대구에 없던 독립영화전용관이 개관된다고 해서 문화계에서 관심 있는 사람들이 의자를 구매해 주었는데……. 나는 그때 대구문화재단 대표를 맡아있어서 체면상 사기는 했지만, 그런 극장 간다고 신나 했다니 쑥스럽게 됐다. 오오극장? 이라 쓰고 물음표 하나 붙인다.

피아노의 시인, 쇼팽

공연명: 〈Happy Birthday, Chopin〉
-쇼팽 탄생 214주년 기념, 앙상블 노바팔라 제1회 정기연주회,
공연장: 대구 달서아트센터 와룡홀, 관람일시: 2024. 3. 8. 19:30

2024년 3월, 대구 지역 공연 안내를 보다가 '노바팔라' 공연이 체크됐다. 쇼팽을 기리는 음악이라는 점, 앙상블 공연이라는 점 등이 오케스트라 연주와는 또 다른 느낌이 있을 것 같아서 이 연주회에 가기로 했다. 'Nowa Fala'는 폴란드어로 새로운 물결이란 뜻으로, 계명대학교에서 함께 공부했고, 폴란드국립쇼팽음악대학교, 영국왕립음악원, 독일 뷔르츠부르크 국립음악대학교, 프랑스 생모국립음악원 등에서 학업을 이어가며 유럽과 한국에서 활발히 활동 중인 18명의 젊은 음악가로 구성된 앙상블이다.

그들이 쇼팽 탄생 214주년을 기념하여 그가 탄생한 달 3월에 〈Happy Birthday, Chopin〉이라는 기획 공연을 갖는 것이다. 작년 창립 연주회를 가지고 제1회 정기연주회, 그들의 공연에 대한 설렘이 관객의 관람 설렘으로 이어질 것 같다는 생각이 든다. 나로선 음악을 잘 몰라도 피아노의 시인이라는 Fryderyk Franciszek Chopin(1810~1849)의 음악이라 기대가 커진다. 음악 외에 프랑스 소설가 조르주 상드의 연인이었던 것, 그의 조국애 등에서 깊은 감명을 받고 있는 터다.

쇼팽, 그는 위대한 음악가다. 39세의 짧은 인생을 살고 갔지만 교향곡에 베토벤, 실내악곡 하이든, 가곡의 슈베르트처럼 피아노에서 왕자다. 프랑스 파리에서 주로 활동했지만 조국 폴란드를 잊지 않았으며 죽어 고향에 묻히고 싶어 했다. 쇼팽의 묘에는 그가 폴란드를 떠나기 전 은잔에 담아온 흙이 뿌려졌고, 후에 그의 심장은 유언에 따라 바르샤바의 성 십자가 성당에 안치되었다. 폴란드는 쇼팽 음악대학을 만들었고, 쇼팽 국제 피아노 콩쿠르를 개최하며, 폴란드 국제공항에도 그의 이름을 붙여 기리고 있다.

공연이 시작되기 전, 내가 좋아하는 무용가 최두혁 교수를 만났다. 따님이 이 앙상블의 첼리스트로 오늘 연주를 한다는 것이다. 프로그램을 살펴보니 3중주와 오케스트라 두 곡 등 세 곡을 연주한다. 첼리스트 최재영, 영국 왕립 음악원에서 공부했다고 한다. 따라서 최재영의 첼로 연주에 가장 관심이 쏠렸다. 키가 커서 큰 악기 첼로에

퍽이나 어울린다는 생각이 들었다. 붉은색의 망토 같은 연주복이 독특하게 보였다. 그러나 내 귀가 악기에 제대로 열리지 않아 그가 내는 소리를 따로 느끼기가 쉽지 않아서 안타까웠다.

반갑게도 첫 무대가 내가 아는 척해도 괜찮을 〈Nocturne in E♭ Major Op. 9 No. 2〉였다. 쇼팽 21개의 녹턴 중 1, 2, 3번을 통합한 것이 9번인데 녹턴 2번은 그야말로 널리 알려진 곡이다. Flute는 고득경이 연주했다. 〈Mazuruka in B♭ Major Op. 7 No. 1〉은 변다정의 피아노 솔로다. 마주르카는 폴란드의 3박자의 빠른 춤곡, 이 연주곡이 쇼팽의 특징적인 색채가 잘 드러난 곡으로 평가된다고 한다. '마주르카' 라는 말은 1950년대 시문학사에서 조향의 「바다의 층계」라는 시에서 처음 만나 참으로 궁금해했던 기억이 새롭다.

모두 아홉 곡이 연주되었는데 변다정의 피아노 솔로 〈Fantasy in minor Op. 49〉은 제목에 '판타지' 가 들어있고, 쇼팽이 조르주 상드와 함께 지내며 가장 안정적이고 행복했던 나날을 보낼 때 작곡했다는 해설이 주목하게 했다. 그리고 마지막 연주곡 〈Andante Spianato and Grande Polonise Brillante in E♭ Major Op. 22 Arranged by Naeun Kwon〉은 피아노와 오케스트라를 위한 곡이다. 안단테 스피아나토는 녹턴과 자장가의 특성을 결합하며 꿈같은 분위기를 형성한다고 하는데 나는 그것을 알아차리지 못했다.

앙코르 곡은 내가 이별곡으로 알고 있는 쇼팽 〈Etude Op. 10 No. 3〉였다. 귀에 익은 멜로디를 흥얼거리며 연주장을 빠져나왔다. 연주회에 대한 평가는 내리기 어렵지만 앙상블 '노바팔라' 의 음악에 대한 열정과 의욕은 충분히 읽을 수 있었다. 그런 의욕이 좋은 연주를 위한 발판이 될 것은 분명하다. 노바팔라의 그런 의욕을 보며 1980년대 처음 문단에 나와 '오류' 동인을 결성하고 해마다 동인지를 내며 열정을 불태웠던 시절이 떠올랐다. 문학에서의 동인이 음악에서는 앙상블이 아닌가. 모든 길은 로마로 통한다더니 예술에서는 말은 달라도 같은 활동이 많다.

추억의 홍수에 휩쓸리다

이문구, 『관촌수필』, 문학과지성사, 2002(14쇄).

『관촌수필』은 제목이 참 멋진 소설이다. 소설을 수필이라고 제목 붙이는 것도 놀랍지만, 제목이 소설의 창작 방법과 내용을 잘 담아내고 있기 때문이다. 실제 한 편씩 뜯어놓고 보면 소설이 아니라 장편수필이라 해도 괜찮을 것 같다. 경험한 일이고, 1인칭 시점이라는 것이 잘 반영되어 있다. 물론 이런 식의 작품 제목 붙이기가 처음 있는 일은 아니었다. 1955년 소설가 장용학이 지은 단편소설로 「요한시집」이 있다.

작가 이문구(1941~2003)는 충남 보령에서 태어나 서라벌예대 문창과를 졸업, 《현대문학》 등단, 1970년 《월간문학》, 《한국문학》 편집장, 1972년 유신 반대 운동에 앞장서며 1974년 자유실천문인협의회 실무간사를 맡았다. 1987년 민족문학작가회의 이사, 1999년 민족문학작가회의 이사장을 맡았으며 2003년 사망했다. 한국문학작가상, 만해문학상, 대한민국예술상, 은관문화훈장 등을 수상했고 대표작은 『관촌수필』, 『우리 동네』, 『내 몸은 너무 오래 서 있거나 걸어왔다』가 있다.

이문구의 생애에서 주목하는 것은 세 가지다. 첫째, 자유실천문인협회의 실무간사로서 탄압받는 문인 뒷바라지에 힘썼다는 것. 그의 장례식엔 문학적 이념이 다른 문학단체도 참여했다. 둘째, 문학적 이념이 달랐지만 스승 김동리 선생을 아버지처럼 모셨다는 것. 작가회의에서 스승을 비판하자 탈퇴했고, 김동리의 병상을 3개월이나 지켰으며, 사후에는 기념사업회와 김동리문학상을 제정하였다. 셋째, 작가 생의 깔끔한 정리다. "내 죽으면 화장을 하되 유골은 단 한 줌도 남김없이 납골묘역에 뿌리고, 내 이름을 내건 어떤 문학상도 만들지 말 것이며, 장례 문제로 주변 사람들에게 폐를 끼치지 말라."고 당부했다. 장한 일이 아닐 수 없다.

이문구의 대표작 『관촌수필』은 권성우의 해설에서 "저자가 유년 시절을 영위한 농촌공동체에 대한 그리움과 도시화의 물결에 의해 훼손당하고 있던 농촌사회의 아픈 세태에 대한 묘사를 통해 역설적으로 당대 우리 사회의 근대적 기획에 대한 비판적 성찰을 수행하고 있는 연작소설"이라고 요약한 바가 있는데 적절하다고 생각한다. 8회에 걸쳐 발표된 연작 소설로 각 장별 줄거리는 다음과 같다.

관촌수필 1. 1972년 5월《현대문학》에 발표된「日落西山」은 “온 동네를 바깥마당으로 여기며 18년 동안이나 산 토박이가 고향을 뜨고 13년 만에 성묘하러 왔다가 변한 고향 풍경을 보는 감회”가 그려졌다. 목은〔李穡〕, 토정〔李之菡〕 등의 걸출한 인물이 난 가문이다. 이문구가 태어났을 때 이미 팔순에 이른 할아버지에 대한 그리움과, 외경스러웠던 아버지에 대한 추억, 어머니와 옹점이와 함께 지냈던 어린 시절을 회상한다. 할아버지는 그야말로 양반가문, 아버지는 남로당원, 작가는 어린 시절을 돌아보는데, “뼈끝에 매듭진 추억”(35쪽)이라고 한다.

관촌수필 2. 1972년 10월《신동아》에 발표된「花無十日」은 전쟁 통에 어쩔 수 없이 방을 빌려줬던 윤 영감네 이야기다. 솔이와 솔이 엄마, 아버지 그리고 솔이의 할아버지, 할머니, 전쟁과 가난이 빚은 아픈 세월의 경험이다.

관촌수필 3.《월간중앙》에 1973년 3월 발표된「行雲流水」는 옹점이의 삶이다. 작가네 집에서 시집을 가고 이내 남편은 전쟁터로 나가 전사했다. 시가에 들어가 살다가 좇겨나다시피 해서 약장수를 따라다니며 노래를 부르며 살아가는 옹점이를 보게 된 이야기다.

《창작과 비평》 1973년 가을 호에 발표된 관촌수필 4. 「綠水青山」은 작가보다 여남은 살이나 더 먹은 대복이를 친구 삼아 지냈던 이야기다. 대복이는 온갖 비행을 저지르다가 끝내는 윤 참봉 집 손녀 순심이를 겁탈하려다 감옥에 가게 되고 인민군이 쳐들어와 풀려나왔다. 6.25가 터지고 좌익 활동을 하다가 다시 전향했다. 고등교육을 받은 순심이도 좌익이었다. 국군에 징집되어 출정하는 날 순심이의 정체가 드러난다. 대복이는 순심이를 위해 그 집 머슴살이를 하고 있었는데 징집되는 대복이 얼굴 보려고 나왔다가 경찰서로 잡혀가는 것으로 끝난다.

관촌수필 5. 《문학과지성》 1973년 겨울 호에 발표된 「公山吐月」, 연결고리가 기막히다. 영화 〈대부〉에 대한 원고 청탁, 16살 소년의 택시 강도질, 마음속 깊이 자리 잡고 있던 관촌의 석공을 떠올리는 과정이 그것이다. 석공의 결혼식 날 작가 아버지의 인간적 모습을 본 이후 무한한 존경을 표한다. 경찰에 구금되면 옥바라지를 했고 끌려가 고문에 시달리기도 한다. 북한군이 주둔할 때 신현석은 군청서기가 되지만 국군이 들어오면서 5년 옥살이를 하게 된다. 풀려나서는 작가 어머니 병 수발에도 정성을 다했다. 그 후 작가는 서울로 이사를 왔다. 대학 1학년이 되었을 때 그들 부부가 상경, 석공이 백혈병 진단을 받는다. 병원 일들을 성심껏 도왔으나 안타깝게도 임종을 맞으러 고향으로 돌아간다. 작가는 「공산토월」을 추도문이라고 한다.

관촌수필 6. 「關山芻丁」은 1976년 겨울 《창작과 비평》에 발표된 『관촌수필』의 여섯 번째 장이다. '관산' 은 "고향을 지키고 있어 고향에 가려면 반드시 거치지 않을 수 없는 산을 관산이라 일컬어온 것은 마사(馬史-사마천의 『사기』) 이래의 일이었다."(296쪽), '추정' 은 가축에게 먹이는 풀인 '꼴' 과 곡식을 끌어 모으거나 펼 때 쓰는 '고무래' 를 의미한다. 안개 자욱한 새벽 여우 잡이 이야기, 복산이 아버지 유천만, 복산이 어머니의 관계와 삶, 그리고 친구 복산이를 추억하고 있다. 작가에게 복산이의 존재는 바로 고향이다.

관촌수필 7. 「與謠註序」는 1976년 겨울 《세계의 문학》에 발표된 『관촌수필』의 일곱 번째 장으로 '여요주서' 는 '여러 사람 사이에 떠도는 소소한 소문 또는 풍문에 대한 설명' 이다. 고향 지키며 사는 신용모가 동네의 어린 아이 성문이 잡은 꿩을 장에서 팔아주려다 야생동물보호법 위반으로 경찰에 잡히고 간이 재판을 받는 이야기다. 재판에 가기 전 작가와 술을 마시고 갔는데, 재판 과정에서 동물의 권리뿐만 아니라 사람의 인권도 지켜달라고 판사에게 말했다가, 개전의 정이 전혀 안 보인다며 벌금 2만원 판결을 받는다.

관촌수필 8.「月谷後夜」는 1977년 1월《월간중앙》에 발표된『관촌수필』여덟 번째, 마지막 장인데 '월곡후야'는 달빛 비치는 골짜기의 늦은 밤이라는 뜻이다. 작가가 꿈이었던 김희찬이 번역 위조 일을 하다가 고향으로 돌아와 과수원을 한다. 동네에 사는 6학년짜리 순이가 친구 아버지로부터 겁탈 당해 임신을 하고 낙태를 하게 된 사건이 일어난다. 당시 4H 회원들이 범인을 동네에서 쫓아내는 모의가 있었고, 회장인 수찬이는 동네 주막집의 큰딸과 사랑하여 임신한 상태라 범인 김선영이 떠나라고 했던 그 밤에 범인보다 먼저 떠난다.

이 소설에 대한 평가는 해설에서 제기하고 있는 것처럼 작가의 세계관이 '봉건적 질서'에 대한 아쉬움을 드러낸 것인가? 아니면 근대화가 가져온 폐해에 대한 반감과 저항인가? 이에 대해 독자의 자기 판단이 이루어져야 하겠다. 문학적으로는 반감과 저항에 무게를 두어야 더 의미 있는 작품이라고 할 수 있을지 모르지만 문학사나 문학 비평을 떠나 독자의 관점에서 보면 당대 사람들의 순박한 삶에 아쉬움 쪽으로 기울어지지 않을까 싶다.

이문구 문체의 특징은 순우리말과 토속적인 어휘의 구사다. 그런 반면 연작 소설의 장별 제목은 8편 모두 넉자의 한자어로 정했다. 소설의 내용을 상징하는 낱말이 되고 있긴 하지만 한자 문화권에서 자란 작가의 가정환경에 밀착된 표현이다. 이런 양상을 깊이 따져야 할 일은 못 되지만 그런 걸 생각하게 하는 것이 이 소설이 가진 또 하나의 미덕이 된다. 이문구의 가족사는 대한민국 건국 이후 지속되고 있는 이념 전쟁에 몰락된 역사다. 우리 집도 그렇다. 작가의 가정환경과 내가 자란 환경이 가까운 점이 여러 가지 있었다. 그래서 나는 이 소설을 읽으며 추억의 홍수에 휩쓸리지 않을 수 없었다.

3월의 다른 책, 한 문장

1. 프란츠 카프카, 이재황 옮김, 『아버지에게 드리는 편지』, 문학과 지성사, 1999(1판 1쇄).

"만일 세상이 저와 아버지로만 이루어져 있다면-이건 저한테 수시로 떠오르던 관념입니다만-, 세상의 깨끗함은 아버지로 끝이 났을 것이고 세상의 더러움은 아버지의 충고 덕분에 저로부터 시작되었을 것입니다."(136쪽)

2. 괴테, 박종서 역, 『파우스트』, 동화출판공사, 컬러판 세계의 문학대전집 2, 1970.

독일 전설을 바탕으로 한 것으로, 학문과 지식에 절망한

노학자 파우스트가 악마 메피스토펠레스의 꾐에 빠져 현세적 욕망과 쾌락에 사로잡히지만, 마침내 잘못을 깨달아 영혼의 구원을 받는다는 내용으로 2부작이다.(12,111행)

"한 권 한 권, 한 장 한 장 책을 읽는/ 정신적인 기쁨은 얼마나 다릅니까! 그러면 겨울의 기나긴 밤도 정답고 아름다워지며/ 복된 생활이 사지를 녹여주지요. 아아, 당신도 소중한 양피지 책을 펼치고 있으면, 천국이 온통 당신한테로 내려오는 느낌일 겁니다."(55쪽)

3. 이승은 시조집 『분홍입술흰뿔소라』, 작가, 2024.

"지평선이 밑줄 긋고 저 멀리 나앉은 건/ 너라는 사막 길을 지금껏 견디느라/ 끝까지 말을 삼가고 참았다는 몸짓이다."(「그 이유」)

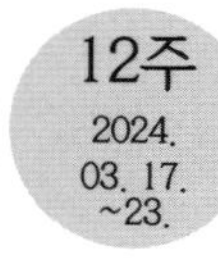

지움과 마법 그리고 얼굴

전시명: 〈參NOM展-처염히 물들다〉,
전시기간: 2023. 3. 5.~3. 29.,
전시장: 대덕문화전당, 관람일: 2024. 3. 15.

미술을 전공하지 않은 사람들의 좀은 특별한 전시가 있어 3월 15일 오프닝 행사에 맞춰 가보기로 했다. 이 전시회에 관심이 끌렸다. 두어 가지 이유가 있다. 먼저, '參NOM' 모두 나와 교분이 그리 두텁다고 말하기는 어렵지만 예술에 깊이 관심을 가진 사람들로 적잖은 교분을 나눠온 사람들이기 때문이다. '參놈' 이라니, 세속적 권위를 벗어던지고 좀 더 인간적인 측면에서 스스로를 낮추며 무엇인가를 보여주겠다는 객기 같은 것이 느껴졌기 때문이기도 하다.

또 하나, 전시회의 제목 '처염히 물들다' 가 가슴을 서늘하게 했기 때문이다. '凄艶' 은 국어사전에 '처절하게 아름답다' 는 뜻으로 풀고 있다. 국어사전에서 이렇게 해석하고 있지만, 낱자로 해석하면 凄 자가 '찰 처, 써늘할

처, 쓸쓸할 처', 艶은 '고울 염, 윤 염, 부끄러워할 염' 자다. 그래서 '쓸쓸하게 아름답다' 라거나, '써늘한 아름다움' 이라는 표현이 더 적절하지 않을까 싶은 생각도 든다. 아무튼 이 제목에 끌렸다.

기획 의도는 "각기 다른 분야에서 활동하고 있는 5인의 기획자들은 의료계 60년 경력의 윤성도 작가, 패션계 50년 경력의 최복호 작가, 언론계 40년 경력의 이춘호 작가 세 분을 모시고 〈參NOM展-처염히 물들다〉 3인 개인전을 기획하게 되었습니다. 이들 작가 3인은 자신의 분야에서 내로라할 수 있는 인물들로서 현대미술이라는 공통분모를 지니고 있기도 합니다. 보이지 않는 규칙과 규율에서 벗어나 틀에 박히지 않은 작품 세계를 구축한 작가 3인의 작품들은 다시금 처염히 태어나 다양한 행사들과 함께 어우러져 물들 것" 이라고 썼다.

각기 다른 분야에서 활동하는 기획자 5인과 3인의 작가가 어우러져 만든 전시회니까 색다른 의미를 찾을 수 있을 것 같다. 그것도 대덕문화전당이 제3전시실 완공 기념-전람회의 그림 시리즈 II로 열리는 전시회니만큼 기획자들의 고심이 묻어나기도 한다. 이런 의미도 의미지만 '다양함' 이란 키워드에 맞추어 전시장 밖에서 진행한 오프닝 행사 '티셔츠 패션난장 및 퍼포먼스 안무' 와 어우러져 봄 오후의 바람으로 불었다.

최연장자인 작가 윤성도는 의사가 본업이지만, 시인이기도 하다. 그림도 8회에 걸쳐 개인전을 열었으니 엄연히 작가다. 내가 알기로는 의사로 재직할 때 세계의 난민돕기 운동에 앞장서서 해외 봉사활동도 펼쳤다. 개인적으로 내가 대구문화재단 대표로 있을 때 이사로 모시고 많은 지도 편달을 받았던 분이기도 하다. 독서량도 많아서 언젠가 염매시장 근처 국수집에서 국수를 나누면서 하위징아의 『호모 루덴스』에 관한 얘기를 나눈 기억이 새롭다.

그의 작가 노트를 보면 "꽉 채우기보다 비워야 할 것에 대해 고민한다."며 "그림은 그리는 것이 아니라 지우는 행위, Erasing일지도 모른다. (중략) 그림은 기억 속의 흔적을 지우고 그 위에 새로운 기억을 덧입혀 가는 행위가 아닐까?"라는 의문을 던졌다. 작품 〈드로잉 Ⅰ, Ⅱ, Ⅲ〉 등은 난해했다. 작가로부터 설명 들은, 맷돌과 둥근 쇠판과 부서진 의자 쇠고랑을 연결한 설치 미술은 노트에 쓴 '모체 회귀 본능'의 발산이 아닐까 싶은 생각을 하게 했다.

작가 최복호, 그는 패션계의 이른바 거장이다. 개인전을 5회나 가진 바 있고 초대전에도 여러 번 참여한 작가다. 그의 청도 작업실에서 열린 전시회를 보고 만찬을 가진 적도 있고, 그로부터 작품을 선물받은 적도 있다. 만날 적마다 표현하는 반가움도 언제나 남달랐다. 특히 '오빠'라고 불러 놀람과 친밀감을 동시에 느끼게 했다. 늘 틀을 벗어난 삶을 추구해 언제나 내가 외경스럽게 바라보는 사람이다.

그는 작가 노트에서 「신들린 낙서」라는 제목을 달고, "새로운 시대가 요구하는 가치에 대한 생각 등으로 헝클어진 자아의 내면을 서사적 언어로 엮어 어린 시절의 담벼락 낙서처럼 그렸다."고 하며 "지나온 시간들 속에 가졌던 순수 진리의 시대로 돌아갈 마법을 염원한다."고 썼다. 작품 〈기억과 망각〉 시리즈를 이해하긴 어려웠지만, 패션을 주업으로 하는 직업과 관련한 여인상들이 관람하는 사람들에게 그 누군가로 환치되는 느낌을 받을 수 있었다.

작가 이춘호, 그는 한때 나와 같은 신문사에서 근무한 적도 있다. 다른 신문사에 재직할 때는 내 시집을 문화면에서 크게 다룬 기사를 쓰기도 했고, 그의 기타 반주에 동요 〈섬집아기〉를 함께 부른 아련한 기억도 있다. 대구문단에 작은 파문을 일으켰던 "詩碑에 是非"를 건 기사는 나를 우울하게 한 적도 있다. 그런 애증이 교차되는 사람이다. 언제나 호기심에 가득 차 있고, 최근엔 여행 작가 겸 음식 전문 기자로 활동하는 사람이다. 참 다재다능하다.

작가 노트에서 「얼굴의 연대기」란 제목을 붙이고, “얼굴이 삶의 구간을 다 지나고 나면 죽음의 표정으로 쓰러진다. (중략) 인간은 언젠가 이승과 결별을 한다. 나는 그 결별의 표정을 절망스럽게 표현하고 싶다. -산 것도 죽은 것도 아닌 뭐랄까, 세기말 같은 경계의 얼굴.” 이라며 FACE와 STORY를 합쳐 FACETORY라는 신조어를 제시한다. 한 개인의 역사는 얼굴에 쓰인다는 개념으로 이해하면 작가의 표현 의도에 가까이 가는 것일까 하는 생각을 갖게 한다.

세 작가, 아니 ‘參NOM’ 이 어떤 생각을 가지며 늙어가야 하는가 하는 물음을 던지며 제대로 늙기 위해 몸부림치는 모습이 그야말로 쓸쓸하게 아름답다. 윤성도 작가는 “꽉 채우기보다 버려야 할 것에 대해 고민”하게 하고, 최복호 작가는 삶에서 기억해야 할 것과 망각해야 할 것을 생각하게 하며, 이춘호 작가는 얼굴이 삶의 이력이 된다는 사실을 일깨워 준다. 처염하다. 작품 세계를 깊이 이해하지 못해도 그들의 작업이 마냥 부럽기만 하다.

나의 고도는 시조다

연극명: 〈고도를 기다리며〉,
극장: 아양아트센터, 관람일시: 2024. 3. 29. 19:30

오랜만의 연극 관람이다. 1층의 입장권은 구하지 못하고 2층으로 예매해 가까이서 보지 못하는 아쉬운 마음이 컸다. 포스터에는 "역사의 기록이 될 명작, 한국 연극계를 이끌어온 대배우들의 원 게스트 출연. 노벨문학상 수상작가 샤무엘 베케트의 대표작 「고도를 기다리며」 1953년 파리 첫 공연 이후 세계 각국에서 다양한 해석으로 공연될 뿐 아니라 한국에서는 극단 산울림의 임영웅 연출을 통해 1969년 초연 50년 동안 약 1,500회 공연, 22만 관객의 사랑을 받은 베스트 셀러 연극!" 이라고 소개하고 있다. 참 대단한 작품이다.

이런 연극을 볼 수 있다는 것이 행운이다. 그 줄거리는 이미 책을 통해 알고 있는, 아니 알고 있다고 말하긴 어렵지만 전혀 모르는 것은 아니라고 해야겠다. 노벨문학상 수상작인 이 작품은 전통적인 사실주의 극에 반기를 든 전후 부조리극(이치에 맞지 않는 극작품)의 고전으로 칭송받는다. 줄거리는, 시골 길가의 마른 나무 옆에서 '고도'를 기다리는 부랑자 두 사람과 난폭하고 거만한 폭군과 노예, 그리고 막이 끝날 때마다 나타나서 이 연극의 중심 테마인 '고도'가 오지 않으리라는 것을 알려주는 귀여운 소년의 이야기가 담겨있다.

작가 베게트는, 아일랜드 출신으로 2차 세계대전이 발발하자 중립국 국민의 안전한 신분을 이용해 프랑스 레지스탕스 운동을 도왔다. 그러던 중 그가 가담한 단체가 나치에 발각, 당시 독일의 비점령 지역인 프랑스 남단 보클루즈에 숨어살게 되었다. 거기서 할 수 있는 일은 전쟁이 끝나기를 기다리는 일뿐. 전쟁이 언제 끝날지는 아무도 예측할 수 없는 상황이었기 때문에 그는 다른 피난민들과 함께 이야기를 나누며 시간을 보냈다. 얘깃거리가 동이 나면 또 다른 화제를 찾아야만 했다. 이것이 '고도'에 나오는 대화의 양식이다.

이 작품에 대한 자료들을 살펴보면, 베게트는 자신의 체험에서 얻은 사실적인 요소들로부터 시작하여 구성을 극도로 단순화함으로써 이 작품을 창조해 냈다. 이 작품을 난해하다고 말하는 사람도 있지만, 작품의 토대가 되는 기다림의 상황은 의미가 정해져 있지 않음으로 인해 보편성을 띠게 된다. 1957년 등장인물 중에 여성이 없다는 이유로 미국의 San Quentin 교도소에서 공연되었을 때 1,400여 명에 달하는 죄수들은 예상을 뒤엎고 열광적인 반응을 보였고, 그들은 '고도' 가 '바깥 세상이다' , 혹은 '빵이다' , '자유다' 라고 외쳤다고 한다.

작가는 "이 작품에서 신을 찾지 말라." 고 했으며, "여기에서 철학이나 사상을 찾을 생각은 아예 하지 말라, 보는 동안 즐겁게 웃으면 그만이다. 그러나 극장에서 실컷 웃고 난 뒤 집에 돌아가서 심각하게 인생을 생각하는 것은 여러분의 자유." 라는 메시지를 남겼다고 한다. 따라서 결국 '고도' 의 의미는 작품을 감상하는 사람 개개인에게 달려있다고 볼 수 있다. 교도소에서의 반응처럼 텍스트의 의미가 열려 있음으로 인해 '고도' 는 아직까지도 연구가 계속되고 있으며 널리 사랑받는 작품으로 남아있다.

블라디미르의 대사 중에 "여자들은 무덤 우에 걸터앉아 무서운 산고를 겪고, 구덩이 밑에서는 일꾼이 꿈속에서처럼 곡괭이질을 하고, 사람들은 서서히 늙어가고, 하늘은 우리의 외침으로 가득하구나. 하지만 습관은 우리의 귀를 틀어막지." 라고 하는데, 이 대사가 주제에 가장 가까운 것이 되는 것으로 이해할 수도 있다. '고도' 에 깔려있는 허무주의적이고 비극적인 세계 인식은 이 작품이 인생의 부조리를 인식하고 삶의 의미를 찾으려 했던 전후 실존주의 문학의 한 흐름을 보여주는 것으로 해석한다.

연극으로 돌아와서 보면 이 연극 관람을 통하여 나는 두 가지를 깊이 생각하게 되었다. 그 첫째는 지금 나는 무엇을 기다리고 있는가 하는 것이다. 기다림이 없다면 그건 사는 것이 아니고, 기다릴 게 죽음밖에 없다면 그것 또한 죽음과 다름없다. 곰곰이 생각해 봤다. 나의 고도는 무엇인가? 다행이다. 내가 기다릴 게 있어서 다행이다. 나는 내가 좋은 시조를 만날 수 있게 되기를 기다려야 한다. 지금까지보다 더 간절하게 기다려야 한다. 시조를 기다리며 그것도 아주 좋은 시조를 기다리며 살 수 있어 다행이다.

둘째는 최근 들어 부쩍 늙었다는 생각만 자주 하고 무엇을 새롭게 해 보려는 생각을 하지 않는 나를 반성해야 한다는 것이었다. 이 연극에 출연한 한국의 대배우들, 배우들 앞에 수식어 '大'를 붙이는 이유가 뚜렷하다. 달랐다. 그야말로 포스가 달랐다. 바위 하나 나무 한 그루, 단순에 단순을 거듭한 무대에서 인터미션 시간을 빼고도 130분, 2시간 10분을 넘는 시간 연기를 펼친다. 에스트라공(고고) 역 신구(1936년생), 블라디미르(디디) 역 박근형(1940년생), 럭키 역 박정자(1942년생), 포조 역 김학철(1960년생), 소년

역 김리안(1990년생). 열연이다.

특히 신구와 박근형, 그리고 남장을 소화해 내는 박정자, 이들에게 마음 깊은 곳으로부터 우러나오는 존경의 박수를 보내지 않을 수 없다. 그야말로 이런 대배우의 열연 모습을 보는 것은 연극에 담긴 내용을 훨씬 능가한다는 생각까지 든다. 80 노배우들의 열연에 어떻게 감명받지 않을 수 있겠는가? 공연 시간은 길고, 계속 대화만 해야 하는 연극이라 대사 외우기도 만만찮은 일이고, 전국투어 공연을 소화하고 있으니 쉽게 이해가지 않는 활동이고 열연이다. 신구의 구수한 어투, 박근형의 형형한 눈빛, 박정자의 정밀한 동작, 놀랍다.

그런데 이 명연기를 펼치는 대배우들의 나이에 이르려면 아직 한참 남은 셈인데, 나는 나이 타령만 하고 있었으니 이 일을 어떻게 해야 하나 싶은 것이다. 출연한 배우들이 수십 년 갈고 닦은 연기는 그들의 출연 자체로 아우라가 형성되었다. 그 노을빛이 아름답기 그지없다. 내가 극장을 빠져나오며 생각하게 된, 나의 고도는 무엇인가? 라는 질문, 아직 늙었다고 포기할 때가 아니라는 생각, 이 두 가지는 결국 하나가 되는 것인데, 나의 고도 '시조' 를 기다리며, 그가 쉬 오지 않아도 기다리고 또 기다리며 그리고 또 기다려야겠다.

내 커피는 믹스에, 꼬냑 한 방울

공연명: 2024 수성아트피아 로비음악회, 〈세상의 모든 음악 II〉,
공연장: 대구 수성아트피아 대극장 로비,
관람일시: 2024. 4. 4. 14:00

예술로 놀아보기로 한 2024년 14주째, 영화(연극), 공연, 독서, 전시의 순서로 돌아가는데 예정에 둔 공연이 없다. 그전에 봐둔 공연도 없어서 순서를 바꿀까 생각하다가, 융통성 없다고 해도 순서를 바꾸는 것은 앞으로의 계획에 차질을 빚을 것 같아서 강행하기로 하고, 《대구문화》 4월 호를 뒤졌다. 4월 4일이 엉터리 신고 된 호적상의 생일도 아니고, 음력 생일도 아니며 진짜 생일이라 자축하기로 하고 공연을 찾았다. 수성아트피아 로비음악회 〈세상의 모든 음악 II〉가 눈에 띄었다.

시간도 오후 2시, 입장료는 무료. 망설일 이유가 없었다. KBS FM 저녁 6시 '세상의 모든 음악' 이라는 프로의 영향을 무시할 순 없겠다. 갔더니 기대보다 좋은 레퍼토리를 갖고 있었다. '커피와 사랑에 빠지다' 라는 부제가 붙었는데, 음악가 베토벤, 바흐, 화가 고흐, 작가 헤밍웨이의 커피 이야기와 커피와 관련된 곡을 연주한다는 것이다. 기획이 아주 재미있다는 생각을 했다. 대극장 로비에 조그만 무대, 의자 100여 개, 퍼커션, 피아노, 플루트&오카리나, 바이올린으로 편성되었다.

제일 먼저 베토벤, 그는 아침마다 커피 원두 60알을 헤아려 커피를 만들어 마시면서 60가지 영감을 받는다는 얘기, 어쩌다 손님이 와도 한 명 한 명 60알을 헤아려 대접했다는 얘기와 함께 〈미뉴에트 사장조〉와 〈베토벤 바이러스〉가 연주됐다. 〈미뉴에트 사장조〉는 원래 관현악을 위한 버전, 두 개의 바이올린과 첼로를 위한 버전, 피아노를 위한 버전으로 각각 쓰여졌지만 오늘날에는 피아노를 위한 버전만이 살아남아있다고 한다. 워낙 유명한 곡들이라 어디서 어떻게 들었는지 모르겠지만 귀에 익은 음악이었다.

반야의 〈베토벤 바이러스〉는 오케스트라 편곡이다. 클래식 음악, 베토밴 〈소나타 8번〉(부제 '비창') 중 제3악장의 도입부만 비슷하다. 2008년에 방영된 MBC 드라마 〈베토벤 바이러스〉는 우리나라에서 제작된 드라마 중 유일무이하게 서양 고전 음악을 소재로 했다는 특징을 갖는다. 비창 3악장의 초반부와 러시아 군가를 인용해 만든 것으로 '반야' 라는 리듬 게임 음악 전문회사의 프로그래머가 편곡한 것이며 반야는 외국인이 아닌 우리나라 사람이다. 이 곡이 게임, 영화, 드라마, 광고 등에 널리 쓰였다.

다음으로 바흐는 〈커피 칸타타〉를 작곡했다. 프리드리히 헨리가 쓴 극시에 의한 것으로 커피 중독자인 딸의 커피를 끊게 하려는 내용이다. 딸에게 커피를 끊지 않으면 옷도 안 사주고 밖에도 못 나간다고 말했지만 딸은 커피만 마실 수 있다면 다 상관없다고 한다. 갈등에 치닫던 부녀는 화해하고 딸은 커피를 마시지 않고 시집을 가겠다고 한다. 결혼 조건은 커피를 마시는 것을 허락하는 남자였다. 커피 예찬곡으로 커피 하우스에 나올만한 곡이다. 연주된 곡은 바흐의 〈미뉴에트 사장조〉와 〈프랑스 모음곡 사장조, BWV 816 1. Allemande〉였다.

화가 고흐는 커피와 어떤 관계가 있을까? 화가 반 고흐가 사랑한 커피는 모카 마타리 커피. 작품 〈밤의 카페테라스〉는 커피를 빼놓고 이야기하기 어렵다. 미국 가수 돈 맥클린이 1971년에 발표한 〈빈센트〉가 연주되었다. 이 곡은 싱어송 라이터인 돈 맥클린이 고흐의 그림 〈별이 빛나는 밤〉(1889)을 보고 그의 삶과 예술세계를 추모하며 그를 위해 만든 곡으로 알려져 있다. "Starry, Starry night, Paint your Palette blue and gray(별이 빛나는 밤, 팔레트를 파란색과 회색으로 칠하십시오)" 흥얼거릴 수 있는 노래다.

그다음 연주곡은 〈How My Heart Sings(내 마음의 노래)〉

로 빌 에반스 트리오의 곡이다. 미국 재즈 피아니스트이며 작곡가, 2차 대전 이후 가장 영향력 있는 재즈 피아니스트다. 목을 아주 낮게 하여 피아노와 얼굴이 평행이 된 상태로 연주를 하는 독특한 스타일을 갖고 있다고 한다. 다운 비트 재즈 명예의 전당에 올랐다. 재즈 마니아 일본 작가 무라카미 하루키는 저서 『재즈 에세이』에서 그의 음악을 "세계를 뜨겁게 사랑하는 마음"과 "세계를 날카롭게 도려내는 마음" 두 가지를 동시에 준다고 썼다.

Stage 4는 헤밍웨이와 커피 이야기다. 헤밍웨이의 『무기여 잘 있거라』, 『누구를 위하여 종은 울리나』, 『노인과 바다』에 커피가 등장한다. 『무기여 잘 있거라』에 가장 많이 나오고, 『노인과 바다』에 단 두 장면만 나오는데 그 의미가 깊다. "두 사람은 어부들을 위해 아침 일찍 문을 여는 음식점에 가서 연유 통에 따라 놓은 커피를 마셨다."는 도전의 의미, "마침내 노인이 깨어났다. -일어나지 마세요. 소년이 걱정스럽게 말했다. -우선 이걸 좀 마시세요. 소년은 잔에 커피를 조금 따랐다."는 위로의 의미다.

헤밍웨이의 커피 이야기에는 프랑스 클로드 볼링의 〈아일랜드의 여인〉과 냇 킹 콜의 〈L-O-V-E(사랑)〉가 연주되었다. 〈아일랜드 여인〉은 재즈적이기는 하지만 즉흥적인 요소는 배제하고 모두 악보로 쓰였다. 곡이 수록된 앨범은 530주 동안 빌보드 클래식 차트에 랭크되는 대기록을 가졌다. 냇 킹 콜은 미국의 가수이자 재즈 피아니스트다. 가사의 'L' 은 상대가 나를 바라보는 방식을, 'O' 는 유일한 사람임을 상징하며, 'V' 는 각별함을, 'E' 는 사랑이 끝이 없다는 것을 나타내어 사랑과 행복에 대한 긍정적인 에너지를 담고 있다.

예술가들의 커피 이야기에 재즈를 중심으로 한 클래식, 앵콜곡 발라드 〈커피 한잔 할래요〉 등. 그야말로 '세상의 모든 음악' 을 지향하는 작고 짧은 연주회였지만 듣고 와서 그 음악들에 대한 자료들을 찾아보고 다시 들어보는 재미가 쏠쏠하다. 기획자들이 나름 고민한 흔적을 찾을 수 있었다. 연주회에 스토리를 입히는 기획이었다. 그래서 어렵지도 않았고, 무겁지도 않았으며 편히 즐길 수 있었다. 커피 한잔의 아름다움이었다. 내 커피는 고흐의 마타리가 아닌 환상적인 배합으로 유명하다는 대한민국 믹스커피, 거기에 꼬냑 한 방울 떨어뜨린 것이다.

15주
2024.
04. 07.
~13.

자살은 사랑의 반어反語

Johann Wolfgang Goethe, 박종서 역,
『젊은 베르테르의 슬픔』, 동화출판공사, 1970.

벗이여!

목련꽃 피는 4월이 왔네. 이 봄에 어떤 책을 읽을까 생각하다가 『젊은 베르테르의 슬픔』을 다시 읽어보기로 했네. 박목월 시인의 「4월의 노래」 "목련꽃 그늘 아래서 베르테르의 편질 읽노라 구름꽃 피는 언덕에서 피리를 부노라"라는 시에, 김순애가 곡을 붙인 가곡이 흥얼거려지는 영향일 것 같네. 아무튼 이 책을 읽은 내 생각도 편지로 써 보려 하네. 어떤가? 대책 없는 치기가 되는 것인가? 그렇다 해도 할 수 없네. 편지는 고백적 서사 양식으로 자기감정을 투시한다고 하지 않는가. 내가 벗에게 그러고 싶네.

찾아든 책은 반세기 전 1970년 판. 동화출판공사가 그림 몇 장 그려 넣고 칼라판 '세계문학전집'이라고 이름

붙인 10권 한 질, 그 둘째 권이네. 당시 책 판매로 유행하던 월부로 구입해서 책장에 꽂아두었던 장식물이네. 이사를 수없이 다녔지만 버리지 않고 무슨 보물처럼 끌어안고 다녔네. 이 책 9월 10일 자 편지에 "당신은 좋은 책을 자주 가지고 계셨지만 그것을 읽는 것은 드문 일이었지요."라는 말이 있는데 내가 그랬네. 세로판 2단의 작은 글자 편집, 읽기가 편치 않네. 그렇지만 그것에 세월이 묻었다 생각하니 그 불편도 즐길 만하네.

『젊은 베르테르의 슬픔』은 세계의 고전이지, 그렇지만 아주 별스러운 이야기는 아니잖아. 사랑해선 안 될 사람을 사랑하다 자살한 이야기 아닌가. 그 사랑이 하도 절절해서 고전이 된 것이지. 그것도 사랑하는 여인에게 직접 편지를 쓴 것이 아니라 친구에게 사랑의 아픔을 토로한 것이네. 이런 편지 소설은 18세기에 유행했다고 하는군, 새뮤얼 리처드슨의 『파멜라』가 효시고, 루소의 『신엘로이즈』, 앙드레 지드의 『좁은 문』, 우리나라에선 이광수의 『어린 벗에게』, 이문열의 『타오르는 추억』, 신경숙의 『풍금이 있던 자리』 등이 있다네.

해설에 따르면, 『젊은 베르테르의 슬픔』의 초판에는 작자가 밝혀져 있지 않다고 하네, 익명으로 출판되었는데 열병과도 같은 반향을 일으켰다네. 재판再版에서 괴테가 "남자가 되라, 그리고 내 뒤를 따르지 말라."고 독자에게 호소했다고 하네. 그도 그럴 것이, 당시 유럽의 많은 젊은이들이 소설 속에 묘사된 주인공 베르테르의 옷차림을 하고 다니고, 베르테르를 모방한 자살도 2,000여 명으로 추정된다고 하니 괴테가 이런 말을 하지 않을 수가 없었겠지. 이 소설이 엄청난 인기를 끌었다는 사실을 알 수 있네. 소설의 위력을 방증하는 일이지.

이 소설은 박목월 시인의 「4월의 노래」에도 등장했지만, 우리나라 굴지의 기업 롯데그룹 사명社名이 여주인공에게서 따온 것이라고 하는군. 롯데그룹 신격호 총괄회장이 『젊은 베르테르의 슬픔』을 읽고 감명을 받아 로테에서 롯데라는 사명을 따왔다고 하네. 롯데라는 이름에는, 만인의 연인 로테처럼, 롯데도 누구에게나 사랑받는 기업이 되었으면 하는 염원이 담겨있다고 하는군. 롯데백화점 상품권에도 샤로테의 그림이 새겨져 있다네. 기업의 이름이 이렇게 정해졌다니 낭만적이지.

이쯤에서 작자를 살펴볼 필요도 있겠지만 이름만으로 족하지 않은가? 그래도 놓쳐선 안 될 것이 있네. 독일 고전 문학의 선구자라고 할 수 있는 비일란트(C. M. Wieland, 1733~1813)는 당대의 가장 두드러진 인물을 평하면서 괴테를 "인간다운 인간 중에서 가장 위대한 인간"이라 했다네. 그리고 유럽을 휩쓸었던 나플레옹 1세가 괴테를 만났을 때 "여기 인간이 있다!"고 외쳤다고 하네. 또 하나 괴테가 74세에 19세 소녀 울리케 폰 레베초프를 사랑하여 구혼까지 했다가 거절당했다는 이야기는 참으로 놀랄 일이 아닌가. 느껴지는 게 많지?

그다음은 어떻게? 가 궁금해지지, 괴테는 변호사 개업을 했지만 이름뿐이고 고등법원에서 견습을 했다고 하네. 공사관 서기관의 약혼녀 샤로테 부프에 얼마 동안 사랑을 느꼈지만, 삼각관계의 위험을 피하기 위해 몇 달 후에 고향으로 돌아왔다네. 그녀와의 관계, 그리고 공사관 서기관이었던 괴테의 친구가 어떤 유부녀를 그리다가 자살한 사건이 일어났는데 이 일이 두 번째 동기가 되었다고 하네. 작가와 친구의 경험을 뒤섞은 작품이라고 보면 될 것 같네. 고뇌에 찬 사랑의 경험이 깊은 감동을 자아내네.

벗이여! 지난날 엄벙덤벙 읽을 때는 보지 못했던 기막힌 표현이 이 책을 고전으로 만든 것 같네. 7월 18일의 편지 속에 이런 말이 있네, "오늘은 로테한테 갈 수가 없었다. 피치 못할 회합 때문에 방해를 받은 것이다. 어떻게 한 줄 아나? 나는 하인을 보냈다네. 그것은 오늘 로테한테 가까이 갔던 사람을 누구든지 내 주위에 두고 싶었기 때문이다." 얼마나 가까이 있고 싶어야 이런 생각이 나올 수 있을까? 사랑의 마음이 이 정도는 돼야 사랑이라고 할 수 있다면 사랑하기가 결코 쉬운 게 아니겠지. 참으로 진정성이 느껴지네.

여기서 끝나지 않네, 베르테르가 자살하기 직전 권총을 받아들고 "권총은 당신의 손을 거쳐서 왔습니다. 당신이 그 먼지를 털어주었지요. 저는 천 번이나 입을 맞추었습니다. 당신이 만졌던 것이니까요. 그리고 당신은, 하늘의 영靈이여! 나의 결심을 유리하게 해주고 있습니다. 당신이, 로테여, 제게 무기를 내주었습니다. 저는 당신 손에서 죽음 받기를 소원했었는데요, 아아! 이제 이렇게 받는군요!"라는 구절이네. 이렇게 표현할 정열이 있으니 74세에 19살 소녀에게 구혼을 했겠지. 정말 보통의 사람은 아니었던 것 같네.

벗이여! 이 편지들 아니 소설을 읽고 나니, 목숨과 바꿀 만한 사랑을 해봤던가 하는 물음, 또 하나 함석헌 선생의 「그 사람을 가졌는가」라는 시가 떠올랐네. 베르테르가 사랑의 슬픔을 구구절절 쏟아놓았던 빌헬름 같은 친구 말이네. 그런 사랑의 경험 없었던 건 다행이지만, 그런 친구 없다는 건 아픔이네. 아무리 그래도, 사랑할 수 없다고 자살하는 것은 아니잖아. 슬픔이 아니라 아픔이네. 이 봄 잘 보내게. 이만 총총.

2024년 4월 15일

이보

추신: '로테' 와 '롯데' 가 표기가 다르다고 나무라지 말아주게, 내가 읽은 책과 기업의 표기가 달라 그걸 따른 것이네. 그리고 벗이여! 이 편지를 읽고 나서 박목월 작시, 김순애 작곡 〈4월의 노래〉를 함께 불러주기를 부탁하네.

그리고 뒷말이 많지, 그래도 함석헌 시 「그 사람을 가졌는가」를 읽길 바라네.

4월의 다른 책, 한 문장

1. 박용일 편저, 『고향으로부터 윤동주를 찾아서』, 흑룡강조선민족출판사, 2007.

"윤동주가 연희전문학교에서 처음으로 쓴 시는 「새로운 길」이다. 제목도 작품의 율조도 모두 새로운 곳에서 새로운 생활을 시작한 젊은이의 활기로 충만되었다." (38쪽)

2. 임채성 시조집 『메깨라』, 고요아침, 2024.

"눈 덮인 한라산은/ 소복 입은 여인 같다" (「그해 겨울의 눈」)

"탐라의 제사상에는 지방조차 쓰지 않고" (「발레굴못 연대기」)

"한라의 등줄기에 피가 도는 사월이면/ 동백과 철쭉꽃이

왜 그리 붉은지를/ 빛돌 및 순이 삼촌이 귀엣말로 일러준다.”(「너븐숭이」 중에서)

3. 정수자 시집 『인칭이 점점 두려워질 무렵』, 가히, 2024.

“잡아보려 다가서면 고만큼씩 멀어지던/ 시라는 술래 같은 아지랑이 멀미 속에/ 줄 없는 거문고 타듯 물의 율을 탐했네”(「윤슬 농현」 3수 중 끝수)

4. 김일연 시평집 『시조의 향연』, 책만드는집, 2024.

문무학 「불경기」, 「없다」, 「중장을 쓰지 못한 시조, 반도는」 3편 수록

“이러한, 가슴을 뭉클하게 하는 위트와 실험의식, 촌철살인의 기지가 시인의 모든 시조에 가득합니다.”(164쪽)

5. 고사카 루카 지음, 김지연 옮김, 『남은 인생 10년』, 모모, 2024.

영화를 보고 책을 읽었다. 영화보다 깊고, 영화보다 잔잔했다.

“인생은 즐기는 사람이 이긴다!”(42쪽)

우주를 표현하는 도예가

전시명: 〈연봉상〉,
전시기간: 2024. 4. 5.~21., 전시장: 용진요,
관람일: 2024. 4. 12.

'도예陶藝'는 예술에서 조형예술로 분류된다. 『미술대사전』에서 "조형예술은 공간적 형상을 조형하는 예술의 뜻으로 회화, 조각, 건축, 공예 등의 총칭이며 거의 미술이라는 말과 같다. 이것에 대립되는 개념으로는 문예, 음악, 무용, 연극 등을 총괄하는 '뮤즈예술'을 들 수 있다. 다만 독일어의 '조형하다(bilden)'는 원래 모상을 제작한다는 의미였기 때문에 오늘날에도 회화와 조각의 재현예술만을 가리킬 경우가 있다. 또한 영어의 플라스틱 아트, 또는 프랑스어의 아르 플라스티크는 협의의 조소를 가리킨다."고 설명한다.

이 조형예술에서 '도예陶藝'는 토기, 도자기, 석기 등을 만드는 작업, 이를 좀 더 구체적으로 살펴보면 진흙으로 형태를 만들어 말린 뒤 가마에서 높은 열을 가하여 여

러 종류의 그릇을 만드는 작업이다. 광택을 내기 위해 유약을 바르기도 하고, 초벌구이와 재벌구이의 두 단계를 거친다. 초벌구이만 한 도기는 토기, 도기와 자기를 합쳐 도자기라 하며 초벌구이 뒤 유약을 바르고 재벌구이 하여 만든다. 돌가루를 이용한 것은 석기다. 상감청자, 분청사기, 당삼채 같은 말은 도자기를 만드는 기법이다.

'우주를 표현하는 도예가' 로 알려진 연봉상이 용진요에서 2024년 4월 5일부터 21일까지 17일 동안 전시회를 가졌다. 마침 내 작업실을 찾아온 네 분의 문인들을 모시고 12일 오후 전시장을 찾았다. 전시장이 특별하다. 쭈뼛쭈뼛해야 하고 어딘가 거북한 그런 공간이 아니다. 도예가 연봉상이 땀을 쏟고 피를 쏟는 그 작업의 현장이다. 뽐내기 위한 아무런 장식도 없고 오로지 작품만을 전시했다. 집의 뜨락에도 전시되고, 작업장이기도 하고 응접실이 되기도 하며 전시장이 되기도 하는 곳에 소박하게 전시했다.

작품을 감상하면서 주눅 들지 않아서 좋다. 나만 그런 것이 아니라 관람하는 모든 사람들이 그렇게 생각할 것 같다. 그러나 전시장에 들어서면 그야말로 기상천외의 세계가 펼쳐진다. 지금까지 많이 보아왔던 표면이 매끌매끌한 달 항아리가 아니라, 인류가 달을 정복한 이후 사진을 통해 알게 된 달의 분화구가 있고, 표면이 꺼칠꺼칠하며 움푹진푹하기까지 한 달 항아리가 분홍빛을 내기도 하고 뭣이라고 꼬집어 말할 수 없는 그야말로 우주의 색으로 빛나며 시선을 사로잡는다. 이런 색을 내게 하는 것이 그가 개발한 '토하 유약' 이다. 토하는 그의 호이다.

인류의 관심은 우주에 쏠려있다. 인간에게 착취당한 지구가 병들어 우주에 관심을 갖는 것은 너무나 당연하다. 그런데 도예가가 도예로 우주를 표현하겠다는 꿈을 꾼 사람은 연봉상뿐이다. 그의 달 항아리는 그만큼 특이하다. 큰 생각을 가진 예술가가 아니면 절대로 불가능한 상상을 도예에 담아낸 것이다. 특히 눈길을 끄는 것은 그 달을 펼쳐놓은 예술이다. 작품을 보는 사람에게 무한한 상상력을 불러일으킨다. 나는 좋은 예술 작품은 생각하게 하는 것이고, 더 좋은 작품은 상상력을 발휘하게 하는 작품이라는 생각을 갖고 있다.

이렇게 큰 꿈을, 이렇게 큰 상상을 도예로 빚어내는 그는 의외로 소박하다. 참 드문 예술가다. 이 속도의 시대에도 운전을 하지 않고 산다. 시대에 뒤떨어지는 삶을 산다고 할 것인가? 그런데 그는 우리 인류가 미래에 가야 할 우주에 관심을 갖고, 그 우주를 표현하는 도예가인데 어떻게 시대에 뒤떨어진 삶을 산다고 말할 수 있겠는가. 그의 몸은 지구에 있지만 그는 언제나 우주를 상상하는 사람이다. 운전을 하지 않고 산다고 해서 뒤떨어진 삶을 산다고 하는 사람이 정말 뒤떨어진 삶을 사는 사람일 것 같다. 우주는커녕 눈앞만 보고 살지 않는가.

그는 말한다. A4 한 장 크기의 그야말로 소박한 팸플릿에서 "팔공산에 들어와 작업을 시작한 지 어느덧 35년이라는 시간이 흘렀습니다. 돌아보니 늘 새로운 작품을 추구하며 수없이 반복된 작업으로 버리고 할퀴고 누른 흔적을 작품에 담아왔습니다. 작업장을 짓고 쉬지 않고 달려온 만큼 돌이켜 보는 시간을 갖고자 합니다. 그동안의 흔적과 현재 작업 중인 우주를 표현한 작품들을 선보여 드리고자 합니다. 자연은 많은 것을 내어주더군요. 팔공산에서 찾은 흙, 수많은 연구 끝에 개발한 유약으로 빚어낸 흙맛, 불맛 나는 작품들을……."

「용진요 문을 열면서……」라는 짧은 글이다. 이 글에서 '용진요'에서 전시회를 갖는 이유가 확연히 드러난다. 무엇보다 덧칠하지 않은 나를 보여주겠다는 용기가 없으면 갖지 못할 전시회다. 모든 허례허식 다 벗어던지고 작업장에서 재료가 되는 모든 것, 이를테면 흙맛과 불맛을 조화시키는 요가 있는 곳에서 불을 때는 장작이 쌓여있는 마당에 그의 작품을 펼쳐놓은 것이다. 여간한 자신감과 배짱, 용기 없이는 이루어질 수 없는 일이다. 그 정신이 참으로 예술이다. 예술은 정신이 피워내는 꽃이니까.

이런 우주예술에 관한 궁금증이 생겨서 몇 개의 자료를 찾아본다. 우주예술, '천문학적 예술' 이라고도 한다. 앞으로 우주예술은 예술과 인공위성 기술의 융합을 통해 우리가 세계를 경험하는 방식을 확장하는 데 중요한 역할을 할 것이라고 한다. 우주예술을 통해 우리는 우주를 새로운 캔버스로 삼아 인간의 창의력을 무한히 확장할 수 있을 것이며, 이는 예술, 과학 기술의 경계를 넘어선 인류 문화의 새로운 지평을 여는 중요한 발걸음이 될 것이라고 한다. 이 길에 도예가 연봉상은 이미 오래전에 들어섰다.

연봉상은 "내 작품의 영감은 모든 자연 산물에서 나온다. 전통을 고수하되 시대에 맞는 새로운 작품을 추구한다. 달, 별 우주의 신비를 표현하는 토하 기법으로 오늘도 난 우주에 점 하나 찍고 있다." 고 했고, "오늘도 긴 붓장작을 휘두른다. 익어가는 흙 그림자에 스치듯이 내 마음의 그림을 그려본다. 나의 캔버스인 가마 가득히 일렁이는 불길, 익어가는 불놀이에 캔버스는 점차 불지짐으로 번진다. 설렘, 그리고 긴 기다림 터질 듯 넘실대는 불길이 퍼지자 결국 새로운 숨결을 토해낸다. 토해낸 소리에 흙의 심장소리가 들린다. 내 숨소리도……" 그의 작업노트에서 따온 이 글에서 그의 작품에 임하는 정신을 읽을 수 있다. 전시장 천장에 매달아 놓은 토하 연봉상의 행성들은 크고, 새롭고, 아름다운 정신을 담아 흔들거린다. 그는 저 행성의 흔들림을 통해 새로운 예술의 새로운 세계로 가고 있다. 연봉상의 작업은 인류의 기술이 개발한 우주여행보다 먼저 우주를 여행하게 한다. 어디로 무엇을 찾아가야 하는지 모르는 우리에게 우주에 대한 꿈의 메시지를 던져준다. 그 메시지 안고, 제2의 연봉상인 조력자가 끓여낸 녹차를 마신다. 흙맛, 불맛이란 이런 것인가!

'남은 인생 10년' 을

영화명: 〈남은 인생 10년〉, 개봉: 2023. 5. 24., 재개봉: 2024. 4. 3.,
등급: 12세 이상 관람가, 장르: 드라마 멜로/로맨스, 러닝타임: 125분,
감독: 후지이 미치히토, 주연: 고마츠 나나, 사카구치 켄타로,
극장: CGV 대구연경, 관람일시: 2024. 4. 22. 14:40

벚꽃이 핀 봄날에 일본 로맨스 영화라니 괜찮을 것 같기도 하다가 망설여지기도 했다. 그런데 〈남은 인생 10년〉이라는 영화 제목이 예약 버튼을 누르게 했다. 월요일 오후 나 같은 백수 아니면 극장에 올 사람이 거의 없겠지만, 관객은 나 이외에 단 두 명, 그것도 한 사람은 끝까지 보지 않고 나가 버려서 그 큰 극장에 단 두 사람이 보고 있었다. 로맨스 영화는 원래 통속적인 흥미와 선정성이 있는 이야기를 주로 다루기 때문에 뻔한 사랑놀이는 사실 그리 기대할 것도 없고 그렇고 그럴 것이라는 생각이었다.

그런데 이 영화를 보면서도 울었고, 영화가 끝나고도 한참을 울면서 앉아 있었다. OST가 눈물샘을 자극했다. "진짜 같은 거짓말들만 입안에 가득 찬 것 같은 이 세계에서 거짓말 같은 진실들만을 껴안은 너는 거북스러운 듯이 웃었지. 지나치게 건강한 이 몸에 질렸을 무렵 열이 나니 왠지 묘하게 기뻐져서 큰 소리를 지르며 어머니께 달려갔어. 마음의 색과 형태가 완전히 다른 두 영혼이 섞였을 때 무슨 일이 일어나려나, 심장이 몇 개나 더 있어야 내가 네 손을 붙들고 이 가슴 속으로 데려올 수 있을까……" 로 이어진다.

스무 살이 되던 해, 수만 명 중 1명이 걸리는 난치병 폐동맥 고혈압으로 10년의 삶을 선고 받은 마츠리가 삶의 의지를 잃은 카즈토를 만나 사랑에 빠진다는 이야기다. 난치병으로 시한부 생명을 선고받은 여주인공과 삶의 의욕을 잃고 자살까지 시도했던 남주인공 간의 사랑 이야기다. 봄에 만나서 즐거운 여름과 아름답던 가을, 깊어진 겨울까지 하루하루 애틋하게 서로를 사랑한다. 하지만 쌓이는 추억만큼 줄어드는 시간 앞에 결국 마츠리는 카즈토의 곁을 떠나기로 결심하고 그 후 생을 마감한다.

로맨스 영화에서 자주 다루어지던 주제고 방식이다. 사랑하는 방법이 다르지만 그 다름도 큰 차이가 있는 것이 아니다. 그것은 사랑이 사람의 마음을 표현하고 전하는 것이기 때문에 크게 달라질 수 있는 것도 아니다. 사랑은 말이 아니다. 사랑은 행동이어야 한다. 말로 주는 느낌이 아니라 몸이 느끼는 말이어야 한다. 사랑하는 사람이 아무런 장애 없이 마음껏 사랑하고 사랑받을 수 있는 이야기라면 영화가 만들어질 수 없다. 그들의 사이에 사랑을 방해하는 큰 장애물이 놓이는 것이다.

이들이 사랑하는 기간이 봄에 시작해서 겨울로 가는 것은 영상미를 살리기 위한 전략으로 해석된다. 벚꽃 흐드러진 거리나 도쿄라는 도시의 위용, 낙엽 지는 가을, 눈 내리는 겨울, 영상미가 뛰어났다. 겨울 스케이트장에서 보여주는 사랑은 1970년대 영화 "사랑은 절대 미안하다고 말할 필요가 없다."라는 명대사로 기억되는 〈러브 스토리〉를 떠올리기에 충분했다. 사랑하는 사람들의 모습은 모두 아름다울 수밖에 없는 것이다. 애절한 사연이 있는 것이라면 더욱 그렇다. 10년 시한부 삶이란 걸 모르는 상대, 그래서 관객은 가슴 조인다.

영화는 그렇다. 대단한 것도 아니고, 그저 그런 영화도 아니다. 영화관에서 참으로 오랜만에 눈물을 흘리는 백발의 노인, 그게 나인데, 그리 밉지 않다. 영화 감상을 대단한 교양을 쌓는 일이라 생각지도 않고, 그야말로 파적거리로 삼을 뿐이다. 단지 안타까운 사랑을 나누는 그들이라서 그냥 그리 슬펐던 것이다. 나 같은 늙은이들이 이 영화를 보면 이런 저런 사정으로 사랑하는 사람을 놓친 추억을 소환할 것 같다. 그것이 안타까운 사랑이었다면 더욱, 하나뿐인 형이 40대에 백혈병으로 돌아가셨는데,

형의 마지막 말이 떠올라 눈물을 참기 어려웠다.

영화관을 나서니 영화 제목이 아니라 진짜 '내게 남은 인생 10년' 을 생각하지 않을 수 없었다. 시한이 정해진 삶을 한 번도 생각해 본 적이 없는데 그런 생각을 해보자고 하니, 10년이나 살 수 있을까 하는 생각이 먼저 떠오르기도 한다. 그래 10년을 살지 못한다고 해도 10년을 산다고 가정하고 어떻게 해야 할까? 정말로 하고 싶었던 일을 못한 것은 없다. 내게 주어진 환경 속에서 아등바등하긴 했지만 그럭저럭 큰 후회 없이 살아왔다. 한편으론 이만하면 잘못 산 것 같지는 않다는 생각이 들지 않는 것도 아니다.

그렇다 해도 어찌 후회가 없으랴. 나는 누구를 죽을 만큼 사랑해 보지 못했다는 후회가 있다. 결혼을 해서 같이 사는 사람도 죽을 만큼 사랑했고 지금도 죽을 만큼 사랑한다고 말하기 어렵다. 사랑하며 살아야 한다는 것을 머리로는 깨닫고 있으면서도, 그 생각은 왜 그리 자주 잊히는지, 사랑해야 한다는 마음이 행동으로 옮겨지지 않았다. 사랑은 멀리 있는 사람을 사랑하는 것이 아니라 가까이 더욱 곁에 있는 사람을 향해야 한다는 것도 살아오면서 터득한 일이지만 왜 그리 실천은 어려운지!

누가 내게 어떤 삶이 위대한 삶이냐고 묻는다면 나는 가족들로부터 존경받는 사람이라고 대답할 것이다. 인류를 위해서, 나라를 위해서 사는 사람들이 위대한 것이 아니라 가족으로부터 진정으로 존경받는 사람이 위대한 사람이다. 그런 사람이 진정 사랑을 잘 실천한 사람이다. 가족은 어쩔 수 없이 엮여있지만 가족들로부터 존경받지 못하는 사람도 적지 않다. 그런 사람은 가정 밖에서 아무리 훌륭한 일을 한다고 해도 사랑을 할 줄 모른다. 사랑은 상대적이다. 사랑해야 사랑받을 수 있고, 사랑받아야 사랑할 수 있다.

그것도 머리로는 그리 어렵지 않다, 받기보다 먼저 주면 된다. 말은 간단하다. 그런데 실천은 정말 어렵다. 인간이 원래 그렇다는 말도 핑곗감이 되지 못한다. 젊은이들의 안타까운 사랑 이야기를 영화로 보고 늙은이의 사랑을 생각하는 내가 한편으로 안쓰럽기도 한데 늙으나 젊으나 삶에서 가장 중요한 것은 사랑이다. 밥을 먹고 사는 것이 아니라 사랑을 먹고 사는 사는 것이란 생각은 젊어선 하긴 어려웠던 생각이다. 영화관을 나와서 눈물자국 지워지지 전에 원작 소설을 주문했다. 책으로 사랑을 더 생각해 보기로 한다. 사랑, 그 어려운 사랑을…….

18주
2024.
04. 28.
~05. 04.

악기의 여왕과 놀다

공연명: 〈막심 벤게로프 바이올린 리사이틀〉,
공연장: 대구 콘서트하우스,
관람일시: 2024. 4. 7. 17:00

바이올린 리사이틀에 가기로 하고 명연주를 조금이라도 이해하면서 듣기 위해 몇 가지 사실을 살피지 않을 수 없었다. 바이올린 연주를 처음 듣는 것은 아니지만 이번 기회에 바이올린 연주에 대해서 알아야 할 것들을 찾아봐야겠다고 요량했다. 바이올린이 어떤 악기인가를 살펴보는 것이 먼저일 것 같다. 다음으로 리사이틀을 갖는 연주자에 대해서, 그리고 연주될 곡에 대한 정보 등, 음악에 대해서도 바이올린에 대해서도 제대로 된 이해가 없다는 것이 부끄럽지만 지금이라도 알아보는 걸 다행으로 여긴다.

바이올린은 어떤 역사와 유래를 갖고 있는가? 바이올린의 명칭은 중세 라틴어 Vitula에서 시작되었다고 한다. 1550년경 이탈리아에서 바이올린의 고전이라 할 수 있는 악기가 나왔지만 1520년경부터 3개의 줄로 이루어진 바이올린이 존재했다는 기록이 있으며 그 이전부터 바이올린 형태가 있었다는 학자들도 있기 때문이다. 따라서 바이올린의 정확한 유래나 기원은 밝혀지지 않고 있는 모양이다. 이런 사실은 바이올린이 역사를 밝히기 어려울 만큼 인류의 삶과 함께해 왔다는 사실을 방증傍證하는 것이다.

지금과 같은 형태의 바이올린은 16세기 중반이 지나면서 만들어졌으며, 이탈리아 북부의 브레시아와 크레모나는 바이올린 제작의 중심지인데 17, 8세기 동안 이곳에서 가장 이상적인 소리를 내는 구조와 크기가 결정되었다고 한다. 아미티, 스트라디바리, 과르네리 등은 당대 가장 유명한 바이올린 제작 전문가다. 바이올린은 35.5cm 정도의 크기에 네 현으로 이루어져 있으며, 연령과 신장에 따라 여러 크기로 제작되는데 가장 큰 4/4, 3/4, 1/2, 1/4, 1/8, 1/16 사이즈가 제작되고 있다고 한다.

'악기의 여왕' 이라는 별명을 가진 바이올린은 활로 마찰해서 소리를 내는 찰현악기로 그 주법을 아르코arco라 한다. 가장 높은 소리를 내는데 네 현은 네 옥타브 이상의 음역을 가지고 있으며, 모든 반음과 미음분을 연주할 수 있고, 지속음을 낼 수 있다는 점에서 발현악기(줄을 튕겨 소리 내는 악기)와 차이가 있다. 빠른 속도의 연주부터 느리고 서정적인 멜로디 연주까지 다양하게 연주할 수 있다. 여러 음들을 부드럽게 연결하여 지속시키고 표현력이 뛰어나다는 특징을 갖고 있는 악기다.

막심 벤게로프는(1974~)는 러시아 출신, 이스라엘 바이올리니스트이자 지휘자다. 현재 스위스에 있는 메뉴힌 음악 아카데미와 런던 왕립음악원, 오스트리아 잘츠부르크 대학교인 모차르테움의 객원교수다. 1990년 칼 플레시 국제 콩쿠르에서 우승한 이후 세상에서 가장 바쁜 연주자가 되었고, 1997년 클래식 음악가로는 최초로 유니세프 국제 친선대사로 임명되기도 했으며, 2007년 팔 부상을 당해 연주 활동에서 갑작스레 은퇴하고 지휘자의 길을 걸었지만 2011년 재활에 성공하여 다시 바이올리니스트로 활약하고 있다.

피아니스트 폴리나 오세틴스카야는 모스크바 출생이다. 5세에 데뷔하여 신동으로 각광받았고, 7세에 모스크바 음악원에 입학하였다. 2019년 잘츠부르크 페스티벌 데뷔 이후 카네기홀 연주에서 크게 호평받았으며 이후 매 시즌 카네기홀에 오르고 있다. 오세틴스카야는 러시아의 우크라이나 침공이 시작된 이래 평화주의적 입장을 거듭 표명해 왔으며, 이로 인해 러시아에서의 모든 공연 일정이 러시아 정부에 의해 취소되었다. 피아노만 연주하는 것이 아니라 평화를 사랑하는 음악가, 예술가의 사회적 역할을 다하고 있음을 알 수 있다.

레퍼토리는 S. ProkoFiev의 〈5 Melodies〉, 〈Violin Sonata No. 1 in f minor, Op. 80〉, 인터미션 후에 C. Frank의 〈Violin Sonata in A Major〉, M. Ravel의 〈Tzigane in D Major〉 네 곡이었다. 관중들의 열광적인 앙코르 요청에 세 번이나 나와 연주를 들려주었는데 그 곡명을 알 수 없어서 좀 답답하긴 했지만 그 분위기는 충분히 황홀했다. 열광적인 박수를 보내는 것에 깊이 감사하는 모습이 보기 좋았고, 그에 대한 보답으로 세 번이나 앙코르에 응하는 무대 매너도 예사롭지 않았다.

악기 바이올린이 가진 음색을, 기법을 모두 보여주려는 듯 열정을 다했고, 피아니스트 또한 연주가 신들린 듯했다. 내가 감미롭게 들었던 음악은 C. Frank의 〈Violin Sonata in A Major〉였다. 해설을 보면, 이 곡은 프랑크가 그의 친구였던 바이올리니스트 외젠 이자이가 프랑크의 결혼식에서 축주를 해준 것에 감사의 마음을 전하기 위해 이 곡을 썼다고 한다. 당시 프랑크는 작곡가로서 주목받을 만한 작품을 남기지 못해 아쉬운 상황이었는데, 이 곡이 프랑크에게 명성을 안겨주며 작곡자로서도 선물 같은 곡이 됐다.

피아노의 낮은 음 위에 바이올린의 몽환적인 선율이 덧입혀지며 1악장이 시작되어, 제1주제가 순환하며 은은

한 감정을 불러오는 이 악장은 마치 연애의 시작을 알리는 듯한 느낌을 준다. 보다 열정적인 2악장은 격렬한 피아노와 우아한 바이올린 선율이 교차되며 뜨겁게 끓어오르는 사랑을 묘사한다. 프랑크의 독창적인 상상력이 빛을 발하는 3악장은 연인이 사랑을 속삭이는 장면을 떠올리게 한다. 4악장은 마침내 결혼에 이르게 된 연인의 모습을 묘사하는데 다정한 카논(돌림노래) 형식으로 아름다운 해피엔딩을 선사한다는 해설을 읽었다.

이 곡은 베토벤, 브람스 소나타와 함께 바이올리니스트라면 필수로 연주하는 3대 바이올린 소나타이며, 플루트, 첼로, 비올라 버전에 이르기까지 다양하게 편곡되는 등 인기를 끌고 있다고 한다. 연주자에게는 악기가 매우 중요하지 않을 수 없다. 벤게로프는 1727년제 스트라디바리우스 Reynie와 1727년제 스트라디바리우스 EX-Kreutzer를 소유하고 있다고 하는데 그 둘 중의 하나가 아닐까 추측할 수 있다. 그렇다면 3대 바이올린 소나타 중의 한 곡을, 세계 정상급 연주자가 최고의 악기로 연주한 것을 들은 셈이다. 내 느낌도 크게 빗나가지 않았다.

19주
2024.
05. 05.
~11.

道는 無爲之爲, 無用之用, 無言之教

오강남 풀이, 『장자』, 현암사, 2011(초판 25쇄).

『장자』란 책은 내가 읽었다고 할 수도 없고, 읽지 않았다고 할 수도 없는 그런 책이다. 부분적으로 여러 번 읽은 부분도 있지만 읽지 않은 부분도 있기 때문이다. 이번엔 제대로 읽어보자고 작심하고 천천히 읽기 시작했다. 침대 옆 머리맡에 두고 주로 새벽에 조금씩 읽었다. 얼마간 정신 차려 읽는다고 읽어도 이해되지 않는 부분이 많았다. 지금 전편을 다 읽고 난 다음에도 읽지 않는 것과 크게 다르지 않다는 생각을 버릴 수 없다. 그래서 다시 책장을 뒤적이며 챙길 것을 챙겨 보려 한다.

먼저 '장자' 에 대해 살피지 않을 수 없다. 장자(BC 369~286)는 사마천의 『사기』에 275자로 기록되어 있는데 몽蒙이란 곳의 사람으로 이름이 장주莊周이다. 송宋나라에서 젊어 칠원漆園이라는 옻나무 밭에서 일했다는데 그것이 무엇인지는 확실치 않다. 그가 살던 시대는 전국시대, 정치적, 사회적으로 어지럽고 불안정한 소위 제자백가諸子百家의 시대였다. 이런 환경에서 많은 사상가들이 자기 나름의 해결책을 제시했다. 장자도 이런 시대적 환경에서 태어나 자신의 사상을 피력한 사상가 중의 한 사람이다.

그다음 이 『장자』라는 책, 죽은 지 200년 뒤에 사마천이 쓴 『사기』에 '10여만 자'로 된 『장자』라는 책, 진한 말 『漢書藝文志』에는 52권으로 구성한 『장자』라는 책이 있었다고 한다. 기원 후 4세기경 북송의 곽상郭尙이 여러 사본들을 정리하여 65,000여 자 33편으로 줄여 편집하고, 나름대로 주를 달아 지금의 『장자』에 이르렀다. 오강남 풀이 이 책은 7편과 부록으로 꾸며져 있고, 앞에 「독자들에게」와, 「『장자』를 읽기 전에」가 나오고, 끝에 후기와 참고문헌, 그리고 찾아보기와 로마자 찾아보기가 있다. 독자를 배려하는 편집이다.

제1편 「逍遙遊」, 자유롭게 노닐다 편은 인간이 누릴 수 있는 절대 자유의 경지를 이야기하고 있다. 고대 문헌은 그 책에서 가장 중요한 문제를 맨 앞에 둔다. 따라서 절대 자유가 이 책의 전체 주제이며 가르침의 궁극 목표라고 할 수 있다. 네 부류의 사람으로 예를 들었다. 첫째가 상식인, 둘째가 평화주의자며, 칭찬과 비난에 초연한

사람, 셋째, 열자와 같은 사람으로 세상사에 초연하며 바람을 타고 아무 데나 떠다니며 자유를 누린 사람, 넷째, 우주의 원리에 따라 자연과 하나가 돼 무한한 경지에 노니는 절대 자유인이 그것이다.

제2편 「齊物論」, 사물을 고르게 하다 편의 주제는 대립의 세계에서 대립을 초월한 하나의 세계, 실재의 세계를 꿰뚫어보아야 한다는 것이다. 그 유명한 나비의 꿈도 나온다. 옛날 이상적인 인간이 도달한 세 가지 경지가 있는데 그 첫째가 모든 분별이 사라지는 절대 초월의 경지, 이른바 없음의 경지다. 둘째는, 사물 자체는 존재하나 아직도 거기에 경계가 생기지 않은 경지, 분화하지 않아서 하나인 상태, 이른바 있음 자체인 경지, 셋째는 사물이 개체로 분화해서 각각 구분이 있으나 아직 옳고 그름을 가리지 않은 경지를 말한다.

제3편 「養生主」, 생명을 북돋우는 데 중요한 일들, 이 편은 신나는 삶, 활기찬 삶, 풍성한 삶이 어떤 것인지 예를 든다. 한마디로 자연의 순리에 따라 거기에 몸을 맡기고 살아가는 것이다. 지식욕, 자존심, 자기중심주의 같은 일체의 인위적 외형적인 것을 넘어서 자연의 운행과 그 리듬에 따라 우리의 행동을 자연스럽게 자발적으로 할 때, 우리 속에 있는 생명력이 활성화하고 극대화해 모든 얽매임에서 벗어난 자유로운 삶, 이른바 '기대지 않는 삶

〔無待〕'을 향유할 수 있다는 것이다. 이것이 생명을 북돋고, 삶의 질을 높이는 일이다.

제4편 「인간세」, 사람 사는 세상에서는 구체적인 삶의 정황에서 특히 복잡하고 비정한 사회·정치적 상황에서 어떻게 사는 것이 개인적으로 훌륭하고 자유스럽게 사는 것이고, 어떻게 하는 것이 사회적으로 진정 기여하면서 보람 있게 사는 길인지를 보여준다. 여기서 가장 중요한 사상은 '마음을 굶기는 것〔心濟〕'으로 사회나 정치에 효과적으로 참여하기 위해서는 우선 마음을 비우고 도道와 하나가 되는 경지에 이르라는 것이다. '마음의 재가 무엇인가'에 대한 공자의 대답, '도는 오로지 빈 곳에만 있는 것, 이렇게 비움이 곧 마음의 재'니라.

제5편 「德充符」, 덕이 가득해서 저절로 밖으로 드러나는 표시라는 뜻이다. 이 편에서 육체가 온전치 못한 사람들을 등장시켜, 그들이 비록 육체적으로 온전하지 않지만 그 속에 있는 천부의 잠재력을 최대한 발휘해 진실로 의연하고 풍성한 삶을 살 수 있음을 말했다. 특히 이렇게 자랑스러운 삶을 살면서도 일부러 드러내려 하지 않을 때 저절로 밖으로 드러남을 강조했다. "사람이 흐르는 물에 제 모습을 비춰볼 수 없고, 고요한 물에서만 비춰볼 수 있다. 고요함만이 고요함을 찾는 뭇 사람의 발길을 멈추게 할 수 있다."(227쪽)

제6편 「大宗師」, 큰 스승 편에선 모든 사람의 귀감이 될 진정으로 위대하고 으뜸되는 스승이 과연 어떤 사람인가 하는 문제를 다루었다. 여기서 진인眞人을 등장시켜 우리가 본받아야 할 스승이라 했다. 진인도 결국 도道를 대표하는 사람이므로 궁극적으로 도야말로 우리가 따라야 할 가장 '위대하고 으뜸 되는 스승' 혹은 '스승 중의 스승'이라는 것이다. 옛날의 진인은 "그 모습 우뚝하나 무너지는 일이 없고, 뭔가 모자라는 듯하나 받는 일이 없고, 한가로이 홀로 서 있으나 고집스럽지 않고 넓게 비어 있으나 겉치레가 없었습니다."(269쪽)

제7편 「應帝王」에서는 황제와 임금의 자격이 무엇인가 하는 문제를 다루었다. 내성외왕內聖外王이라는 도가 특유의 정치 철학을 제시했다. 속으로 성인 같은 완전한 자질을 갖추어 그것이 밖으로 표출될 때 이른바 성제명왕聖帝明王이라는 진정한 의미의 이상적 정치 지도자가 된다는 이야기다. 참된 지도자는 무심의 정치를 실현하는 사람으로 "최소한으로 다스리는 것이 최선의 다스림"이라는 원칙 아래 궁극적으로 "다스리지 않으면서 다스리는 사람"이다.

「부록」은 외편·잡편에서 중요한 구절들, 외편 15편, 잡편 11편으로 구성했다. 장자 후학들이 『장자』 내편 이후 확대 부연하거나 새로운 생각을 덧붙인 것이다. 「누구발을 밟았느냐」에서 "예의 극치는 나와 남을 구별하지 않는 것, 의의 극치는 나와 사물을 구별하지 않는 것, 앎의 극치는 꾸미지 않는 것, 사람됨의 극치는 편애하지 않는 것, 믿음의 극치는 돈을 필요로 하지 않는 것."(401쪽), "남처럼 되는 것이 아니라 각자의 본성 그대로 살고, 본성을 계발하는 것이 중요하다."(374쪽)라는 구절에 밑줄을 그었다.

다 읽고 나서도 좀체 머리에 남는 게 없다 싶더니 오강남 교수의 풀이를 요약 정리해 보니 아! 하는 소리가 나온다. 실천하긴 어렵겠지만 장자 사상의 희미한 윤곽이 그려진다. 책을 읽고 뒷정리를 하는 이유가 아주 분명해진다. 읽는 데 많은 시간을 들여도 뒷정리 하는 이 짧은 시간을 갖지 않는다면 책을 읽은 것이 아니다. 이 책 358쪽에 "자신의 무지를 아는 것은 위대한 앎으로, 모든 앎의 출발점이다."라는 말이 나오는데 이것 한 번 생각하는 것만으로도 이 책을 읽은 보람이 생긴다.

5월의 다른 책, 한 문장

1. 조르주 페렉, 김호영 옮김, 『보통 이하의 것들』, 녹색광선, 2024(초판 5쇄).

"페렉은 모든 글쓰기는 결국 이전 글쓰기의 대한 반복이자 차이라고 간주하면서, 일탈과 모순의 요소들을 통해 끝없이 글쓰기를 이어가고 증식할 수 있다고 보았다." (178쪽)

2. 박경화 시집 『꽃나비달』, 만인시선 85, 2024.

"너처럼 사는 것이다.// 마음 한 자락 큼직이 펼쳐놓고/ 내리는 폭우 고스란히 받아/ 구슬로 흩트리며// 지나가는 바람과 오래/ 건들대더라도 꽃은/ 함부로 피우지 않는 법이다.// 싱거운 듯 밋밋하게/ 그러나 땅속 알뿌리처럼/ 속 깊이 여무는 것이다." (76쪽, 「토란잎에 쓰다」)

3. 정병기 시조집 『산은 이미 거기 없다』, 목언예원, 2024.

"가시 돋친 말들을/ 주고받는 아린 계절// 모음으로 신음하고/ 자음으로 아파했지// 제 몸을 뚫고 나올 겨울눈 아린 芽鱗[8]은 감싸안고" (57쪽, 「아린」)

---

8) 아린: 나무의 겨울눈을 싸고 있으면서 나중에 꽃이나 잎이 될 연한 부분을 보호하고 있는 단단한 비늘 조각.

4. 솔제니친 지음, 류필하 옮김 『이반 데니소비치의 하루』, 소담출판사, 2004(증판 15쇄).

"솔제니친이 몸소 경험한 스탈린 치하의 수용소 생활을 묘사함으로써 공포와 죄악을 날카롭게 고발하고 있다. 그는 이 작품 속에서 무엇보다도 진실을 추구하고 절대로 어떤 타협도 해서는 안 된다는 것, 예술의 형식이 중요한 것이 아니라 내용이 모든 것을 결정한다는 것, 예술의 가치를 결정짓는 것은 그것을 누리는 사람의 감정을 높이는가 아닌가의 여부에 달려 있다는 것을 피력하고 있다." (255쪽 작품 줄거리 및 해설)

5월의 묵향

전시명: 류영희 류재학 초대전, 〈붓, 노를 삼다〉,
전시장: 수성아트피아 1, 2 전시실,
관람일: 2024. 5. 16.

5월의 전시 관람은 서예 전시를 택했다. 마침 내가 전시를 가는 주간에 가볼 만한 전시회가 있었다. 수성아트피아가 서예가 류영희, 류재학 남매를 초대하여 〈붓, 노를 삼다〉, '예술' '서예' '가족'-그 의미의 재해석이라는 긴 부제를 달아 전시를 가졌다. 5월 가정의 달을 맞아 서예 가족을 초대하겠다는 발상이 재미있다. 두 분은 지역을 넘어 지명도가 높은 분들이라 예술 가족은 어떻게 사는가 하는 문제를 통해 가정의 달 의미를 새겨보려고 했기 때문이다.

전시 제목이 눈길을 확 사로잡는다. 〈붓, 노를 삼다〉 참으로 시적인 제목이다. 붓으로 망망대해인 삶의 바다를 헤쳐 왔다는 의미를 담아서 예사롭지 않은 것이다. 두 분 다 오랜 세월 서예를 하며 살아왔기 때문에 붓을 들고 꿈을 꾸고, 삶의 희노애락을 겪었다. 그런 의미가 전시 제목에 담겨있어서 깊이를 느끼게 했다. 삶을 바친 전시라는 말로 바꾸어도 조금도 어색하지 않을 것 같다. 그래서 보고 싶은 전시였다.

수성아트피아가 특별히 공을 들인 흔적이 여러 가지로 드러난다. 예술 감독(서영옥)을 두어 기획했다. 그뿐만 아니라 오픈식에 지역의 또 다른 서예가 리홍재 작가를 초대하여 전시실 로비에서 서예 퍼포먼스를 벌이기도 하고, 전시기간 중 5월 16일 오후 네 시에는 '작가를 만나다' 라는 시간을 기획하여 관람객과 대화를 나누는 시간을 만들기도 했다. 그리고 작가가 현장에서 바로 휘호하여 관람객에게 선물하는 시간도 있었다. 초대작가의 모든 것을 보여주고 들려주겠다는 의도가 드러난다. 나는 '작가를 만나다' 시간에 맞춰 전시장에 갔다.

혜정 류영희 작가는 1983년 내가 첫 시조집 『가을거문고』를 출간할 때, 책 제자를 써주셨고, 제자가 나온 시 「가을 화왕산」 서예 작품을 책에 싣기도 하여 그 고마움을 잊을 수 없는 분이다. 그뿐만 아니라 내게 좋은 일이 생겼을 때 작품을 써주시며 축하해 주셨고, 특히 대구한글서예협회를 창립, 한자로 많이 쓰던 작품을 한글로 많이 쓰게 하는 데 크게 기여하신 분이다. 한글을 시의 소재로 하는 나에게 여러 감동을 준 분이기도 하다.

문강 류재학은 나와 참 인연이 많은 작가다. 푸른방송 문화센터에서 시 강의를 하고 서예 강의를 하던 시절, 푸른방송이 기획한 '한국의 미전' 해외 전시에 동참하여, 중국, 괌, 호주 등지의 해외전시를 갖기도 했다. 특히 2009년 내 시집 『낱말』이 출간되었을 때 〈무학의 재학전〉이라는 전시명으로 내 시조를 문강이 서예 작품으로 써서 전시회를 열었다. 한자로는 아니지만 한글로 읽으면 無學과 在學이 되어 그 이름을 걸어 전시를 한 것이다.

제1전시실 혜정 유영희의 작품들을 둘러봤다. 한글 서예에 대한 지대한 관심이 한글 서예의 멋을 한껏 살려내고 있었다. 활달한 필법이 대범한 붓질로 이어져 한 편의 작품에서 글이 끊기지 않고 잔잔하게 흐르는 물결처럼, 때로는 격동적 감정이 흘러내리듯 했다. 전시장 코너에는 서제를 선택하기 위하여 책을 읽으며 메모해 둔 노트가 쌓여있었다. 서예로 일생을 사신 작가의 일상이 가감없이 드러나 작품에 대한 이해를 높여주었다.

혜정의 '작가를 만나다' 에서 작품이 아니라 육성으로 한글 서예에 관심을 갖게 된 배경부터 작업량을 말씀하실 때 놀라지 않을 수 없었다. 서예를 통해, 그야말로 붓으로 노를 젓는 삶의 애환을 진솔하게 말씀해 주셨기 때문이다. 일가를 이룬다는 것이 얼마나 지난한 일인가를 알게 해 주었다. 관람객 중, 제자 한 분이 혜정의 서예도 서예지만 삶을 꾸리는 생활에서 더 큰 감동을 받아 본받으려 노력하고 있다고 말한 것은 괜한 덕담이 아니었다.

제2전시실 문강 류재학의 작품이 진열된 곳은 서예 전시장이 맞나 싶을 정도로 다양한 방법으로 작업한 작품이 전시되었다. 현대 서예라는 이름으로 서예의 영역에 드는 모든 것을 작품으로 보여주었다. 문강이 현대서예를 하기 위해 한문을 공부한 흔적을 전시한 것도 놀람을 주기에 충분했다. 전시된 작품 중에 특히 관심이 간 것은 나와 관련된 작품이었다. 「詩情畵意」는 시를 그림으로 옮긴 문인화 작품을 머그컵으로 제작하여 진열대를 만들어 전시한 작품이다. 그 작품에 내 시도 있었다. 내 작업실에도 그런 작품이 있기도 하다.

문강의 '작가를 만나다' 에서는 전통을 살리되 시대에 맞는 예술 작품을 창작해야 한다는 사실을 강조했다. 내가 서예와 가까이 있기도 한 시조를 쓰는 시인으로서 언제나 고민하는 것이 전통과 현대의 접목이기 때문에 동병상련同病相憐을 떠올리지 않을 수 없었다. 한자, 한글을 비롯해서 영어를 서예로 한 작품도 참으로 예사롭지 않았다. 나와 함께 한 호주 전시 때 전시장에서 영어로 쓴 휘호를 받으려 호주인들이 긴 줄을 서고 신기해하던 그들의 표정이 떠올랐다.

예술 감독은 “두 작가는 절차탁마로 일군 예술적 성취를 학교와 서실, 유튜브를 통해서 대중 또는 후진과 나눈다. 1인 가정이 늘어나는 시대에 핵가족과 대가족을 옳고 그름이나, 경중의 가치로 저울질할 수 없다. 다만 우리의 현재를 예술가의 길에 비추어보는 시간이 되었으면 한다.”고 이 전시회를 갖는 이유를 밝혔다. 그 전시회의 기획 의도를 충분히 살린 전시라는 생각이 든다. 두 남매는 붓의 노를 참으로 제대로 저어왔다는 사실을 눈으로 귀로 확인할 수 있었다. 5월 아침에 부는 바람 같이 신선한 묵향이었다.

지구는 영원히 인간의 것일까?

영화명: 〈혹성탈출 - 새로운 시대〉, 개봉: 2024. 5. 8.,
등급: 12세 이상 관람가, 장르: 액션, SF, 러닝타임: 145분,
감독: 웨스 볼, 주연: 오웬 티그, 프레이아 앨런, 케빈 듀랜드,
원작: 피에르 불의 소설, 극장: CGV 대구연경,
관람일시: 2024. 5. 26. 15:20

〈혹성탈출 - 새로운 시대〉라는 영화는 내가 그간 관심을 가지지 않아 몰랐는데, 2017년 영화 〈혹성탈출 - 종의 전쟁〉의 속편이자 영화 〈혹성탈출〉 리부트re-boot 시리즈의 네 번째 작품이라고 한다. 이 영화를 제대로 이해하려면 전작들에 관한 이야기를 어느 정도 알아야 흥미진진할 것 같은데 그런 노력은 하지 않았다. '예술로 노는 시니어' 를 시작할 때, 매월 첫 주는 영화나 연극, 둘째 주는 공연, 셋째 주는 독서, 넷째 주는 전시장이라는 계획에 영화를 보는 주간이기 때문에 이 주에 상영하는 영화중에서는 볼 만하겠다 싶어서 찾은 것이다. 액션, SF 장르는 원래 좋아하지 않지만, 제목이 뭔가 있을 것 같다는 생각이 들어 보게 되었다.

아무리 영화를 보기 위한 준비를 하지 않는다고 해도

제목에 대해서는 나름 생각해 보지 않을 수 없었다. 이 시리즈물을 내가 보지는 않았지만 영화에 관심 있는 사람들이 외면하지 않았던 시리즈다. 그런데 '혹성' 부터 제대로 몰랐다. 사전을 찾아보니 "중심별의 강한 인력의 영향으로 타원 궤도를 그리며 중심별의 주위를 도는 천체. 태양계에는 수성, 금성, 지구, 화성, 목성, 토성, 천왕성, 해왕성, 명왕성, 아홉 개의 행성이 있다. 행성으로 순화"라고 풀고 있다. 혹성이 아니라 행성인 것이다. 그런데 왜 혹성인가? 일본에서 행성을 혹성이라고 칭한다는 것이었다. 우리 입장에서는 행성이라고 하기보다는 혹성이라고 하니까 다른 것인가 하는 의구심을 갖게 하는 데는 성공했다.

인터넷에서 사전에 조사한 영화 소개는, 인류의 시대는 끝났고, 세상의 주인이 바뀌었다. 진화한 유인원과 퇴화한 인간들이 살아가는 땅, 유인원 리더 프록시무스는 완전한 군림을 위해 인간들을 사냥하며 자신의 제국을 건설한다. 한편 또 다른 유인원 노아는 우연히 숨겨진 과거의 이야기와 시저의 가르침을 라카로부터 듣게 되고 의문의 인간 소녀(노바, 메이)와 함께 자유를 향한 여정을 시작하게 된다고 했는데, 자유의 여행이 아니라 생존을 위한 투쟁이었다는 것이 옳을 것 같다. 밀림 속, 영상미가 눈길을 사로잡았다. 거대한, 그야말로 자연 속에서 벌어지는 사투에 아주 볼거리가 없는 것은 아니었지만 만족스럽다고 말하기는 어렵다.

영화 줄거리는 시저가 죽는 장면으로부터 시작되어 수 세기가 지난 미래로 온다. 독수리와 가깝게 지내는 유인원의 부족장 아들인 노아가 주인공으로 등장한다. 평화롭게 살던 어느 날 한 인간 여자가 찾아오게 되고 그 여자로 인하여 다른 유인원의 공격을 받아 아버지가 죽고, 부족원들이 끌려간다. 노아는 아버지의 복수를 위하여, 자기 부족을 찾으러 가면서 그 인간 여자, 그리고 시저를 찬양하는 유인원 라카를 만나게 된다. 그들은 왕국을 건설하고 있는 프록시무스 유인원들에게 잡히게 되는데 그제서야 여자아이의 정체가 드러난다. 그는 바이러스에 감염되지 않은 지능을 보유한 인간이었다.

인간들이 멸망할 때 여기저기 벙커를 지어서 생존 지역을 구축하였는데 인간 여자는 그 벙커 안에 있는 하드디스크를 찾는 것이 목적이었고, 프록시무스 유인원은 그 벙커 안의 인간들의 지식과 무기가 목적이었다. 프록시무스는 유인원들을 이용해서 닫힌 철문을 열려 했으나 번번이 실패하고 있던 때 이들을 잡았다. 노아와 여자는 둘이 손잡고 벙커에 들어간다. 위기에 처한 상황에서 메이는 숨기고 있던 총을 꺼내 노아를 돕고는 제방을 완전히 폭파시켜 홍수를 일으킨다. 쓰나미처럼 밀려오는 바닷물에 그곳에 있던 유인원들 전부가 위험에 빠졌으나 노아네 마을 사람들은 홍수로부터 탈출한다. 프록시무스도 탈출하지만 독수리 부족 노아가 독수리를 부르는 주문을 외워 프록시무스를 바닷물에 던져 죽게 한다.

그런 우여곡절을 겪으며 끝내 메이는 원하는 하드디스크를 손에 쥐고, 노아는 부족원을 구한다. 그 후 메이가 노아가 잘 있는지 확인하기 위해 마을을 찾아와 작별인사를 한다. 제방을 터뜨렸던 것이 두려웠는지 메이는 등 뒤에 총을 지니고 있었다. 유인원과 인간의 감정 교류가 보였으나 그 장면에서 인간의 악함이 보였다. 그러나 끝내 총은 쏘지 못하고 마을을 떠나며 스토리는 끝난다. 메이는 그 하드디스크를 이용하여 인류들이 서로 뭉쳐 새로운 미래가 열릴 수 있는 빛을 던진다. 이것이 줄거리다. 결국 유인원이 지배한 세상에서, 그들의 꿈을 말살시키고 인간이 새로운 미래를 개척하는 것으로 이해할 수밖에 없었다.

이 영화를 보고 새로운 미래에 지구의 주인은 누가 될 것인가, 인류는 영원토록 이 지구를 지킬 수 있을까 하는 걱정 아닌 걱정이 생겼다. 인간이 지구의 영원한 주인이 아닐 수도 있겠다는 생각도 버릴 수 없다. 지금까지 SF 영화에서 많이 보아왔던 지구 멸망에 대한 예언적 장치들이 현실이 될 수 있을 것이란 생각을 버릴 수 없기 때문이다. 동물이 인간의 지능을 갖게 되면 인류가 지구상의 영원한 주인이 될 수는 없겠다. 지금 당장은 다른 종의 동물들에 의해 인류가 멸망한다기보다는 AI에 의해 멸망할 수 있지 않을까 싶기도 한데, AI는 결국 인간이 만든 것이니까 인간이 조종할 수 있겠지 하는 희망까지 버릴 수는 없다.

그리움을 부르는 음악

공연명: 〈드보르자크 인 아메리카〉, 〈세기의 낭만〉,
공연장: 대구문화예술회관 팔공홀, 대구시향 제504회 정기연주회/
콘서트하우스 그랜드홀, 대구시향 제505회 정기연주회,
관람일시: 4. 25. 19:30/ 4. 26. 19:30

대구시립교향악단이 흔치 않은 기획으로 드보르자크 서거 120주년 기념 시리즈 504회, 505회 정기연주회를 이어서 열었다. 시리즈 I 은 대구문화예술회관 팔공홀, 시리즈 II는 콘서트하우스 그랜드홀. 연주 장소를 바꾸어 시민들에게 다가가려는 시향의 의도가 보였다. 505회 공연에 가려 했는데 입장권을 사지 못했다. 하는 수 없이 504회 공연 티켓을 구매했는데, 505회는 운 좋게도 지인의 초청이 있어 연이틀 음악회에 가는 호사를 누렸다. 시향의 기획도 드물지만 나의 연이은 음악회 관람도 흔한 일은 아니다. 나는 클래식 음악에 대해 잘 모르지만, 드보르자크의 〈교향곡 제9번 Op. 95. 신세계로부터〉를 참 좋아한다. 중학교 시절인지 고등학교 시절인지 기억이 잘 나지 않는데 음악 시간에 '꿈속의 고향' 으로 배운 〈신

세계로부터〉 2악장을 들으면 멜로디를 흥얼거리게 되고 내 나고 자란 고향 산천을 떠올리며 마음이 편해졌기 때문이다. 아무런 잡념 없이 음악에 빠져들어 음악의 위대함을 피부로 느끼게 하던 곡이다. 내가 표를 구매한 504회 공연에서 이 교향곡이 연주되어 오히려 잘됐다 싶었다.

시리즈 I 의 레퍼토리는 드보르자크 〈슬라브 춤곡 Op. 46 중 제8곡〉, 〈첼로협주곡 b단조 Op. 104〉, 〈교향곡 제9번 e단조 Op. 95 신세계로부터〉다. 교향곡에 관심이 많았지만 협연자 첼리스트 Amit Peled의 무반주 첼로 부분에 먼저 감동했다. 이스라엘 출신, 볼티모어 존스홉킨스대학교 피바디 음악원의 첼로 전공 교수로 재직 중인 그는 자택 내 스튜디오를 지역 예술가들을 위한 공간으로 개방, 그 연주를 라이브 스트리밍으로 송출하며, 아밋 펠레드 온라인 첼로 아카데미를 개설하여 세계 첼리스트들과 활발히 교류하고 있다고 한다.

교향곡 〈신세계로부터〉는 작곡가 서거 120주년이 되는 해에 그를 기념하는 연주가 대한민국 대구에서 열릴 만큼 유명한 곡이다. 이번 연주회에서 제일 먼저 연주된 〈슬라브 춤곡〉으로 국제적인 명성을 얻기 시작하여 체코 작곡가의 최고 위치에 올랐다. 프라하 음악원의 교수로 발탁되어 작곡을 가르치고 있었는데 1891년 봄 뉴욕의 클래식 애호가이자 부유한 사업가의 아내였던 자넷 서버로부터 뉴욕 음악원 초대 원장으로 초빙된다. 파격적인 조건이 제시되어 1892년 9월 그는 가족을 데리고 미국으로 향했다.

교향곡 제9번 〈신세계로부터〉는 드보르자크가 3년 가까이 미국에 머물던 때 작곡되었다. 이 작품에는 미국의 민요 정신, 광활한 자연과 대도시의 활기찬 모습에서 받은 생생한 느낌과 감동이 선율에 잘 녹아있다고 한다. 음악의 세세한 흐름을 나는 다 알아차릴 수 없지만 잉글리시 호른의 아름답고 쓸쓸한 연주는 아무리 오래 들어도 싫증나지 않는다. 이 선율이 잉글리시 호른을 위한 선율 중 가장 아름다운 것으로 평가받고 있다고 하니 내 귀도 아주 엉터리는 아닌 듯하여 다행으로 여겼다. 이 글을 쓰면서도 그 멜로디를 흥얼거린다.

시리즈 II는 〈세기의 낭만〉이라는 제목이 붙여졌는데 얼른 이해가 되지 않는다. 시리즈 I은 〈드보르자크 인 아메리카〉라고 해서 신세계 교향곡과 관련된 것이라는 것을 알 수 있는데, 시리즈 II의 주제는 그냥 낭만적인 곡들이 연주되는가 싶었다. 오페라와 발레 음악이 들어있어 그런가 생각하다가도 '낭만'과는 거리가 있는 것 아닌가 하며 고개를 갸웃거리기도 했다. 레퍼토리는 생상스 오페라 〈삼손과 데릴라〉 중 '바카날', 〈첼로협주곡

b단조 Op. 104〉, 차이콥스키 〈백조의 호수 모음곡 Op. 20a〉였다.

생상스의 〈삼손과 데릴라〉는 괴력을 가진 이스라엘 영웅 삼손과 그를 유혹하여 힘을 빼앗는 데릴라의 이야기를 바탕으로 한 전 3막의 오페라다. 그중 〈바카날〉은 3막 2장에 나오는 곡으로 데릴라의 유혹의 넘어가 머리카락이 잘려 힘을 잃고 눈까지 멀게 된 삼손이 다곤 신전으로 끌려와 기둥에 묶인 채 처형당하기 전 블레셋 사람들이 신전에 모여 정열적인 향연을 펼치는 모습을 묘사한다. '바카날'은 원래 술의 신 바쿠스의 이름에서 따온 것으로 마시고 노래하는 축제나 자유분방한 쾌락을 표현한 발레를 의미한다고 프로그램 노트는 설명한다.

첼로협주곡은 어제 들었던 그 곡이었다. 첼로 독주는 여전히 빨려들게 했다. 협연자 아밋 펠레드의 다른 연주곡을 듣는 것도 나쁘지 않았을 테지만 어제 듣고, 오늘 다시 같은 연주자의 같은 곡을 들어도 조금도 싫다는 생각은 들지 않았다. 그의 연주가 워낙 뛰어났기 때문이다. 협연자 아밋 펠레드의 투어 연주라는 점과 대구시향과의 협연이라는 한계가 레퍼토리를 넓히기 힘들었을 것이라는 추측이 가기도 한다. 연주 중간에 우리 가곡, 양중해 시, 변훈 작곡 〈떠나가는 배〉의 선율이 나도 몰래 떠올랐다.

차이콥스키 〈백조의 호수 모음곡〉은 가슴 설레게 했다. 낮에는 마법에 걸려 백조로 변하는 오데트와 그녀를 구하려는 지그프리트 왕자, 그리고 이들을 방해하는 악마 로트바르트와의 싸움이 줄거리다. 여섯 곡 혹은 여덟 곡으로 이뤄진 두 종류의 연주용 모음곡이 기본으로 연주되는데 지휘자에 따라 곡이 일부 변경되기도 한다. 지휘자 백진현은 아홉 곡으로 연주했다. 1. 정경, 2. 왈츠, 3. 어린 백조들의 춤, 4. 정경, 5. 차르다시; 헝가리 춤, 6. 스페인 춤, 7. 나폴리 춤, 8. 마주르카; 폴란드 춤, 9. 피날레다.

이 연주는 나를 추억으로 떠밀었다. 잊지 못할 상트페테르부르크, 마린스키 극장의 〈백조의 호수〉 관람 기억을 떠올려주었다. 백조들의 군무가 펼쳐지는 광경이 눈앞에 어른거리는데 그 곡이 〈어린 백조들의 춤〉인 것 같다. 내가 본 공연 중 가장 큰 감동을 받은 것은 마린스키 극장 〈백조의 호수〉다. 연주되는 음악이 발레리나의 허벅지에서 나오는 것만 같다는 착각을 일으켰다. 음악과 춤의 완벽한 조화가 저런 것이구나 싶었다. 음악으로 이틀이 행복했다. 마린스키 극장에서 〈백조의 호수〉를 다시 볼 수 있다면 얼마나 좋을까!

박진감에 빠지다

조두진 장편 소설 『미인 1941』, 이정서재, 2024.

『미인 1941』, 특이한 제목이다. 미인과 연도는 무슨 관계가 있는 것일까? 1941년이라면 일제강점기, 그때 살았던 한 미인의 이야기인가 하는 생각도 들었지만 1941년이 암시하는 것은 아무래도 매우 힘든, 혹은 곡절이 있는 미인의 이야기일 것으로 추측된다. 소설의 제목으로 보면 미인이 주인공이 되어야 할 것 같지만 그런 것도 아닌 것 같다. 아무튼 제목이 주는 궁금증은 이 소설을 빨리 펴 보게 만든다.

독자에게 좋은 소설은 책의 첫 장을 읽고 나면 그 소설의 이야기가 궁금해서 책을 놓을 수 없는 것이라고 나는 생각한다. 그런 관점으로 본다면 이 소설은 아주 성공한 작품이다. 그렇게 빨리 읽어야겠다는 생각도 없었고 짬 나는 대로 읽어야겠다는 생각을 했는데 책을 펴서 첫 부분을 읽고 나니 도저히 미루어 둘 수 없었고 다음이 궁금해서 책을 놓기가 어려웠다. 단숨에 읽은 드문 소설이다.

이렇게 긴장감 넘치는 소설을 쓴 작가는 현직 언론인이다. 장편 소설 『도모유키』로 한겨레 문학상을 받았다. 경북 안동에서 400년 전 무덤에서 나온 '원이 엄마의 편지'를 모티브로 쓴 『능소화』는 뮤지컬로 제작되었으며 베스트셀러가 되었다. 이 작가의 『아버지의 오토바이』, 『북성로의 밤』을 감명 깊게 읽은 적이 있는데, 그 외 『몽혼』, 『유이화』, 『결혼면허』 등의 장편 소설을 낸 바 있는 중견 작가다.

『미인 1941』의 시간 배경은 제2차 세계대전 중인 1941년 9~10월, 한국, 일본, 중국을 공간배경으로 한다. 대한민국 임시정부의 김구 주석이 임시정부군의 독립운동 무기를 확보하기 위해 소련군에게 일본의 전쟁 정보를 갖고 있는 일본의 고위 관료 오자키 호츠미를 납치해 주고 소련군으로부터 무기를 지원받을 요량으로 계획된 것이다. 이름하여 도쿄납치배달작전이다. 나라 빼앗긴 설움이 묻을 대로 묻어나는 서럽고 안타까운 작전이었다.

이 작전에는 대장 유상길, 최윤기, 서우진, 여성 김지언이 중심 대원이고, 일본 현지에서 홍기삼과 심은섭이 참여하고, 오자키 호츠미를 부산까지 데리고 왔을 때 합류한 부산 현지 요원 엄대철, 한문석 두 명이 참여한다.

오자키 호츠미와 그가 가진 군사 정보를 가지고 와야 하는 플롯이 독자를 긴장하게 했다. 일본 고위 관료를 살려서 납치해야 했으니까 얼마나 많은 난관을 거쳐야 하겠는가? 그 단계를 밟아가는 과정이 손에 땀을 쥐게 했다.

숨죽이면서 책장을 넘겨 가면 아슬아슬 일이 계획대로 풀려나간 셈이다. 작전 중에는 일본 현지에서 활동하는 대원 심은섭이 일본 경찰의 고문에 목숨을 잃었지만 오자키 호츠미를 납치해서 일본을 벗어나는 데 성공했다. 부산에 도착해서 충칭까지 도보로 가는 중에 최윤기와 한문석이 사살당하고 여자 대원 김지언이 목숨을 잃는다. 작전은 성공했다. 그러나 그 어려운 작전 성공의 대가는 없었다. 나라 없는 설움으로, 약소국가로 서글픔을 맛보아야 할 뿐이었다.

작가는 "스탈린이 속였건, 충칭 임정이 오해했건, 그것은 입장에 따라 다르게 해석할 수 있다. 분명한 것은 무기를 받지 못했다는 사실, 김지언과 최윤기와 한문석이 죽었다는 사실이다."(302쪽)라고 썼지만, 이 문장에서 심은섭이 빠졌다. 그를 뺀 것이 의도적일까? 그렇다면 그 의도는 무엇인가? 심은섭이 취조 과정에서 아는 데까지만 말했다고 해도 작전이 성공할 수 있었을까. 유상길 대장의 "한순간만이라도 영원처럼 살 수 있다면 우리 삶은 영원하다."는 말을 기억하며 모질고 모진 고문을 견딘 그의 정신은 잘 기려야 할 일 아닐까 싶다.

분함이 생긴다. 힘없는 나라라고, 임시 정부라고 그렇게나 무시해도 되는가 하는 것 때문이다. 다른 한편으로는 임시정부가 처한 상황이 얼마나 어려웠으면 그런 작전을 감행해야 했을까 싶기도 하지만 강대국에 당한 것은 당한 것이다. 우리 역사에 그런 일이 실제로 많았을 것이다. 작가는 이 사실을 말로 하지 않고 사건을 통해 보여주려고 했다. 말로 다 해버리면 너무나 싱거울 수 있으니까.

작가는 이야기를 전개하면서 궁금증과 긴장감을 고조시키는 장치를 허술히 하지 않았다. 과장된 비유법을 통해서 긴장감을 한껏 고조시켰다. 이를테면 "끄나풀은 비갠 후 들판의 잡초처럼 돋아났다."(12쪽), "마치 물먹은 빨래처럼 패대기쳤다."(38쪽), "와르르 떨어진 콩이 튀는 소리 같았다."(41쪽), "누렇게 익은 벼논이 느린 강처럼 평화롭게 펼쳐졌다."(43쪽), "축생 같은 놈"(155쪽) 등은 전개되는 상황에서 마치 판소리의 추임새 같은 역할을 했다.

구성이 세밀했다. 서우진과 김지언의 내면을 읽어내는 것이나, 이른바 사내 연애 같은 비밀을 유지하면서 마음껏 사랑하지 못하는 상황이 마치 소설 속 임시정부 같다는 생각도 든다. 그뿐만 아니라 미행자를 처리하는 방법, 오자키 호츠미 집을 지키고 있는 특고들을 처치하는 것들이 그랬다. 작전을 수행 중인 짧은 시간에, 작전을 해칠 일을 제거하며 다음 행동을 계획하는 민첩함 등은 이 분야에 관한 치밀한 밑 공부가 없으면 불가능한 일이겠다.

책을 덮으며 소설이 더 이어져도 괜찮겠다 싶다. 충칭에 인계된 오자키 호츠미가 어떻게 행동했는지? 그는 과연 스탈린을 도울 정보를 갖고 있었던가? 도쿄배달작전 성공에 대한 보상이 확약되지 않고 감행된 것인지의 여부 등등이 궁금하기 때문이다. 작가가 독자의 몫으로 던져주는 것인가? 김지언 죽음 이후는 급격하게 대폭 생략했다. 제목의 영향일 것 같다. 욕심 같아선 일본 패망이 미군의 원자폭탄 투하로 인한 것이 아니라 오자키 호츠미가 제공한 일본 군사 정보에 의한 것이라면 속 시원했겠다. 박진감 넘치는 소설을 숨 가쁘게 따라가는 조금은 별난 경험을 했다.

6월의 다른 책, 한 문장

1. 김주영 장편 소설 『객주 1』, 문학동네, 2014.

"군자 말년에 배추씨 장사라더니" (5권 203쪽)

"솥에 개 들어앉다." (6권 127쪽)

2. 이하석 사행시집 『희게 애끓는, 응시』, 서정시학, 2024.

"코밑과 탁과 빰을 수염이 뒤덮듯/ 거울 앞에만 서면 더욱 무성해지는// 매일을 면도하듯이/ 조심스레 깍아내는" (「추억」)

3. 박현덕 시집 『와온에 와 너를 만나다』, 문학들, 2024.

"미안하다/ 미안하다/ 낙일의 기억이여// 외로움/ 그리움/ 톱니처럼 맞물려// 지나간 푸른 영혼 불러/ 결박을 풀고 있다." (「봄비」)

양羊을 그리는 사람은 양을 닮는다

전시명: 〈문상직 초대전〉,
전시기간: 2024. 5. 20 ~ 6. 7.,
전시장: DGB갤러리, 관람일: 2024. 5. 24.

화가 문상직, 그가 오랫동안 양을 그려 왔기 때문일까? 문상직이란 이름만 들어도 양이 떠오르고, 실제 양이나, 양을 찍은 사진을 봐도 화가 문상직이 떠오른다. 나는 한동안, 한 소재에 매달리는 끈기는 존중하지만, 문상직은 왜, 그 그림이 그 그림 같은 '羊' 만 그릴까? 그게 궁금하기도 했고 잘 이해되지도 않았다. 그런데 이제 나는 그 까닭을 안다. 그가 왜 양만을 그리는가를! 그에게 직접 물어보지 않았지만 나는 그 답을 내 작업을 통해서 알아냈다.

나는 '한글' 을 시조의 소재로 한다. 21세기 들어오면서 시작하여 한글만 소재로 한 시집 네 권을 냈고, 지금도 짓고 있다. 한글을 소재로 해서 그렇게나 쓸 게 많은가 싶겠지만 평생을 써도 다 못 쓴다. 문상직의 양도 그러리라고 생각되는 것이다. 수만 마리를 그렸어도 같은 양이 없을 것이고 모르는 이가 보면 같은 듯하지만 모두 다를 것이다. 내 시조를 '한글 소재 작품' 이라고 하나로 묶을 수 있듯이 문상직의 그림은 '羊' 하나에 묶일 수 있는 것이다.

한참을 생각해 보니 이것만이 아니고 더 깊은 철학이 있을 것 같다. 철학이라는 말까지 끌고 오는 것은 글자를 뜯어보면서 시조를 짓는 내 습관 때문이다. 한자 羊 자와 한자 美 자는 비슷하다. 羊 자는 뿔 두 개의 양의 형상이고, 美 자는 양이 앞 다리를 쫙 벌려 앉은 것 같다. 실제 美 자도 큰 양을 형상화한 것이다. 작은 양은 고羔다. 따라서 미술의 美도 羊에서 왔다. 그렇다면 그림은 누가 그 어떤 것을 그려도 羊을 그리는 것이 된다.

내 이런 상상이 영, 엉뚱한 것이 아니겠다는 확신이 서는 것은 국어사전을 찾아보고 나서다. '양' 이 '솟과의 동물' 이라는 설명은 제쳐 두고, "성질이 매우 온순한 사람을 비유적으로 이르는 말", 기독교에서 길 잃은 양처럼 "신자를 비유적으로 이른 말" 이라고 풀고 있다. 온순한 사람은 아름답고, 믿음을 가진 사람들은 소신이 있다. 그러면 그렇지, 아주 깊은 뜻이 없으면 화가 문상직이 평생 羊만 그리기에 매달려 있지 않을 것이다.

신약성서 마태복음 18:12~13에 "어떤 사람에게 양 백 마리가 있었는데 그중의 한 마리가 길을 잃었다고 하자,

그 사람은 아흔아홉 마리를 산에 그대로 둔 채 그 길 잃은 양을 찾아 나서지 않겠느냐? 나는 분명히 말한다. 그 양을 찾게 되면 그는 길을 잃지 않은 아흔아홉 마리 양보다 오히려 그 한 마리 양 때문에 더 기뻐할 것이다."라는 말씀이 있다. 의미를 새겨보면 사랑이 된다. 그것도 가난하고 힘없는 자들에 대한…….

양은 세계문화사에서도 중요하게 다루어왔고, 양이 가축을 대표하는 문화일수록 더 풍부한 관련 문화가 있다고 한다. 동화와 우화에서도 자주 다루는 소재다. "양의 탈을 쓴 늑대" 같은 표현은 겉과 속이 다른 사람을 비난할 때 쓰이고, 거짓말을 자주 하는 사람을 "거짓말쟁이 양치기"라고 한다. 양머리를 걸어놓고 개고기를 판다는 의미의 양두구육羊頭狗肉은 겉보기만 그럴듯하게 보이고 속은 변변치 않은 것을 가리키기도 한다.

이런 사실들을 종합해 보면 羊은 아름다움과 사랑의 상징이 된다. 예술은 아름다움을 창조하는 것이고, 아름다움을 창조하는 것은 사랑하기 위해서다. 그렇다면 문상직이 양 그리기에 평생을 바치는 의미가 아주 분명해진다. 양 그리기에 이렇게 넓고 깊은 철학이 들어 있을 줄 상상도 못 했다. 양을 많이 그려서 그런지 문상직은 실제 만나보면 순한 양을 닮은 것 같다. 실제 생활에서는 사랑을 많이 베푼다. 누구에게나 뭣이든 주는 것을 좋아한다.

문상직은 이런 철학으로 그림을 그리겠지만, 그런 것과 관계없이 문상직의 양 그림을 보면 나는 무엇보다도 편안해진다. 이번 초대전에서도 갤러리 측의 양해를 구하고 마음에 드는 작품의 사진을 찍어왔다. 사진으로라도 보고 싶을 때가 있을 것 같아서. 〈신세계〉, 〈우리들의 꿈〉이란 제목이 붙은 작품들이다. 황혼을 배경으로 양떼들을 그린 것은 제목이 〈지난 가을〉인데 이 작품이 내 가슴을 툭 건드린다.

나이 들어가니 그런 생각이 점점 확대되는데 황혼녘의 저 평화로움이 내 삶의 끝이었으면 좋겠다는 생각이 들기 때문이다. 배경을 달리한 양들의 모습을 그렸는데 전시된 여러 작품이 같은 듯하지만 모두 많이 다른 것들이었다. 그림을 아주 자세하게 살펴보면 실제 양털이 보인다. 그것이 붓질인지, 아니면 물감을 스며들게 하는 것인지 궁금하지만 물어도 대답해주지 않을 것이고, 대답해 줘도 잘 알지 못할 것이다. 그건 마법일 테니까.

이번 초대전 관람을 통해서 문상직의 양 그림에 대한 나의 몰상식이 조금은 사라졌다. 참으로 다행이다. 문상직은 사는 일에서는 별 욕심을 부리지 않지만 작업에서는 엄청난 욕심을 가진 사람이다. 양을 통해서 아름다움과 사랑을 표현하려는 욕심 말이다. 그의 가슴엔 늘 순하고 사랑스러운 羊들이 뛰놀고 있다. 화가 문상직은 그의 가슴에 뛰노는 羊을 그림 그릴 때마다 한 마리씩 불러내어 화폭에서 놀게 한다. 멋지다. 아름답다. 더 할 말이 없다.

인간의 감정 컨트롤 본부

영화: 〈인사이드 아웃 2〉, 개봉: 2024. 6. 12.,
등급: 전체 관람가, 장르: 애니메이션, 러닝타임: 96분,
감독: 켈시 맨, 주연: 에이미 폴러, 마야 호크, 루이스 블랙,
필리스 스미스, 토니 헤일, 극장: CGV 대구연경,
관람일시: 2024. 6. 22. 14:00

잘 보지 않던 장르의 영화다. 아니 처음 본 것 같다. 굳이 이 영화를 보려고 작정한 것은 아니었는데 영화를 보겠다고 작정한 주에 영화관에 갈 틈을 만들지 못해 토요일 골프장 갔다 돌아오는 길에 고속도로의 졸음쉼터에서 예매를 하는데 어떤 영화를 볼 것인가가 아니라 내가 편한 시간을 맞추다 보니 거의 본 적 없는 애니메이션 영화밖에 없어서 이런 영화도 한 번 봐야겠다는 생각을 하게 되었다.

극장에 들어가서 잘못 왔다 싶었다. 관객이 어린이들을 데리고 온 젊은 엄마들이 대부분이었다. 모자를 쓰고 가긴 했지만 좌석을 찾아가는 것이 그리 편하지 않았다. 내 옆자리엔 초등학교에 들어갔을까 말까 한 어린이가 어머니와 왔고, 또 한 옆은 20대로 보이는 여성 두 분이

나란히 앉아 있었다. 쑥스러워서 불이 꺼지기 전까지 모자도 벗지 않고 있다가 본영화가 시작되자 모자를 벗었다.

애니메이션Animation은 "만화나 인형을 이용하여 그것이 마치 살아있는 것처럼 생동감 있게 촬영한 영화 또는 그 영화를 만드는 기술"을 말하는데, 이 영화의 기본 정보에 주연의 이름들이 나와 있으니 그 주연들의 얼굴을 그린 것으로 보인다. 디즈니 픽사의 대표작으로 '새로운 감정과 돌아오다!' 라는 카피가 보인다. 칼시 맨 감독 데뷔 작품이며 2015년 영화 〈인사이드 아웃〉의 속편이다.

열세 살이 된 라일리의 행복을 위해 바쁘게 머릿속 감정 컨트롤 본부를 운영하는 '기쁨', '슬픔', '버럭', '까칠', '소심' 이 있다. 그런데 어느 날 낯선 감정인 '불안', '당황', '따분', '부럽' 이 본부에 등장한다. 그리고 언제나 최악의 상황을 대비하여 제멋대로인 불안과 기존 감정들은 계속 충돌한다. 결국 새로운 감정들에 의해 본부에서 쫓겨나게 된 기존 감정들은 다시 본부로 돌아가기 위해 위험천만한 모험을 벌인다. 사춘기를 겪는 것이다.

라일리의 팀인 포그혼의 선수권 하키 시합 날, 그녀의 머릿속 감정 본부에서 기쁨이 시합을 생중계하는 장면으로 시작된다. 뒤이어 버럭, 소심, 까칠, 슬픔도 하나둘씩 본부의 감정 조종 제어판으로 모여들고, 다섯은 제어판의 버튼으로 라일리를 조종하며 포그혼 팀에 3점을 따내어 앞서 나간다. 그러다 반칙을 범하면서 2분 동안 패널티 박스로 퇴장당하고 이때를 틈타 관객들에게 지금까지 무슨 일이 있었는지를 말해준다.

열세 살이 된 라일리는 공부도 잘하고, 친절하며, 이빨 교정기도 꼈고 키도 순식간에 컸다. 성격 섬들은 여전히 활발하게 활동하고 있으며 특히 우정 섬이 매우 커졌다. 그리고 그녀의 기억들은 성격 섬뿐만 아니라 본부 지하 깊숙한 곳에서 '신념'을 만들고 그렇게 13년 동안 모인 신념이 그녀가 올바른 선택을 할 수 있게 해 주는 '자아'까지 형성하게 되었다.

라일리에겐 "숙제는 법으로 금지해야 한다."거나 "겟업 앤 글로우는 최고의 밴드다."와 같은 신념이 모여 "난 좋은 사람이다."라는 자아를 형성했고, 곤란에 처한 친구를 돕다가 만난 친구와 절친이 된다. 다시 경기 시간 15초 남은 상황에서 라일리는 '바늘구멍 뚫기'라는 작전을 펼쳐 성공, 경기 종료 1초 전에 1점을 추가하면서 4:3으로 역전승을 거두게 된다.

경기가 끝나고 고등학교 하키 코치가 라일리와 셋이 아주 인상적이었다며, 그다음 날 시작하는 하키 캠프에 초대한다. 캠프에서 코치님에게 좋은 인상을 남기면 다음 해에 하키 팀에, 그것도 최고 중의 최고인 파이어호크에 들어갈 수 있다는 생각에 셋은 매우 신나 한다. 그날 밤 라일리는 부모들의 칭찬을 받았고, 캠프에서 실수하면 어쩌느냐고 걱정한다. 이에 부모님들이 그녀를 토닥이며 네가 자랑스럽다고 말해주며 걱정을 덜어준다.

라일리가 잠들어 감정 본부의 불이 꺼지고 슬픔은 라일리가 자책이 심해 안타까워한다. 이에 기쁨은 '최첨단 라일리 보호 장치' 를 작동, 나쁜 기억들을 아주 먼 기억의 저편으로 보내버린다. 기쁨이 자아 형성에 쓸 기억 하나만 따로 빼놓고는 장기 기억 저장소로 보낸 뒤 이들도 잠을 청하러 간다. 기쁨은 슬픔에게 신념 저장소에 안 가본 감정이 너밖에 없다며, 함께 가면 괜찮을 것이라며 데리고 가며 다독인다.

그렇게 엘리베이터를 호출한 뒤 둘은 신념 저장소로 내려간다. 마치 물이 흐르는 동굴 겸 호수처럼 생긴 이곳은 여러 기억들이 물에 떠다니면서 하늘 저 위의 본부로 향하는 아주 긴 스프링 형태의 신념을 형성하고 있었으며, 기쁨은 따로 빼낸 기억을 물에 흘려보내어 '난 이길 수 있어' 라는 또 하나의 긍정적인 신념을 만들어낸다.

애니메이션 영화에 대한 관심을 가지지 않아서 그렇겠지만 잘 이해되지 않던 장면들이 영화를 보고 인터넷 검색을 통해서 제대로 이해할 수 있었다. 영화를 보는 데도 사전에 검색 정도는 하고 가야겠다는 뻔한 생각을 다시 한번 하게 한다. 인간의 감정을 다스리는 감정 컨트롤 본부를 두고 있다는 설정이 재미있고, 앞으로 그런 세상이 정말 올지도 모르겠다는 생각이 든다. 영상미도 새로웠다. 새로운 경험은 익숙한 경험보다 많은 생각을 하게 한다.

음악의 민족주의

공연명: 스메타나 탄생 200주년 및 서거 140주년 기념
대구시향 제506회 정기연주회 〈나의 조국, 나의 음악〉,
공연장: 콘서트하우스 그랜드홀, 관람일시: 2024. 6. 14. 19:30

B. Smetana(1824~1884)는 체코 출생으로 아마추어 바이올리니스트였던 아버지로부터 일찍이 음악을 접해 천재성을 보였다. 열아홉 살에 프라하에서 음악 교사로 일하며 요제프 프로크슈에게 음악 이론과 작곡법을 배웠다. 1848년 유럽 전역으로 민족 정체성과 자부심에 대한 각성이 시작되자 합스부르크 왕가 지배하에 있던 보헤미아 국민의 애국적 열망에 깊이 공감하며 음악을 통한 민족주의 운동에 동참하였다. 하지만 혁명이 실패하자 리스트의 권유로 1856년부터 약 5년간 스웨덴으로 피신해 에테보리 필하모니협회 지휘자로 활동하였다.

1861년 프라하로 돌아와 첫 오페라 〈보헤미아의 브란덴부르크인〉에 이어 1866년 두 번째 전3막 코믹 오페라 〈팔려간 신부〉를 발표하였다. 작품 줄거리는, 1860년대

보헤미아의 시골 마을, 부농의 딸 마렌카는 하인 에니크와 사랑하는 사이지만 그녀의 부모는 마을 지주 미하의 바보 아들 바세크와 결혼하기를 원한다. 이때 결혼 중매인 케잘이 마렌카와의 이별을 대가로 에니크에게 돈을 주고, 에니크는 마렌카가 오직 미하의 아들과 결혼한다는 조건을 제시한 후 각서에 서명한다. 이 사실을 안 마렌카는 실망하지만 에니크 역시 미하의 전처 아들이었다는 사실이 밝혀지며 두 사람은 행복한 결말을 맞는다.

대구시향이 〈나의 음악, 나의 조국〉이란 콘서트 제목을 붙인 것은 스메타나의 음악을 통한 민족주의 운동이라는 점에 착안한 것으로 보인다. 특히 탄생 기념으로 초기 작품을, 서거의 말년 작품을 연주하여 스메타나를 이해하는 데 도움을 주었다. 제1막의 폴카는 마지막을 장식하는 곡으로 정략결혼을 계획하는 부모와 마렌카의 갈등이 커지는 가운데 이를 흥미롭게 지켜보는 마을 광장의 남녀들이 춤을 추는 장면이다. 폴카는 1830년경 보헤미아에서 탄생한 2/4박자의 빠른 춤곡으로 스메타나에 의해 전 유럽에 알려지게 되었다고 한다.

제2막 퓨리안트는 선술집 안을 배경으로 농부들이 술을 마시며 추는 체코의 민속춤이다. 퓨리안트는 이 오페라에서 스메타나가 유일하게 체코 민요를 채보해 사용한 곡이라고 한다. 3/4 박자로 분위기는 왈츠와 비슷하지만 리듬의 변화가 많은 것이 특징이다. 제3막은 코미디언의 춤곡으로 마을 광장에 도착한 서커스단의 광대들이 춤을 출 때 나오는 곳이다. 이 곡은 체코의 민속춤인 스코치나의 형태를 띤다. 매우 빠른 2/4박자의 경쾌한 춤곡이다.

이어서 아르메니아 출신 작곡가 아르투니안A. Arutiunian의 〈트럼펫 협주곡 A♭장조〉가 연주됐다. 대구시향의 이번 정기연주회는 이 협연이 관심을 끌었다. 세계 최고의 기량을 가진 세르게이 나카리아코프Sergei Nakariakov의 연주였기 때문이다. 그는 입으로 악기를 부는 동시에 코로는 숨을 들이쉬는 순환호흡법으로 선율이 끊기지 않게 연주하는 동시에 뛰어난 기교까지 완벽하게 구사하여 '트렘펫의 파가니니', '트럼펫의 카루소'로 불린다. 악기 별로 음색에 대한 깊이를 알아내지 못하는 내가 들어도 순하고 부드럽다는 특징을 드러냈다.

인터미션이 끝나고 이번 연주의 주제곡이라고 할 수 있는 스메타나의 〈나의 조국〉이 연주되었다. 같은 작곡자의 곡이지만 앞서 연주한 〈팔려간 신부〉와는 분위기가 달랐다. 이 곡은 스메타나의 말년 작품으로 건강 악화로 절망적 시기였던 1874년부터 1879년 사이에 여섯 곡으로 작곡되었다. 6악장의 교향곡처럼 보이지만 각 곡은 독립된 성격을 지녀 연작 교향시에 가깝다. 원래 네 곡을 계획하였지만 각 곡이 완성될 때마다 한 곡씩 초연하였고 이 곡들이 연이어 성공을 거두자 두 곡을 추가로 만들었다.

정신착란증까지 겪었던 스메타나는 1884년 5월 12일 프라하의 한 정신병원에서 60세를 일기로 생을 마감했는데 매년 그의 기일에 맞춰 열리는 '프라하의 봄' 국제음악제에서는 〈나의 조국〉으로 축제를 시작하는 전통이 되었다. 대구시향의 연주는 원래 계획했던 네 곡이다. 지휘가 〈팔려간 신부〉 때보다 아주 자연스러웠다. 지휘가 연주 속에 녹아들어 눈에 거슬림이 없이 흘러갔다. 지휘와 연주가 혼연일체라는 느낌을 받았다

제1곡 〈비세흐라도〉는 '높은 성' 이란 의미로 3/4박자의 느린 템포로 하프의 선율이 성문을 여는데 아주 인상적이었다. 특히 연주자의 얼굴이 보이지 않는 하프 연주가 신비로움을 더해주었다. 하프 현을 오르내리는 손만 보이며 천천히 성문이 열리는 것을 연상시키기에 충분했다. 제2곡 〈볼타바〉는 프라하를 관통하는 가장 긴 강, 독일식 표현인 몰다우로 널리 알려져 있다. 바이올린의 피치카토와 하프 반주를 배경으로 플루트와 클라리넷이 각각의 물줄기를 연상한다. 전곡에서 가장 유명하며 강의 시선으로 바라본 체코의 정경을 묘사하고 있다.

제3곡은 〈샤르카〉, 프라하 북쪽에 있는 골짜기 이름이다. 체코 전설 속 여전사 이름에서 유래되었다. 제4곡 〈보헤미아의 초원과 숲에서〉는 체코의 역사나 문화적 제

재를 바탕으로 작곡되어 보헤미아의 아름다운 전경과 풍경을 보여준다. 끝없이 펼쳐진 푸른 평원을 바라볼 때의 인상을 목가적으로 표현하고 있다. 새의 지저귐, 시냇물 소리, 미풍에 흔들리는 나무 등 자연을 상징하는 선율이 흐름으로 등장한다. 근심 걱정 없는 밝은 분위기 속에 환희의 춤으로 화려하게 마무리된다.

〈볼타바〉가 몰다우인 줄 모르고 〈몰다우〉를 자주 들었고, 그 감명을 「겨울밤의 몰다우」란 제목으로 시를 쓰기도 했다. 그 시를 꺼내 읽으며 연주를 떠올린다. 좋다.

눈발 설핏 치는 밤에 몰다우를 듣는다.
피치카토 배음으로 플루트가 낮게 울듯
먼 계곡 흐르던 물줄기 너른 강에 섞인다.
나뭇잎에 안기는 별빛처럼 달빛처럼
바이올린 가락 속을 파고드는 목관 선율
한바탕 춤이 되어서 소용돌이 치고 있다.
밤이 깊어지듯 물소리도 낮아지며
섞여서 흐르고 흘러가며 또 섞여서
흐르던 강물은 끝내 노래가 되고 만다.
섞여서 울지 못하는 모가 난 내 시간은
세상 강을 겉돌며 녹아들지 못하는데
강물의 눈발은 이내 몸을 풀어 강이 된다.

27주
2024.
06. 30.
~07. 06.

보부상의 삶

김주영, 『객주 1~10』, 문학동네, 2014.

언젠가는 읽어야지 하면서도 읽기를 미루고 있던 『객주』를 읽지 않으면 안 될 시간이 내게 왔다. 10월에 최치원문학관 '길 위의 인문학' 강의를 부탁받았기 때문이다. 일반적인 강의인 줄 알고 덜컥 승낙을 하고 보니 주제가 주어졌다. 김주영의 『객주』를 중심으로 한 '보부상의 삶' 이란 주제였다. 강의 승낙을 철회하려고 하다가 『객주』를 제대로 읽는 기회로 만들자는 요량을 하게 되었다.

'보부褓負' 는 '포대기 보' 자와 '질 부' 자로 이고 지는 것을 가리킨다. 여기에 장사의 의미인 상商이 붙어 봇짐장수와 등짐장수를 통틀어 이르는 말이 되었다. 부상은 삼국시대 이전에, 보상은 신라 때부터 있었는데 상호간에 규율, 예절 상호부조의 정신이 아주 강하였으며, 조선

시대부터 활발한 활동을 전개하여 나라가 위급할 때마다 식량을 조달하는 따위의 많은 일을 하였다.

'객주' 는 조선 시대 다른 지역에서 온 장사치들의 거처를 제공하며 물건을 팔거나 흥정을 붙여주는 일을 하던 상인 또는 그런 집이다. 범위를 넓히면, 옛날부터 한국에 있었던 주요한 상업, 금융기관의 하나이다. 이들은 포구에서 활동하던 상인이며, 객주나 여각은 각 지방의 선상船商이 물화를 싣고 포구에 들어오면 그 상품의 매매를 중개하고, 부수적으로 운송, 보관, 숙박, 금융 등의 영업도 하였다. 객주와 여각은 지방의 큰 장시에도 있었다.

이 소설의 공간적 배경이 되는 개항기의 객주는 관리들의 엽관獵官운동에 자금을 대주어 일이 잘되면 화물을 독점적으로 취급하는 특권을 얻을 수도 있었다. 봉건적인 경제 체제이긴 하였으나 그 업무를 통하여 자본을 축적할 수 있어서 개항과 동시에 초기 외국 무역의 담당자가 되어 새로운 자본 계급을 형성하게 되었다.

소설 『객주』는 개화기 보부상들의 파란만장한 삶을 통해 조선 후기의 시대상을 세밀하고 생생하게 담아냈다. 정의감과 의협심 강한 천봉삼을 주인공[9]으로 삼아 보부상들의 유랑을 따라간다. 경상도 일대 지역사회를 중심

---

9) 작가는 「작가의 말」에서 "이 소설 안에 뚜렷하게 부각시킨 주인공이 따로 없다는 것이다. 그것은 아마도 역사의 행간에서 속절없이

으로 근대 상업자본의 형성과정을 그리고 있으며, 피지배자인 백성의 시선으로 근대사를 그려냈다는 점에서 대하소설의 새로운 전기를 만든 작품으로 평가받는다. 5년간의 자료수집, 3년에 걸친 장터 순례, 200여 명의 취재로 완성된 이 소설은 조선 후기의 혼란스러운 개화기 상황 속에서 보부상의 생활 풍속과 경제 활동, 정치적 이해관계 등을 다양한 인물들을 통해 그려냈다.

1979년 6월부터 1983년 2월까지 4년 9개월 동안 1,465회에 걸쳐 〈서울신문〉에 연재되었고, 초판은 1984년 창작과 비평사에서 9권으로 완간되었다. 이후 30여 년이 지난 2013년에 열 권째가 나왔다. 문이당, 문학동네 등에서 10권 전질이 나왔고, 드라마로 두 번(1983년 〈객주〉, 2015년 〈장사의 신-객주〉)이나 제작 방영되었고, 이두호의 만화로 출판되기도 했다.

『객주』는 전체 10권으로,

제1부는 외장外場으로 제1권에 숙초행로宿草行路, 2권에 초로草露, 3권에 난전亂廛[10], 제2부는 경상京商으로 제4권에 한강, 출신出身을, 5권에 모리謀利[11]와 난비亂飛[12]를, 제

배설되고 말았거나 혹은 잊혀버린 조선시대 떠돌이 서민들의 행로를 추적한 소설이기 때문이다."라고 썼다.

10) 난전: 허가 없이 길에 함부로 벌여놓은 가게.

11) 모리: 도덕과 의리는 생각하지 않고 오직 부정한 이익만을 꾀함.

12) 난비: 어지럽게 날아다니거나 분분함.

6권에 경상京商을 실었다.

제3부는 상도商盜로 제7권에 포화泡花, 군란軍亂을, 제8권에 7권 군란의 끝부분과 원로遠路, 재봉再逢을, 제9권은 8권에 이은 재봉과, 야화野火와 동병상련同病相憐을 실었고, 제10권은 멀고먼 십이령, 화적火賊, 정착촌定着村이 실렸다.

부 제목과 부의 세목을 연결하면 전체 줄거리가 만들어진다. 제1부는 도시 밖의 시장에서 풀밭 잠을 자고 산과 들길을 걷고 강을 건너며, 풀잎 끝의 이슬처럼 매달린 사람들이 난전을 펼치는 이야기, 2부는 서울의 상권으로 시골과는 달리 한강을 중심으로 그곳 출신들, 도리와 의리는 생각지 않고 부정한 이익만을 좇는 서울 상인들의 행태, 제3부는 장사의 도둑으로 상거래의 거품과 관이 일으키는 난리 속에 먼 길 걸어온 보부상이 정착촌을 일구어 내는 것으로 요약할 수 있다.

『객주』 10권의 표사를 쓴 문학평론가 황종연은 "역사와 허구의 이종교배를 달성한 한국어 서사물로서 『객주』는 위대하다. (중략) 한국의 서민은 고향을 잃어버린 대신에 『객주』를 얻었다. 고향에 대한 그리움은 무엇보다도 한국 고유의 언어를 복구하려는 노력으로 나타난다. 대대로 전수된 옛말과 속담의 활용, 민간에 유통된 비유와 사설의 구사, 민중 풍속에 밀착된 재담과 육담의 연출이라는 점에서 『객주』를 능가하는 소설은 없다." 고 썼는데, 필자는 아주 적절한 평가라고 생각한다.

『객주』에 드러난 비유와 재담, 육담은 많지만, 각 권에서 한 문장씩만 뽑아본다.

"방귀 소리가 나던 엉덩이에서 거문고 소리가 날까."[13] (1권 223쪽)

"호박잎에 청개구리 뛰어오르듯"[14](2권 80쪽)

"철 그른 동남풍일세"[15](3권 219쪽)

"-조 소사 모습- 몸가축에 흐트러짐이 없으되 박꽃같이 하얀 살신 어디엔가는 기우는 달빛 같은 우수의 빛이 어려 있었다." (4권 155쪽)

"군자 말년에 배추씨 장사라더니" (5권 203쪽)

"솥에 개 들어앉다."[16](6권 127쪽)

"잉어, 숭어가 뛰니까 물고기라고 송사리가 뛴다더니." (7권 293쪽)

"이놈 봐라, 해자[17] 구멍에서 빠져나온 암고양이 상판을 하고선, 참나무 둥치를 삶아 먹었나, 뻣뻣하기는 장비

---

13) 딸을 주고 양반을 사는 사람이 한 치 앞도 내다볼 줄을 모르는 것을 비유함.

14) 나이 적은 사람이 나이 많은 사람에게 버릇없이 구는 경우를 비유적으로 이르는 말.

15) 얼토당토않은 흰소리를 할 경우에 이르는 말.

16) 끼닛거리가 없어 여러 날 동안 밥을 짓지 못하였음을 이름.

17) 성벽 주변에 인공으로 땅을 파서 고랑을 내설.

빠치고 나서겠네."(8권 11쪽)

"뻣뻣하기가 개구리 삼킨 살모사 같으니까."(9권 37쪽)

"작청에 있는 구실살이들이나 기녀들이나 돈 좋아하긴 매한가지 아니겠습니까. 고래로부터 있어온 일인데, 다를 데가 있겠습니까, 쇤네들도 정인에게 사랑받고 싶은 마음은 세 가지 패물로 가리는데…… 사향이 든 향낭이 첫째이고, 둘째로는 은장도가 있고, 셋째가 암여우의 음문입니다. 사향은 최음제이고, 암여우의 음문은 정인으로부터 버림받는 액운을 막아주는 주물呪物이기 때문이지요."(10권 253쪽)

삶이 날것으로 묻어나는 육담과 재담들이다.

다 읽고 나서 좀 더 일찍 읽었으면 좋았을걸, 후회를 했다. 보부상으로 살면서 당당한 천봉삼의 삶이 감명 깊었기 때문이다. 내 삶을 돌아보게 되었다. 어찌나 비루한 것인지…….

6월의 다른 책, 한 문장

1. 요한 볼프강 폰 괴테 지음, 안문영 외 옮김, 『서동시집』, 문학과지성사, 2006.

“사람이 건강을 회복하는 데/ 중요한 것은 도대체 무엇일까?/ 화음으로 완성되는/ 소리는 누구나 즐겨 듣는다.// 너의 길을 방해하는 것은 모두 물리쳐라!/ 헛된 노력만은 제발 그만!/ 노래를 시작하거나 그치기 전에/ 시인은 온몸으로 살아야 한다.// 그래야만 생명의 큰 울림이/ 영혼 가득히 울릴 수 있고, 시인이 느끼는 아픈 마음도/ 스스로 달래게 되리라.”(가인시편, 29쪽, 「배짱」)

2. 서일옥 시조집 『크루아상이 익는 시간』, 작가, 2024.

“건방을 떨면서 우쭐대던 당신 어깨가/ 천만근 시름을 지고 힘없이 누워있다/ 그 슬픔 함께하려고/ 무릎 꿇고 바라본다// 온몸으로 부르짖는 소리 없는 전언들이/ 흑백의 결을 타고 울음처럼 번지는 시간/ 무너진 생의 칼라를/ 다시 세워 주고 싶다.”(20쪽, 「와이셔츠를 다리며」)

3. 성백광 외 지음, 김우현 그림, 나태주 해설, 『살아있다는 것이 봄날』, 문학세계사, 2024.

“아내의 닳은 손등을/ 오긋이 쥐고 걸었다/ 옛날엔 캠퍼스 커플/ 지금은 복지관 커플.”(18쪽, 「동행」)

자연의 편함, 편함의 자연

전시명: 제31회 민병도전 〈도법자연〉,
전시기간: 2024. 6. 18.~23.,
전시장: 수성아트피아 호반갤러리 1전시실, 관람일: 2024. 6. 18.

제31회 민병도 〈도법자연〉전에 간다. 전시장 수성아트피아 주차장에 주차하고 있는데 전화가 울린다. 전시회 오프닝 진행자 정경화 시인이다. 전시장에 오느냐고 물어 도착했다고 했더니, 오프닝에서 축사를 해줬으면 한다. 갑자기 뭘 이야기하느냐고 반문했더니 "보시면 할 말이 있을 겁니다." 한다. 굳이 거절할 이유는 없어 그러자고 했다. 미리 받은 팸플릿을 일독한 터라 할 말이 없지는 않은 터였다.

전시장에 들어가서 먼저 한번 슬쩍 보고, 다시 처음부터 차근히 살펴봤다. 먼저 드는 생각이 놀랍다는 것이다. 그 놀람의 이유는 세 가지다. 첫째가 31회라는 개인전 횟수다. 한 전시회에 보통 30~40점을 출품한다고 해도 1,000점이 넘는 그림을 그렸다는 계산이 나온다. 나는 천이란 숫자에 경외감을 갖고 있다. 전문가가 되려면 똑같다고 생각되는 일을 천 번 이상 해봐야 한다는 말을 들었기 때문이다.

동양 최고最古의 문학비평서 유협의 『문심조룡文心雕龍』에 "천 편의 곡목을 연주해 본 연후에 음악을 알 수 있고, 천 개의 칼을 본 연후에 칼의 성능을 알 수 있다."고 했다. 〈세한도〉를 남긴 추사는 칠십 평생에 벼루 열 개를 뚫었고, 붓 천 자루를 몽당붓으로 만들었다고 한다. 이런 사실을 알고 난 후에 전문가를 인정하는 한 기준이 되었다. 민병도는 31회의 개인전을 통해 작품 1,000점 이상을 전시했으니, 그림을 알 수 있다는 말이 되는 것이다.

놀람의 두 번째는 그의 그림이 엄청나게 달라졌다는 것이었다. 1980년대 초부터 '오류' 동인을 함께 한 사이라, 외지가 아닌 대구에서 열린 전시회는 대부분 가서 보았다. 그간도 변화가 없지는 않았지만 이렇게 크게 달라졌다는 느낌을 확연히 주는 것은 이번이 처음이다. 그간의 변화는 스몰 스텝이었지만, 이번 변화는 상상을 초월하는 큰 변화였다. 그 변화의 밑바탕에 천 점 이상의 작품을 만든 작가의 비의가 있을 것이라는 추측은 어렵지 않다.

놀람의 세 번째는 진경산수의 구상이 추상으로 변한 것이다. 진경산수는 진경산수대로의 미학이 있지만 자연과 같게 그린다는 것은 사진이 해야 할 일인지도 모른다. 화가가 자연을 재해석한 것이다. 자연을 대상으로 그린 그림이 자연인 듯 보이면서 자연만은 아닌 그 무엇이 있는 것이다. 자연을 그리면서 자연이 아닌 것으로 그려내는 것이 자연의 추상화다. 작가의 화면 언어를 이해하긴 어렵지만, 신비감을 자아내기에 충분하다.

이 느낌을 축사에 담았다. 전문가의 일을 아마추어가 말하는 것은 참 위험한 일이다. 그러나 몰라서 하는 이야기에도 진심은 담길 수 있다. 특히 내게 강한 인상을 주는 그림은 〈도법자연 23-1〉(300×240cm, 2023)이었다. 도드라지지 않은 검정에 질서정연하게 흰 선을 내려 긋고 가운데 우주를 상징하는 듯한 금색의 둥근 원이 자리하고 그 원 안에는 큰 별 안에 작은 별이 빛나고 빛나는 광채를 뿜어대고 있었다.

시인이며 미술평론가인 유종인은 이번 전시에 사용한 금빛과 흰빛에 대해 "금빛 바탕이거나 혹은 금빛의 기호, 바람과도 같은 금빛의 설채設彩는 도법자연이 얽매임 없이 실행되는 그 황홀경의 아우라를 두드러지게 환기시킨다. 걸림이 없는 불기不羈의 실존적 흐름을 열어놓는데 이런 금빛만 한 색채의 장엄함이 없을 것이다. 또 다른 화폭에서는 흰색이 주조를 이루며 실질적인 단색화적 채색의 기운이 완연하다." 고 썼다.

그리고 이 전시의 특이점을 "서양의 추상이 화가 자신의 관념적 직관이 대상을 집약하고 인상화시킨 표현의 측면이라면 한국화 특히 민병도의 한국화 추상은 직관적 통찰이 깔려있는 가운데 그 추상성의 기호나 이미지 등이 자연을 단순히 축약하고 상징화하는 데 그치지 않고 활성화시킨다. (중략) 단순화된 추상성은 민병도의 화면에 이르러 생동하는 기호 체계 이미지로 자연의 본질과 수승殊勝한 혼돈을 발현하는 생동감을 드러낸다."고 썼다.

공감한다. 그러고 보니 절간의 부처님은 금빛 옷을 입고 모두 금빛으로 치장되어 있다. 이 해설을 읽고 보니 이 금색과 흰색이 도법자연의 색깔이라는 생각이 들기도 한다. "도법자연"은 노자의 『도덕경』 제25장 마지막 구절이다. "사람은 땅을 본받고, 하늘은 도를 본받고, 도는 자연을 본받는다.〔人法地 地法天 天法道 道法自然〕"는 뜻인데, 민병도의 화면 언어가 삼령三靈 천지인의 빛깔이 된다는 생각으로 밀어붙인다.

한지에 입힌 색감이 색 위에 색을 얹어 단순함을 뛰어넘고 헤아리지 못할 비유와 상징을 거느리는 것이다. 모든 것을 제쳐두고 민병도의 〈도법자연〉전은 사람을 아주 편하게 했다. 편한 것, 그것이 자연이다. 도가 자연을 본받는다면 이 편안함을 가리키는 것 아닐까. 전시장을 빠져 나오며 나도 모르게 김인후의 「자연가」를 중얼거렸다. "청산도 절로절로 녹수도 절로절로/ 산 절로 수 절로 산수 간에 나도 절로/ 그중에 절로 자란 몸이 늙기도 절로 하리라."

나는 무엇을 잃고 있는가?

연극명: 제18회 대구국제뮤지컬페스티벌
공식 초청작 뮤지컬 〈MISSING LINK〉,
제작: 대구시립극단&DIMF, 예술감독: 성석배, 집행위원장: 배성혁,
극장: 대구문화예술회관 팔공홀, 관람일시: 2024. 7. 3. 19:30

대구시립극단 제57회 정기 공연, 대구시립극단과 DIMF가 공동 제작한 〈미싱 링크〉가 대구문화예술회관 팔공홀에서 막을 올렸다. 뮤지컬 축제의 일환이다. 뮤지컬 〈미싱 링크〉, '어떤 사기꾼의 이야기' 라는 부제가 붙었다. 세 시간에 걸쳐 공연되는 보기 드문 대작이다, 특히 대구에서는……. 인류학 역사상 최대의 학술 사기 '필트다운인人 사건' 에 상상력을 불어넣어 만든 작품이다.

'필트다운인 사건' 이란? 1912년 영국에서 아마추어 고생물학자 찰스 도슨이 발견한 가짜 화석인 유골 때문에 일어난 사건이다. 학계 권위자들이 그 유골을 인류 진화 과정의 화석으로 보증하고 영국은 이를 공식 인정, 미국, 프랑스 등 일부 학자들이 의혹을 제기했지만 묵살되었다. 1953년 진상조사위원회가 재결성되고 40년 만에 위조된 유골로 판명되었다. 그뿐만 아니라 과거의 진상 조사 위원들이 가짜 유골임을 알고도 토론을 거쳐 타협한 결과며, 조작 흔적을 상부에 보고했으나, 지도층에서 묵인한 사실이 전해지며 학계에 큰 충격을 주었다.

거짓이 거짓을 물고 권력과 손잡으며 이른바 '조작' 이 갈 데까지 가 버린 사건이다. 뮤지컬의 제목이 된 미싱 링크missing link는 '잃어버린 고리' 또는 '멸실환' 이라고도 하는데, 진화 계열의 중간에 해당하는 종류가 존재했다고 추정되는데도 화석으로 발견되지 않은 것을 말한다. 이것에 해당하는 화석의 발견은 진화학상 또는 분류학상 중요한 의의를 가지는 것으로서, 양서류 화석의 일종인 견두류堅頭類는 어류와 양서류 또는 양서류와 파충류의 중간에 해당하는 대표적인 예이다.

뮤지컬의 시놉시스는 1912년 런던의 한 대학 지질학부 조교인 존, 그의 꿈은 지질학계의 최대 난제인 미싱링크를 푸는 화석을 발굴해 영국이 자랑할 만한 지질학자가 되는 것이다. 그러나 귀족인 하워드 교수에게 재능을 착취당하느라 발굴현장 근처에도 가기 힘든 존. 그의 동생인 베키는 능력은 있지만 펼칠 기회가 없는 오빠를 몹시 안타까워한다. 그러던 어느 날, 존은 일은 자신이 다 하는데 영광은 하워드가 다 가져가는 이 부당한 상황을 더 이상 견딜 수 없게 된다. 분노한 그는 미싱 링크를 풀

수 있는 화석을 가짜로 만들어 발표하기로 한다.

이를 학계에 알리려던 날 아침, 존에게 청천벽력 같은 소식이 전해진다. 하워드가 찰스 도슨이라는 학자와 함께 필트다운 지역에서 미싱 링크를 푸는 화석을 발견했다는 소식을 듣는다. 이른바 '필트다운인 유골'이 발견됐다는 것이다. 이것이 가짜 유골임을 한눈에 알아 본 그는 위조됐다는 것을 밝히기 위해 고군분투한다. 여동생 베키와 함께 미국으로 건너가 어려움을 겪다가 스스로 켄터키인 유골을 위조하여 잠시 주목을 받다가 위조임이 밝혀진다.

여동생 베키도 영화배우로 픽업되어 신비화된 이름으로 활동하다가 결국 탄로가 나 둘 다 곤경에 빠진다. 그들은 결국 거짓으로 쟁취한 짧은 영광을 다 잃고, 유골의 조작과 베키가 입고 있었던 신비의 베일을 벗게 된다. 결국 모든 것이 사기였다는 사실을 밝히고 반성하며 새 출발을 하는 구성이다.

스토리는 단순히 재미를 넘어 진실하게 살아야 한다는 교훈성을 내포하고 있다. 그러면서 사기 행각이 시장바닥에서만 일어나는 것이 아니라 학문의 세계에서 더욱 치밀하게 이루어진다는 스토리에 묘한 전율을 느끼게 한다. 단순히 돈을 취하는 사기와는 결이 다른 그 무엇 때문에……. 많은 뮤지컬이 뚜렷한 메시지를 전해주기 보다는 뮤지컬 넘버에 더 관심 갖게 하지만 〈미싱 링크〉는 그렇지 않았다. 아무리 무딘 관람자라 하더라도 한 번쯤 자기 삶을 돌아보게 하는 힘을 가졌다.

무대가 인상적이었다. 관객 앞으로 한 걸음 더 다가서 앞자리에 앉았다면 생생한 호흡까지 들을 수 있을 것 같았다. 전용 극장이 아닌 다목적 홀인 데도 불구하고 무대의 높이를 달리해서 색다른 감을 주는 것은 무대 스탭들의 고뇌가 묻어나는 명장면이었다. 그뿐만 아니라 우레가 치고 바람이 불어 무대의 장식들이 바람에 휘날리는 모습을 보여주기도 했는데, 무대에서 나는 바람 소리는 '넘버 0' 이거나 넘버 밖의 넘버였다.

뮤지컬은 아무래도 뮤지컬 넘버가 생명, 1막에 12곡, 2막에 14곡으로, 모두 26곡, 재즈, 스윙의 신나는 음악, 역동적인 안무로 시선을 압도하는 앙상블, 화려한 영상과 무대 등이 감동을 주기에 충분했다. 존 허스트 역은 조환지와 김종헌이 더블 캐스팅 되었다. 조환지는 제1회 딤프 뮤지컬 스타 대상 수상자였다는 점에서 주목하게 하기도 했지만 열연에 박수를 아낄 이유가 없었다. 베키 허스트 역의 대구시립극단 단원 김채이, 그 외 극단의 김명일, 이서하, 최우정 등이 나서 대구시립극단 배우들의 탄탄한 실력을 보여주었다.

즐거운 관람이었고, 내 삶도 한번 돌아보게 하는 유익

한 시간이었다. 〈미싱 링크〉를 보고 돌아오는 길에 제목의 의미를 확장시켜 소재로 하여 시조를 한 편 지었다.

미싱 링크

그대와 나를 잇는 고리는 무엇인가?
집히는 게 없잖지만 긴가민가 늪에 빠져
날마다 물음표 달고 말줄임표 찍는다

그대가 나에게로 그냥 오지 않았듯이
나 또한 그대에게 그냥 가지 않았을 터
그것은 명사가 아닌 동사임이 분명하다

그 고리 헐거워져 헐렁헐렁 너풀대면
서느런 문장에다 밑줄만 그을 텐데
어디서 운율을 얻고 무엇으로 은유하나

모르고 읽는 생은 주제 밖을 서성이고
순간에도 시간에도 삐걱대고 있었으니
그 어떤 서정, 서사에 느낌표를 찍으랴

브라질 지휘자가 지휘하는 한국 가곡

공연명: 대구시립교향악단 507회 정기연주회
〈브라질에서 온 클래식〉,
공연장: 콘서트하우스 그랜드홀,
관람일시: 2024. 7. 12. 19:30

연주회에 대한 아무런 정보도 찾지 않은 채 공연장으로 갔다. 장마철이라 폭우성 소나기가 쏟아졌다. 비는 그치지 않고 연주 시간은 가까워졌다. 하는 수 없이 우산을 들고 빗속을 걸어갔다. 바지의 아래 자락은 대책 없이 젖었고 신발에는 물이 질퍽거렸다. 가까스로 공연장에 들어섰으나 난감했다. 그러나 다른 방법이 없어 우산을 물품 보관대에 맡기고 공연장에 들어갔다. 비에 젖은 옷으로 옆 사람에게 폐 끼치지 않을까 매우 걱정되었다.

큰 기대를 갖고 간 것이 아니다. 〈브라질에서 온 클래식〉이 무엇일까? 연주곡이 브라질 작곡가의 곡, 브라질 지휘자, 그러고 보니 이런 제목을 붙인 것이 이해되었다. 브라질에서 가장 다재다능하다는 세자르 게하시피 작곡의 〈관현악 모음곡 제2번 페르남부카나〉가 먼저 연주되었다. 브라질 민속춤이 이 곡의 핵심이며 각 곡은 지역 춤곡의 명칭을 따른 것이라고 해설하고 있으나, 브라질 춤곡에 대한 이해가 없으니……. 그러나 편안했다.

브라질 클래식 음악계를 이끌고 있는 지휘자 겸 교육가, 예술행정가인 에반도르 마테의 객원 지휘가 매우 차분했다. 과장되지 않고 지휘봉은 군더더기 없이 연주를 이끌어 갔다. 지휘의 정석 같다. 그게 관객을 편안하게 했으니 훌륭한 지휘라는 생각이 들었다. 연주가 지휘를 따르는 것이 아니라 지휘가 연주를 따르는 것처럼 자연스러워 브라질 음악계를 이끈다는 해설이 지나치지 않은 소개라는 생각이 들었다.

둘째 곡으로 리스트의 〈죽음의 춤〉이 연주되었는데 협연자 피아니스트 정다슬의 연주가 눈길을 끌었다. 2023년 월간 《객석》 평론가 선정 '올해의 클래식 부문 솔로 연주자' 로 섬세한 감성과 삶을 투영한 깊이 있는 연주라고 해설 팸플릿에 소개되고 있다. 그의 연주는 화려했다. 손가락으로 치는 피아노가 아니라 그의 온몸이 피아노에 실렸다. 그의 연주를 처음 접하는 나는 놀라지 않을 수 없었다. 피아니스트 백혜선을 떠올리게 했다.

특히 인상적이었던 것은 앙코르곡을 연주하기 직전 객석에서 휴대폰 소리가 울렸다. 관객이 긴장했다. 가까스로 관객이 휴대폰을 껐는데, 앙코르곡 연주 전에 그 멜로디를 건반에 옮겨 관객들에게 웃음을 선사하는 것이었다. 충분히 짜증 날 만한 일이었는데, 그걸 관객의 웃음으로 이끌어내다니 그 센스가 대단했다. 그녀가 다른 분야와의 활발한 소통을 기반으로 다양한 장르의 전문가들과 소통하고 있다는 저력을 느끼게 했다.

인터미션 후, 고메스의 오페라 〈과라니 서곡〉과 빌라로부스의 〈쇼루스 제6번 W219〉가 연주되었다. 〈과라니 서곡〉은 고메스가 호세 드 알렌카르의 소설 「오, 과라니」가 바탕이 되었다고 한다. '쇼루'는 브라질의 흑인 음악이 유럽 음악, 아마존 원주민 문화 등과 융합되며 탄생한 민속음악이라고 한다. '소리 내어 우는', '흐느껴 우는'이라는 사전적 의미를 지녔는데, 브라질 서민, 노동자들이 모여서 즐기는 음악에서 비롯되었다고 한다.

열광적인 앵콜 박수를 받으며 등장한 지휘자가 지휘봉을 잡자 귀에 익은 최영섭 작곡의 〈그리운 금강산〉이 흘러나왔다. 관객들이 그 반가움을 소리 내지 못하고 속으로 따라 부르며 감동을 얻었다. "누구의 주제런가 맑고 고운 산 그리운 만 이천 봉 말은 없어도 이제야 옷깃 여미며 그 이름 다시 부를 금강산"을 속으로 불렀다. 브라질 지휘자가 지휘하는 한국 가곡, 관객 배려가 그를 돋보이게 했다. 소나기 맞는 불편을 충분히 보상받았다.

사랑의 향연이 아닌 논리의 향연

플라톤 지음, 천병희 옮김, 『향연』, 도서출판 숲, 2017(제2판 1쇄).

'향연饗宴'을 사전에서 찾으면 '① 특별히 융숭하게 손님을 대접하는 잔치, ② 플라톤의 전기前期 저작의 하나. 소크라테스를 비롯하여 그리스의 일류 문화인들이 한곳에 모여 사랑을 여러 관점에서 이야기한 대화편'이라고 풀이하고 있다. 저작물의 제목이 사전에 올라 설명하고 있는 것만으로도 그 저작물의 위상이 어떠한지를 짐작할 수 있다. 그리고 인터넷에 '플라톤 향연'을 검색하면 서울대학교 철학사상연구가 원전요약, 원전해설을 올려놓고 있어 이 책을 읽지 않아도 대략의 내용을 알 수 있다.

그뿐만 아니라 철학서에 대해 이야기할 때도 빠지지 않는 책이다. 그러나 나는 부끄럽게도 지금까지 완독하지 않았다. 책을 사 놓고 읽다가 던져두고 읽다가 던져둔 책 중의 하나였다. 그러나 이 책에 대한 말들을 여기저기서 듣고 읽고 하면서 이 책을 제대로 읽어봐야겠다는 작심을 하지 않을 수 없었다. 한 번 읽고 난 뒤에 이 서평을 쓰기 위해서 다시 한번 더 읽었다. 그러고도 또 부족해 책의 부분, 부분을 다시 펼쳐 읽으며 이 책이 역사에 살아남고 회자되는 이유를 알게 되었다.

저자 플라톤(기원전 427년경~347년)은 관념론 철학의 창시자로 소크라테스, 아리스토텔레스와 더불어 서양의 지적 전통을 확립한 철학자다. 부유한 명문가에 태어난 그는 정계에 입문할 작정이었다. 28세 때 스승 소크라테스가 사형당하는 것을 보고 큰 충격을 받는다. 그래서 정계 진출의 꿈을 접고 철학을 통해 사회의 병폐를 극복하기로 결심을 굳힌다. 그 후 이집트, 이탈리아, 시칠리아 등지의 여행에서 돌아와 서양 대학의 원조라고 할 수 있는 아카데메이아Akademeia를 개설하고, 연구와 강의 저술활동에 전념하다가 세상을 떠났다.

『향연』은 비극 작가 아가톤이 레나이아Lenaia 제祭의 비극 경연에서 처음 우승(기원전 416년)한 것을 자축해 베푼 술잔치〔symposion〕에서 여러 사람이 에로스eros〔사랑〕에 관해 피력한 견해를 기록한 것이다. 당시 어려서 술잔치에 참석하지 못한 아폴로도로스가 그 자리에 있었던 소크라테스의 제자 아리스토데모스한테서 듣고 다시 그 이야기를 전하는 액자소설額子小說 형식을 취하고 있다. 도입부는 에로스 찬양 연설이 시작될 때까지의 과정, 본문은 소크라테스를 비롯한 참석자 7명의 찬양 연설, 마무리는 그 향연의 마지막 광경을 알려준다.

먼저 파이드로스가 연설했다. 그는 명예심과 용기의 덕을 고취하는 에로스로 "신들 가운데 가장 오래되고 가장 존경스러우며, 인간들이 생전이나 사후에 미덕과 행복을 얻는 데 가장 도움이 되는 분."(180b)이라고 했다. 다음 파우사니아스는 육체의 쾌락을 쫓는 에로스가 아닌 혼의 덕을 함양하는 에로스로 "어떤 행위든지 행위 자체는 아름답지도 추하지도 않네, (중략) 아름답고 올바르게 행해지면 아름다운 행위가 되고, 올바르게 행해지지 않으면 수치스러운 행위가 될 것이네, 사랑하는 행위와 에로스도 마찬가지여서 모든 에로스가 아니라, 아름답게 사랑하도록 우리를 자극하는 에로스만이 아름답고 찬양받을 가치가 있다."(181a)고 했다.

세 번째, 에뤽시마코스는 모든 존재자들의 형성 원리로서의 우주적 에로스로 "에로스는 인간의 혼 안에만 존재하는 것도 아니고 인간의 아름다움에 대해서만 느끼는 감정이 아니라, 훨씬 광범위한 현상이네, 에로스는 동물의 세계와 식물의 세계뿐 아니라 사실은 우주만물 속의 존재란다."(186a)라고 했다. 이어 아리스토데모스는 "인간의 상실한 본성을 치유하는 자로서의 에로스로 처음에 인간의 성性은 남성과 여성, 남녀추니(어지자지) 셋이었다. 남성은 해에서, 여성은 대지에서, 남녀추니는 달에서 태어났다. 제우스가 인간을 약하게 만들기 위해 인간을 두 쪽으로 나누어서 모든 인간에 대해서는 사랑이 둘을 하나로 만들고 인간의 상처를 치유함으로써 인간이 본성을 되찾게 해주기 때문"이라고 연설했다.

아가톤은 인간에게 있는 모든 좋은 것들의 원인으로의 에로스를 정의, 절제, 용기, 지혜에 대해 차례대로 말하며 에로스는 "인간들 사이에 평화를, 바다에는 바람 한 점 없는 잔잔함을, 바람에는 휴식을, 근심에 시달리는 자에게는 단잠을"(197c) 준다고 말했다. 이어 소크라테스는 아가톤과의 문답법으로, "반박할 수 없는 것은 진리"라고 결론지으며, 가상 인물 디오티마를 내세워 그로부터 들은 에로스에 관한 이야기를 들려준다. "소크라테스, 에로스는 위대한 정령이에요." 모든 정령은 신과 필멸의 존재 중간에 있다고 말한다.

이어서 디오티마는 소크라테스가 아가톤에게 행했던 문답법으로 소크라테스를 설득한다. "이 세상의 아름다운 것들에서 출발해 그것들을 계단 삼아 내가 말하는 아름다움을 위해 꾸준히 올라가되 한 아름다운 몸에서 두 아름다운 몸으로, 두 아름다운 몸에서 모든 아름다운 몸으로, 아름다운 몸들에서, 아름다운 활동으로, 아름다운 활동에서 아름다운 지식으로, 끝으로 아름다운 지식에서 아름다운 것 자체만을 대상으로 하는 저 특별한 지식으로 나아감으로써 드디어 아름다운 것 자체가 무엇인지 알게 되는 것이지요."라고 한다.

이렇게 대화가 끝날 무렵에 알키비아데스가 등장한다. 그는 소크라테스를 찬양하는데, 소크라테스가 어느 누구와도 비교할 수 없는 비범한 인물이라 말하며, 그를 연인으로 삼으려 유혹하려다 실패한 일과 둘이 군 복무를 하며 겪은 일화 등과 함께 소크라라테스와 관련된 진실을 들려준다. 알키비아데스의 이야기를 듣고 소크라테스는 "마음의 눈은 몸의 눈이 무뎌지기 시작할 때 예리하게 보기 시작하는 법인데, 자네는 그런 경지에 도달하려면 아직 멀었어"(119a)다고 말한다. 이로써 연회는 끝난다.

『향연』은 사랑을 말하는 잔치가 아니라 논리의 잔치라는 생각을 하게 했다. 이른바 소크라테스 문답법의 위대함을 실감했다. 소크라테스의 문답법은 1. 상대방에게 어떤 개념의 정의를 묻는다, 2. 상대방은 그 물음에 p라는 답변을 제시한다, 3. 소크라테스는 계속 질문을 던져 상대방이 q, r, s---를 답변으로 제시한다, 4. 소크라테스는 이 q, r, s---가 앞에서 제시한 답변인 p와 모순됨을 지적한다, 5. 상대방은 p라는 자신의 믿음이 잘못되었다고 인정할 수밖에 없다. 이러한 과정을 거친다.

앎의 과정에서 '대화'를 통한 질문과 답변이 진정한 앎의 길에 이르게 하는 매우 중요한 수단임을 느끼게 되었다. 혼자 아는 것은 아는 것이 아니다. 진정한 앎은 한 사람의 견해가 아니라 여러 사람과의 논의를 통해서 이루어져야 한다. 그런 과정을 거쳐야만 그것이 진리가 될 수 있다는 생각이 든다. 내가 안다고 무슨 말을 했을 때 그것과 관련해서 계속적으로 질문이 쏟아져도 당황하지 않고 대답할 수 있어야 진정으로 아는 것이 된다. 그 사실을 소크라테스 문답법 아니, 『향연』을 통해서 느끼게 된 것은 참 늦었지만 다행한 일이다.

7월의 다른 책, 한 문장

1. 플라톤, 『소크라테스의 변명』, 도서출판 숲, 2017.

"여러분, 죽음을 피하는 것이 어려운 게 아니라, 비열함을 피하는 것이 훨씬 더 어렵습니다."(69쪽),

"죽음이 꿈 없는 잠과 같은 것이라면 죽음은 놀라운 이득임이 틀림없습니다."(72쪽)

2. 플라톤, 『크리톤』, 도서출판 숲, 2017.

"소크라테스: 크리톤, 어차피 죽기로 되어 있다면 이 나이에 안절부절못하는 것은 모양새가 말이 아니지."(80쪽, 죽음 직전에 소크라테스와 그의 죽마고우 크리톤의 대화)

3. 이달균 시조집, 『달아공원에 달아는 없고』, 가희, 2024.

"누구도 무학산에 학이 산다고 믿지 않는다/ 하지만 한 삼십 년 이 산을 오르다 보면/ 어느 날 겨드랑이에 돋은 날개를 만질 수 있다."(「무학산」)

한지에 먹물 번지듯

전시명: 〈2024 수묵의 확장, 동아시아 SILK ROAD〉,
전시기간: 2024. 7. 24~8. 4.,
전시장: DAC 대구문화예술회관 1~5 전시실,
관람일: 2024. 8. 8.

전시회명이 묵직하다. 이 분야를 잘 모르지만 제목을 통해서 유추해 보면 수묵화가 동아시아 실크로드를 통해서 '확장되었다' 거나 '확장되고 있다' 의 의미가 아닐까 싶다. 이 전시회를 주최하는 석재 서병오 기념사업 회장이 "지역미술과 세계미술을 소통시키기 위해 수묵의 확장을 시도하고 있다."고 인사말에 쓴 걸 보면 내 추측은 틀렸다. 수묵이 '확장되었다' 가 아니고 '확장하고 있으며', '확장시키려 한다' 는 뜻이었다.

《대구문화》 7월 호를 보다가 가봐야 할 전시회로 점찍었다. 그 까닭은 먼저 DAC의 1~5 전시실을 채우는 대규모 전시, 둘째, 몽골리아·중국·한국 작가들이 참여하는 국제전, 그리고 2024년 석재문화상 수상 작가 정종해의 작품 전시 등이 충분히 가볼 만한 이유가 되기도 했지만,

정작 관심이 가는 것은 5전시실의 수묵의 확장, 프리마켓 2024였다. 추사, 석재, 오원, 이당, 의제, 여초의 작품이 전시된다니 이런 기회가 있겠나 싶었기 때문이다.

오프닝에 가서 특강도 듣고, 몽골 현대 작가 이누나란의 '초원의 바람'이라는 퍼포먼스도 보고 싶었는데, 하필 그 시간에 느닷없이 제자들이 찾아와서 가지 못했다. 7월 25일 중복날이었다. 그야말로 더운 날, 더운 시간에 전시장으로 갔다. 차에서 내리니 더운 바람이 확 몰려오는데 어지러울 정도였다. 주차장에서 누군가 부르는 소리가 있어 돌아봤더니 시인 김선광이 전시회 보러 왔다고 한다. 반가웠다.

전시회 오기 전에 사전을 통해, '수묵화水墨畵'가 "채색하지 않고 먹으로만 그린 그림이다. 먹의 농담을 활용해 음영과 양감을 표현한다. 먹이 화가의 정신을 표현하는 매체로 인식되면서 중국 북송 시대 이후 문인 화가들이 선호했고 산수화, 사군자화 등 거의 모든 종류의 그림이 먹으로 그려졌다. 안료로 화려하게 채색한 그림은 채색화라고 한다. 수묵화와 채색화는 한국의 전통 회화를 대별하는 그림 장르"라는 해설만을 읽고 갔다.

1~2 전시실에는 2024 석재문화상 수상작가 정종해의 작품이 전시되고 있다. 작가는 한성대학교 명예교수로 경기도 여주의 작업실에서 자연에 대한 충실하고 사의적

사생을 기본으로 새로운 수묵의 확장과 가능성을 모색하고 있다는 해설을 읽었다. 나는 〈천지天池〉라는 작품에 끌렸는데, 먹의 농담과 바탕의 여백이 보여주는 역동성이 묘했다. 고요한 듯하면서 절대로 고요할 수 없는 어떤 적막의 꿈틀거림 같은 것이 느껴졌다.

3~4 전시실은 몽골리아 아티스트 네 명의 작품이다. 2000년대 초 푸른방송국에서 몽골과 교류하면서 '한국의 미' 전을 몽골에 가서 전시한 경험이 있어, 몽골 작가들에겐 막연한 애정과 친근감이 있다. 특히 아누아란의 〈LOVE l DREAM〉은 수묵의 명암만으로 설치미술이 가능함을 보여주어 새로웠고, 〈CHILD OF GOD-1〉은 흑백의 농담에서 눈썹의 노란 채색이 작품 제목과 어울려 신비감을 자아냈다.

중국 작가들은 8명이 참여했다. 글씨가 많았다. 蘭干武의 예서와 초서, 陳利平과 敖啓權의 행서, 王進喜의 수묵과 채색, 易飛의 〈行書風來斗方〉, 黃菲菲의 채색화, 權伍松의 〈무제〉, 毛宗澤의 새 그림 등이 전시되었다. 易飛의 〈行書風來斗方〉에 끌렸다. 편지지에 글자를 쓰고 그것을 찢어서 짙은 감청색 바탕에 두었는데 편지지의 붉은색 선과 찢긴 편지지에서 생긴 선이 예사롭지 않았다. 의도성이 개입할 수 없는 그런 선이라는 느낌이 들었기 때문이다.

다음 한국 작가들의 작품, 내가 알고 있는 작가들인 권기철·권정호·김결수·김진혁·방준호·이준일·정태경 등이 참여했다. 소리를 표현하는 작가로 내게 각인된 권기철은 한지 위의 먹으로도 소리를 낼 줄 아는 것 같다. 김진혁은 〈Change-23〉, 〈Change-24〉를 출품했는데 수묵에서 채색으로 옮겨오는 느낌이었다. 방준호의 휘날리는 돌은 언제 봐도 역동적이고, 이준일의 붓질은 활달했다. 정태경의 〈내 친구의 집은 어디인가〉는 제목이 주는 느낌이 색다르다.

한국 작가들의 작품을 관람하는 중, 박병철 교수를 만났다. 모두들 열심히 작업한다며 놀라움을 나누고 제5전시실에 들어섰다. '수묵의 확장, 프리마켓 2024'는 도록에도 실리지 않은 작품이 전시된 것이다. 놀랄 만한 인물들의 작품이다. 그 이름에 주눅 들어서 무엇이 좋은 것인지도 모르겠다. 예술은 좋은 작품을 창작하여 그 이름이 높아지지만, 그 높은 이름 아래의 모든 것이 다 높다고 하기는 어렵겠다는 생각을 하며 전시장을 빠져나온다.

나오는 길에 이 전시회를 주관하는 석재 기념사업회의 김진혁 회장을 딱 맞닥뜨렸다. 전시장에 나와 있을 것이라고 추측은 했지만 몰래 보고 가려 했는데 마주친 것이다. 개인을 위한 일이 아니라 남을 위하고, 나만을 위한 일이 아니라 여럿을 위해 일하는 사람들을 귀찮게 하면 안 된다는 생각 때문이다. 전시회 도록을 챙겨준다. 도록을 보면서 전시장을 회상할 수 있겠다. 뭘 도와주지는 못하고 받기만 해서 미안하다. 수묵의 확장, 한지에 먹물 번지듯 그렇게 번져가기를…….

쓸쓸함도 충만하면 기쁨이 되는가?

영화명: 〈퍼펙트 데이즈〉,
개봉: 2024. 7. 3. 등급: 12세 이상 관람가, 장르: 드라마,
러닝타임: 124분, 2023년 일본 독일 합작 영화,
감독: 빔 벤더스(독), 주연: 야쿠쇼 코지(일),
극장: CGV 대구아카데미, 관람일시: 2024. 7. 27. 16:35

"안녕하세요, 비가 많이 오는데 별일 없으세요? 좋아하실 만한 영화가 있어서 추천드립니다. 빔 벤더스 영화인데 야쿠쇼 코지가 주연이고 음악도 좋고 극장에 가서 보시면 좋겠어요, 가까이 계시면 제가 모시고 가서 팝콘도 사드릴 텐데… 아쉽네요."

"야쿠쇼 코지가 삼촌이랑 스타일이 비슷한 면이 있네요."

7월 23일 유욱재.

이 영화는 순전히 이 메시지 때문에 보게 되었다. 욱재는 내 생질, 하나뿐인 누나의 둘째 아들이다. 사진을 전공하여 내 가까운 친척들 중엔 가장 예술 쪽에 관심이 많은 친구다. 영화를 보고 내 생각이 났던 모양이다. 어쨌

든 고마웠다. 내가 금년에 한 달에 한 번은 영화관에 간다는 계획을 세워놓고 지금까지 잘 실천하고 있는데 이달에는 이 영화를 봐야겠다. 내가 자주 가는 극장에선 상영하지 않아서 중앙통의 CGV 대구아카데미로 가야 했다.

휴대폰으로 예약을 하고 극장에 갔다. 상영관 1관 앞에서 휴대폰에 저장된 캡처를 보여주니 그것으로는 입장이 안 된다며 키오스크로 가서 입장권을 출력해 오라고 한다. 불만이었지만 어쩔 수 없었다. 키오스크 앞에서 어리둥절하고 있는데 누군가 내게 반갑게 인사를 한다. 노진화 시인이다. 만난 지 꽤나 되어서 얼른 알아보지 못했다. 어리바리하는 나를 도와주어 입장권을 빨리 출력할 수 있었다.

〈퍼펙트 데이즈〉, 도쿄 시부야의 공공시설 청소부 히라야마는 매일 반복되지만 충만한 일상을 살아간다. 새벽 거리를 청소하는 청소부의 빗자루질 소리에 잠을 깨고, 일어나 이불을 개고 이를 닦고 출근하면서 자동판매기에서 커피를 빼서 차에 오른다. 차에서 카세프 테이프로 올드 팝을 들으며 일터인 공공시설 화장실로 출근하고, 빵으로 점심 식사를 하며, 필름 카메라로 나무 사이에 비치는 햇살을 찍는다.

작업이 끝나면 목욕탕에 가서 목욕을 하고 자전거를

타고 단골 식당에 가서 술 한잔을 마신다. 그리고 헌책방에서 산 소설을 읽으며 하루를 마무리한다. 이런 삶의 반복이다. 그러던 어느 날 그의 여동생 딸인 조카가 가출하여 찾아와 그의 집에 잠깐 머문다. 공공 화장실 청소하러 가는 삼촌을 따라가서 일을 돕기도 한다. 그러나 엄마가 찾아와서 그를 집으로 데려간다. 그때 여동생은 오빠에게 초콜릿을 선물하고 그에게 안타까운 마음을 전한다.

히라야마는 그 일을 겪으면서 눈물 한 줄기로 모든 것을 표현했다. 그리고 단골 식당에 갔는데 문이 잠겨 있어 되돌아 나왔다가 다시 가니 식당 여주인이 어떤 남자와 다정하게 식당으로 들어가는 것을 보게 된다. 뒤따라 들어가다가 그들이 포옹하는 장면을 보고 놀란다. 담배를 사고 술을 사서 강가로 나가 마시는데, 식당 여주인과 포옹했던 그 남자가 따라와서 담배 한 대를 달라며 말을 붙인다. 7년 전 헤어진 전 남편이라며 그에게 그 여인을 잘 부탁한다는 말까지 한다.

영화에서 아마도 변기가 가장 많이 나오는 영화일 것이다. 히라야마는 참으로 열심히 일한다. 공중변소 변기를 닦는 일이 어떻게 즐거울 수 있겠는가? 그런데 그는 아주 즐겁게 그 일을 한다. 일하면서 노래하고, 쉬면서 자연을 감상하고 사진을 찍는다. 음악과 사진과 책이 항상 그의 주변에 있다. 그래서, 아, 그래서 영화 제목이

〈퍼펙트 데이즈〉일 수 있다.

생질이 어떻게 해서 내 스타일과 비슷한 점이 있다고 했을까? 단순히 외모로만 그렇게 생각하지 않았을 것 같다. 내가 시를 쓰고, 책을 내고 하면서 내가 쓴 책을 읽기도 하고, 그러니까 예술을 즐기며 사는 사람을 보니 아마 내 생각이 났던 모양이다. 그런데, 영화는 나를 참 쓸쓸하게 했다. 반복되는 날과 날이 퍼펙트 데이즈가 아니기 때문이다. 그렇게 보일 뿐, 그는 쓸쓸함을 억지로 견뎌내고 있는 게 분명하다.

이 영화가 2023년 16회 아시아 태평양 스크린 어워드 최우수 작품상, 76회 칸 영화제 남자 연기상, 2024년 17회 아시아 필름 어워즈 남우 주연상, 47회 일본 아카데미상 최우수 감독상, 최우수 남우 주연상 등을 받았다. 히라야마, 아니 야쿠쇼 코지의 연기는 이렇게 여러 곳에서 남우 주연상을 받을 만큼 탄탄했다. OST가 말수 적은 주인공의 심리 상태를 대신하여 영화를 깊게 했다. 음악 좋아하는 감독의 취향이 영화에 잘 반영되었다.

영화관을 빠져나오는 발걸음이 무거웠다. 쓸쓸해지는 기분을 내가 어쩔 수 없었기 때문이다. 주인공이 쓸쓸함을 달래기 위해, 아니 어쩌면 굳이 혐오스러운 일을 택해 쓸쓸함을 달래는 것이 아니라 자학하는 것이 아닌가 싶기도 했다. 그러나 영화의 제목을 〈퍼펙트 데이즈〉라고

정한 걸 보면 지금 내가 해석하는 것과는 다를 것 같다. 아무리 봐도 영화 제목을 역설적으로 표현한 것으로 보기는 어렵기 때문이다. 쓸쓸함도 충만하면 기쁨이 되는가?

욱재에게 문자를 보낸다.

"욱재야, 추천한 영화 잘 봤다. 음악도 뷰도 좋았다. 그런데 참 쓸쓸해지더구나, 영화관을 나오는 시간이 하필 해지는 시간이다. 여름 잘 견뎌라."

이내 답장이 왔다.

"네, 보셨다니 좋네요. 삼촌이 공감하실 것 같아서 추천드렸어요. 다음에도 좋은 영화 있으면 연락드릴게요. 건강하세요."

여름 하오의 클라리넷

공연명: 제9회 정혜진 클라리넷 독주회 〈정서적 교감〉,
공연장: 콘서트하우스 챔버홀,
관람일시: 2024. 7. 20. 16:00

대구콘서트하우스 챔버홀에서 열리는 제9회 정혜진 클라리넷 독주회에 갔다. 클라리네티스트 정혜진은 계명대 음악공연예술대학 관현악과를 졸업하고 도미하여 Temple University에서 석사를 마치고 University of North Texas를 졸업하며 박사학위(DMA, 연계전공: 관악지휘)를 취득했다. 유학 시절 학업뿐만 아니라 다양한 분야에서의 음악 활동을 통하여 음악적 역량을 크게 인정받아, 창의력과 섬세한 감수성을 겸비한 클라리네티스트로 불린다.

이런 역량을 가진 클라리네티스트의 독주회를 제대로 감상하기 위해서는 클라리넷이라는 악기에 대한 지식이 필요하다는 생각으로 클라리넷을 공부한다. 클라리넷은 다양한 특징을 가지고 있다. 우선 음역이 악보상에 표시된 것으로 E3부터 C7로 거의 4옥타브로 매우 넓으며, 소리낼 수 있는 거의 모든 음역에서 모든 형태의 음량(pp~ff)으로 수월하게 연주할 수 있다. 또 음역에 따라 음색이 달라진다. 낮은 음역에서는 깊고 따뜻한 음색을, 높은 음역에서는 또랑또랑한 음색을 가진다.

악기 자체의 스펙도 상당히 출중한 데다가, 20세기 들어 온갖 특수 주법들이 고안되고 개량되면서 더욱 매력적인 모습을 갖추게 되었다. 글리산도나 비브라토 등은 대중음악에서도 흔히 들을 수 있고, 현대음악의 경우 불협화음을 내는 멀티포닉스multiphonics나 금속 키를 누를 때 나는 소리인 키클릭keyclick 등의 서커스급 재주까지 선보인다. 높은 활용도와 아름다운 음색 덕분에 오케스트라 내에서 중요한 솔로를 맡는 경우가 많다. 모차르트가 아주 좋아한 악기로도 유명하다. 모차르트는 클라리넷을 쓸 수 있는 여건이 주어지면 주저 없이 작품에 편성했고, 생애 후반에는 협주곡과 5중주 두 곡을 작곡하기도 했다. 오케스트라에서는 오보에가 튜닝, 즉 기본 A(라)음을 맞추지만 취주악단에서는 클라리넷 수석 주자가 실음으로 B♭, 클라리넷 기준으로 C음으로 튜닝을 한다. 재즈나 블루스의 태동기에도 매우 중요한 역할을 맡았다는 사실을 정리했다. 프로그램 첫 곡은 Carl Maria von Weber(1786~1826)의 〈Clarinet No. 1 in F minor Op. 73〉이다. 이 곡은 마이닝엔 페스티벌에서 브람스가 감명 깊게 들었던 곡으로 베버와 브람스의 낭만주의 음악 계보 안에서 고전적 전통과 낭만적 표현력을 결합하는 것 같은 흐름이며, 2악장의 경우는 마치 클라리넷으로 오페라 아리아를 노래하는 느낌을 받을 수 있을 것이라고 프로그램 노트에 쓰고 있지만 내게는 버거운 일이었다.

두 번째, Johannes Brahms(1833~1897)의 〈Sonata for Clarinet and Piano No. 1 in F minor Op. 120〉는 브람스가 1894년 오스트리아에서 두 개의 클라리넷 소나타를 완성했는데 1번은 1부 끝 곡, 2부는 2부 끝 곡으로 연주되었다. 이 두 곡은 후대에 수많은 클라리넷 연주자에 의해 연주되었고, 낭만주의 음악에서 빠질 수 없는 명곡으로 큰 사랑을 받는 곡이라 한다.

2부의 첫 곡 Wolfgang Amadeus Mozart(1756~1791)의 〈Clarinet Quintet K 581 in A major〉는 클라리넷의 발전에 가장 큰 공을 남긴 모차르트 곡으로 특히 이 5중주는 클라리넷을 위한 음악이자 현악 4중주와 아름다운 앙상블을 만들어내는 곡이라고 해설하고 있다. 바이올린 1, 2, 비올라, 첼로가 연주했다. 해설처럼 아름다운 앙상블이었다.

개인적인 인연을 가진 클라리네티스트 정혜진과 피아니스트 남자은의 연주회라 꼭 가고 싶었던 연주회다. 무대에서 열정을 쏟는 그들은 아름다웠다. 음악에 생을 건 연주자들의 땀이 연주회장 객석의 박수를 끌어냈다. 주말 오후를 음악에 빠져들 수 있게 되어 내게는 또 좋은 추억이 되었다. 클라리넷의 음색은 따뜻하고 묵직했다. 음악을 머리로 이해하려고 애쓰면 부담이 되는데 그냥 들리는 대로 듣다 보면 음악의 맛을 더욱 깊게 느끼게 되는 날이 올 것이라고 나를 달래며 연주장을 빠져나왔다.

깊고 깊은 경의敬意의 소설

안토니오 스카르메타 지음, 우석균 옮김, 『네루다의 우편배달부』, 민음사, 2023(1판 50쇄).

칠레의 소설가가 칠레의 민중 시인을 기린 소설 『네루다의 우편 배달부』는 칠레라는 나라의 민주화 과정을 배경으로 한 소설로 볼 수 있다. 칠레는 지형적으로 세계에서 가장 긴 나라이며 다양한 기후, 다민족 사회다. 종교는 천주교도가 가장 큰 비중을 차지한다. 문화는 세계적인 수준으로 특히 문학의 경우 1945년 시인 가브리엘라 미스트랄이 라틴 아메리카 최초로 노벨문학상을 받았고, 시인 파블로 네루다가 1971년 그의 뒤를 이었다.

칠레는 1970년 세계 최초로 혁명이 아닌 선거를 통해 사회주의 정권을 출범시켰다. 당시 미국 대통령 닉슨은 칠레의 공산화를 막기 위해, 칠레 피노체트 장군이 이끄는 군부 세력과 손잡고 쿠데타를 일으켜 사회주의 정권을 무너뜨린다. 정권을 수립한 피노체트는 17년간 장기 집권하며 사회주의 인사들을 고문하고 처형했다. 이때 파블로 네루다는 사회주의 세력의 정신적 지주로, 군부의 감시를 받았고, 그의 시는 민중을 호도한다는 이유로 불온 문서 취급을 받았다.

작가는 민중 시인의 관점에서가 아니라 네루다의 친근한 성격에 반해 그를 예술적으로 형상화하려 했다. 소설은 1985년 발표됐지만, 그전에 연극과 라디오 극으로 올리기도 했고, 소설 집필 중 저예산 영화를 만들기도 했다. 영화는 흥행에 성공했고, 스페인과 프랑스 영화제에서 많은 상을 받았다. 원작 소설 제목 「불타는 인내」는 1971년 노벨문학상 수상 연설 중 인용한 랭보의 "여명이 밝아올 때 불타는 인내로 무장하고 찬란한 도시로 입성하리라." 에서 따왔다. 『네루다의 우편배달부』라는 책 제목은 영화가 만들어진 다음에 바뀐 것이다.

따라서 이 소설은 옮긴이의 해설 제목인 "한 시인에게 바치는 최고의 경의" 다. 작가 안토니오 스카르메타는 낙천적인 성격의 정력적인 활동가로 다방면에 관심을 보였다. 스스로의 미학을 '잡탕의 미학' 이라고 정의하면서 생의 활력을 바탕으로 사회와 인생을 조망하는 문학을 지향했다. 소설과 시나리오를 창작했으며 영화, 음악, 스포츠 같은 대중문화에 관심이 컸다. 문학은 엄숙하고 진지하기만 하기보다는 가벼움과 무거움이 조화를 이루어야 한다고 생각했기 때문이라고 해설에 쓰고 있다.

줄거리를 요약하면, 시인 파블로 네루다는 고향인 이슬라 네그라에 살았다. 어부의 아들인 마리오가 우편배달부를 모집한다는 공고를 보고 지원하게 되고, 그의 업무는 네루다라는 시인 한 사람에게만 편지를 배달하는 것이었다. 그 일로 네루다와 친해지고 메타포를 배우게 된다. 마리오는 우연히 갔던 술집에서 베아트리스라는 소녀를 만나게 되고 첫눈에 반한다. 마리오는 네루다의 시를 통한 구애로 결혼까지 성공한다.

네루다는 대통령 후보가 되지만 양보하고 프랑스 대사관이 된다. 프랑스에 있지만 늘 고향을 그리워했던 시인은 마리오에게 녹음기와 편지를 보내 고향의 소리를 녹음해 주기를 부탁한다. 마리오는 그 부탁을 아주 잘 들어주었다. 네루다는 병들고 쿠데타가 일어나 고향으로 돌아오지만 군인들의 감시를 받는다. 감시를 따돌려 마리오와 네루다는 다시 만나게 되지만 네루다는 숨을 거두고, 네루다와 친했다는 이유로 마리오가 잡혀가는 것으로 소설은 끝난다.

이 소설은 절대 무겁지 않다, 네루다를 소재로 삼았지만. 네루다는 가벼운 삶을 산 사람이 아니다. 강성 이미지를 지우고 친근한 이미지를 만든 것은 작가가 시인에게 보내는 경의다. 네루다는 사람을 좋아하여 그의 집은 예술가의 사랑방 같은 곳이었고, 방문객을 위한 바를 만들고 파티 때면 직접 앞치마를 두르고 익살스러운 가면을 쓴 다음 손수 칵테일을 만들어 사람들에게 돌리기도 했다. 바의 천장 서까래에는 죽은 친구들의 이름을 새겨 놓고 방문객들에게 그들의 이야기를 해주며 망각의 늪에서 건져주는 가슴 뭉클한 미담을 남기기도 했다.

주변적인 것을 모두 지우고 이 소설 작품만을 주목한다면 주제 혹은 키워드는 '메타포Metaphor'와 '시'다. "좋아, 하늘이 울고 있다고 말하면 무슨 뜻일까?" "참 쉽군요, 비가 온다는 거잖아요." "옳거니 그게 메타포야." "그렇게 쉬운 건데 왜 그렇게 복잡하게 부르죠?" "왜냐하면 이름은 사물의 단순함이나 복잡함과는 아무 상관 없거든."(27쪽)과 "시는 쓰는 사람의 것이 아니라 읽는 사람의 것이에요!"(82쪽)라는 이 대화들이 네루다와 마리오의 우정이고 사랑이다. 문학에 관심 있는 사람들이 이 책과 영화에 관심을 갖는 이유이기도 하다.

내게는 "전화를 끊기 전에 시인은 수화기를 흔들었다. 마치 수화기 안에 남아 있을지도 모를 과부의 목소리를 털어버리려는 듯했다."(74쪽)는 표현이 참으로 인상적이었다. 스카르메타가 자신의 미학을 잡탕의 미학이라고 하는 것에 적극적으로 동의한다. 잡스러운 것이 잡탕이라는 말에 잘 녹아들었다. 그래서 깊이를 가졌다. 내가 좋아하는 라벨의 무용곡 〈볼레로〉(79쪽)가 언급되는 것도 좋았다. 위대한 시인에게 보내는 깊고 깊은 경의의 소설은 잡탕의 맛이 우러나서, 오래 입맛 다시게 한다.

8월의 다른 책, 한 문장

1. 정희경 시조집 『미나리도 꽃 피네』, 작가, 2024.

"예수님 오신다면 엄마 몸에 오소서/ 산수유 붉은 열매 찾아 나선 눈 오는 밤/ 침상 끝 저며 오는 통증 썰매 타고 가소서." (「겨울밤, 호스피스 병동」 3수 1편 중 셋째 수)

2. 박시걸 시조집 『살아있는 가락』, 미네르바, 2024.

"간밤에,/ 천사들 와서/ 눈물/ 뚝뚝/ 멸군 듯" (「이슬 Dewdrops」)

3. 서연정 시집 『투명하게 서글피』, 책만드는집, 2024.

"익은 비밀이 온통 활작 핀 꽃이어라/ 홀로 견딘 것들을 굳이 말하지 않는다/ 한 살이 진정한 영예 열매인가 꽃인가" (「무화과나무」)

간송澗松 전형필全鎣弼(1906~1962)

전시명: 대구간송미술관 〈여세동보(與世同寶): 세상 함께 보배 삼아〉,
전시기간: 2024. 9. 3.~12. 1.,
전시장: 대구간송미술관, 관람일: 2024. 9. 3.

드디어 대구 간송미술관이 개관했다. 개관 소식을 듣고 얼른 예매에 들어갔다. 경로우대로 무료입장할 수 있지만, 경로우대는 현장에 와야 한다니까 개관일에 보지 못할 수도 있다 싶어 표를 예매했다. 입장료가 만 원이지만 대구시민이라 20% 할인받아 오후 3시 입장권을 구매했다. 이런 난리를 피운 것은 꼭 개관일에 가봐야겠다는 욕심인지 뭔지? 그런 게 생겼기 때문이다.

그도 그럴 것이 대구에 간송미술관을 유치한다는 말들이 처음 나오기 시작했을 때 나는 대구문화재단 대표이사로 있었다. 그때 재단 직원들에게 대구에 간송미술관을 유치하려고 하니 문화재단 직원들이 간송에 대해서 알도록 해야겠다는 생각으로 『간송 전형필』(이충렬 지음, 김영사, 2013, 1판 17쇄)을 대량 구입해서 나눠주고 함께 읽는 시간을 가졌다.

그뿐만 아니라 2016년 10월 26일 대구무역회관 대회의실에서 "간송미술관, 대구문화를 더하다"라는 주제로 열린 간송미술관 대구 유치 시민 토론회의 좌장을 맡아 토론을 진행하기도 했다. 토론은 간송미술관 유치 필요성 및 효과에 대한 토론으로 시민 공감대를 확산하고, 간송미술관의 성공적 유치를 위한 대응 방안을 모색하기 위한 것이었다. 이런 시민들의 뜻이 관철되어 개관하게 되었으니 기쁘지 않을 수 없다.

간송미술관 소장품은 일제강점기 우리 문화재가 해외로 반출되는 것을 우려한 간송 전형필(1906~1962)의 유산이다. 1938년 미술관의 전신인 '보화각' 설립 이래 분관 개설은 처음이고, 미술관 86년 역사상 상설전시장 마련도 처음이다. 2016년 간송미술문화재단과 대구시가 '대구간송미술관 건립·운영에 대한 계약'을 체결, 사업비 446억 원, 연 면적 8003제곱미터 지하 1층 지상 3층 규모로 지난 4월 건립된 것이다.

이번 전시는 국보, 보물 40건 97점, 간송 유품 26건 60점이 전시되는데, 나의 관심은 두말할 것도 없이 6.25 전쟁 피난 때를 제외하고는 서울 밖을 나와본 적이 없었다는 『훈민정음 해례본』과 신윤복의 〈미인도〉 그리고 '청자 원숭이형 연적'이다. 『간송 전형필』을 읽으면서 직접 볼 수 있으면 좋겠다고 생각한 적이 있었던 것들이다. 그런데 그런 꿈이 이루어졌다.

『훈민정음 해례본』은 한글창제 원리와 용례를 담고 있는데 국보이자 유네스코 세계기록유산에 등재되었다. 1940년 전형필 선생이 안동에서 취득한 후 해방 전까지 공개하지 않다가 1971년 10월 서울에 간송미술관이 개관하면서 처음으로 공개되었다. 전형필 선생이 이 해례본을 구하는 과정이 책 『간송 전형필』에 「훈민정음 해례본을 구하다」로 361쪽부터 402쪽에 상세히 실려있다.

간송은 국보나 보물 등 골동품을 수집할 때 "부르는 값이 낮아도 정당한 값을 계산해서 치른다."(『간송 전형필』, 375쪽)고 알려졌다. 그게 인품인데, 해례본의 경우 소유주가 천 원 달라는 것을 만 원을 주고 산다. 달라는 값의 열 배를 더 준 것이다. 그리고 중개인인 김태준에게 해례본 소유주가 책값으로 요구한 천 원을 준다. 배포도 배포지만 정당한 값을 주고 구입한다는 정신이 많은 것을 가르쳐주고 있다.

간송이 이렇게 어렵사리 구한 그 『훈민정음 해례본』을 내 눈으로 볼 수 있다니, 유리상자 속에 어느 한 페이지를 볼 수 있는 것이지만 가슴이 두근두근했다. 막상 그 유리상자 앞에 서니 어리둥절했다. '用字例 初聲 ㄱ' 쪽이 펼쳐져 있었다. 저 한글로 내가 이 세상에서 밥 먹고 살았다고 생각하니 그 자리에 엎드려 큰절이라도 하고 싶었다. 저 글을 빛내는 일을 더욱 열심히 해야겠다는 다짐 한번 해본다.

신윤복 〈미인도〉. 이 작품을 구하게 된 과정도 책 『간송 전형필』(192~209쪽)에 기록되어 있다. 외종형 월탄 박종화를 통해 김용진 씨를 알게 되고 그의 소장품을 어렵게 보화각에 걸게 되었다. 사진으로 자주 봤지만 원본 앞에서는 숨이 멎는다. 숨 한번 몰아쉬고, '題畵詩' "화가의 가슴 속에 만 가지 봄기운이 일어나니 붓끝은 능히 만물의 초상화 傳神을 그려내준다."(『간송 전형필』, 200쪽)는 내용을 기억해 낸다.

『훈민정음 해례본』과 〈미인도〉는 각각 특별 전시실을 마련해서 전시되었다. 그 전시장을 빠져나와 서화 작품과 청자류가 전시된 방으로 갔다. 나의 관심은 전시된 모든 것이 보물이고, 국보이니 귀하지 않은 것 없지만 오래전부터 실물을 볼 수 있으면 하고 바라고 있었던 것이 '청자 원숭이형 연적'(높이 9.9cm, 12세기 전기, 국보 제270호)인데, 그 작품이 전시되었다.

이 연적의 구입 계기와 과정도 『간송 전형필』(295~318쪽)에 정리되어 있다. 일본 거주 영국 귀족 출신 변호사가 청자 22점을 수장하게 되었는데 전형필에게 청자 중 가장 먼저 보여준 작품이다. 간송이 연적을 보고 "아기 원숭이가 엄마 원숭이에게 젖을 달라고 뺨을 만지며 칭얼거리는 것일까, 아니면 원숭이 특유의 장난기가 발동한 것일까? 연적 속에서 찰랑찰랑 물소리가 들리는 듯 했다."(301쪽)고 썼다. 나는 한참 보고 있어도 싫증 나지 않고 상상을 펼쳐 나갈 수 있어 좋았다.

붓글씨를 쓰지는 않지만 나도 괜히 연적이 좋아 몇 점의 연적을 갖고 있다. 조선 백자로 된 작은 연적 하나는 아끼기도 한다. 그 외 작품들은 어느 시대 것인지도 모르고, 그리 오래된 것들도 아니고 그렇게 비싸지도 않은 것들이다. 파적으로 연적에 물을 담아 벼루에 흘려 먹을 가는 것이 아니라, 내 작업실에서 악취를 견디고 있는 난초에게 물을 흘려줄 때 쓰기도 한다. 나의 이런 괴벽怪癖이, 나는 그리 밉지 않다.

특별전시장을 나오며 한 번에 한 작품씩 공부하고 가서, 제대로 보면 좋겠다 싶은 생각을 했고, 그래 볼까 작정하기도 한다. 어쨌든 이제 상설전시장이 되었으니 특별전이 아니라도 좋은 국보급 작품들을 볼 수 있다고 생각하니 좋다. 멀찍이 물러서서 미술관 전경을 카메라에 담는다. 저 미술관이 대구에 건립되는 데 조금이라도 기여한 바가 있다는 생각이 드니 아무도 알아주지 않지만 흐뭇해진다.

공주 햄릿

연극명: 수성아트피아 기획 명품 시리즈-국립극단 연극 〈햄릿〉,
각색: 정진새, 연출: 부새롬,
출연: 이봉련, 김수현, 김용준, 성여진, 류원준,
극장: 수성아트피아 대극장, 관람일시: 2024. 8. 16. 19:30

"보느냐 마느냐, 그것이 문제로다." 원작 속의 명대사 "사느냐 죽느냐, 그것이 문제로다."를 패러디해서 해보는 말이다. 국립극단이 대구에 온다니 그것도 꼭 봐야 할 이유가 될 것 같고, 원작은 죽음과 복수 앞에서 고뇌하는 인간의 모습을 그린 것인데, 원작과 달리 정치물로 바꿔 왕이 되기 위해 고군분투하는 왕위 계승자, 햄릿을 그린다고 하니 보느냐 마느냐로 고민할 필요는 없어졌다.

무엇을 어떻게 달리 해석하고 표현하는지를 알기 위해 원작 희곡을 떠올리지 않을 수 없다. 덴마크 왕이 갑자기 죽은 후 왕의 동생 클로디어스가 왕위에 오르고 2개월 후 선왕의 왕비 거트루드와 재혼하였다. 갑작스러운 부왕의 죽음과 어머니에 대한 원망에 사로잡혀 있는 햄릿 왕자는 밤마다 궁 초소에 선왕의 망령이 나타난다는 말을 듣고, 이를 확인하고자 초소로 간다. 왕자는 성왕의 망령으로부터 자신이 동생에 의하여 독살되었다는 말을 듣고 복수를 위해 거짓으로 미친 체한다.

햄릿은 망령의 존재를 의심하면서 왕의 본심을 떠보기 위하여 국왕 살해의 연극을 해 보이도록 극단에게 명한다. 이 연극을 본 왕이 안색이 변하여 자리에서 일어선 것을 확인한 햄릿은 선왕의 죽음에 대한 내막을 확신한다. 햄릿은 거트루드를 추궁하던 중 재상 플로니어스를 왕으로 잘못 알고 죽이고, 그가 사랑했던 플로니어스의 딸 오필리아는 미쳐서 물에 빠져 죽는다. 왕은 이 사건을 빌미로 햄릿을 잉글랜드로 보내지만 왕자는 해적의 도움으로 되돌아온다.

플로니어스의 아들 레어티스는 아버지의 복수를 위해 왕과 짜고, 왕과 왕비 앞에서 햄릿을 죽이려는 펜싱 시합을 하게 된다. 독을 묻힌 칼로 시합을 한 레어티스는 햄릿에게 상처를 입혔으나 시합 도중 떨어뜨린 칼을 바꿔 들게 되면서 자신도 칼에 찔리게 되고 죽기 직전 자신과 왕의 계략을 햄릿에게 알린다. 이미 독이 묻은 칼에 찔린 햄릿은 최후의 순간에 그 칼로 왕을 죽인 후 숨을 거두고 그 와중에 왕비는 왕이 햄릿을 독살하려고 준비한 독주를 마시고 죽음을 맞게 된다. 이후 왕위는 노르웨이 왕자에게로 돌아간다.

이상이 원작의 줄거리다. 원작의 주인공이 우유부단한 '왕자 햄릿' 이라면 이번 연극에서는 왕좌를 되찾으려는 복수의 화신이자 권력을 향한 욕망을 드러내는 '공주 햄릿' 이 주인공이다. 이를 통해 성별과 관계없이 한 인간의 살아가는 모습에 집중했다. 배경, 인물, 언어도 현대적으로 각색했다. 여기에 관객이 공감할 수 있는 설정을 더해 인간의 욕망과 사회에 대해 비판한다. 화려한 비유가 돋보이는 셰익스피어 특유의 대사와 대조되는 직설적인 대사와 표현이 두드러지는 것이 이 작품의 특징이다.

왕자가 아닌 공주 햄릿, '천의 얼굴을 가진 배우' 로 불리는 이봉련, 그녀의 연기력은 대단했다. 러닝타임 135분 동안 광기 어린 눈빛의 파격적인 연기는 놀랄 만했다. 이런 연기로 2021년 백상예술대상 연극 부문 연기상을 수상하기도 했다. 선왕의 자리에 앉은 숙부 클로디어스 역의 김수현, 플로니어스 역의 김용준, 왕비 거트루드 역의 성여진, 햄릿이 사랑하는 오필리아 역의 류원준, 모두 탄탄했다.

무대 장치도 이색적이었다. 무대 위에 바다를 만들어 물속에서 펼치는 연기들은 그야말로 물이 오른 연기였다. 대한민국 최고의 배우들이 모인 국립극단 그 이름값을 충분히 하고 있다는 생각이 들었다. 극단이 홍보용으로 만든 "착한 공주는 할 수 있는 게 없지만 악한 공주는 무엇이든지 할 수 있지"라는 카피가 연극 속에서 그대로 살아났다.

연출가가 인터뷰에서 "사느냐 죽느냐가 누군가의 특별한 고민이라기보다 누구나 다 그러한 고민을 하면서 산다는 이야기하고 싶었다. 이후 세대는 이전 세대를 보면서 나는 저렇게 살지 않을 거야 하지만, 사실 바꿀 수 있는 것이 많지는 않은 것 같다."는 연출 의도를 수긍하지 않을 수 없다. 그렇다. 누구라도 살면서 저렇게 살지는 말아야지 하면서도 저도 모르게 그렇게 살고 있음을 알게 될 때 가지게 되는 자신에 대한 실망 같은 것이 막을 내린 무대 위에 플래카드로 걸려 펄럭거리고 있었다.

움직임의 말

공연명: 〈2024 대구국제무용제〉,
공연장: 대구문화예술회관 팔공홀,
관람일시: 2024. 9. 11. 19:30

26년째 이어오는 대구국제무용제에 초대받았다. 국제무용제는 다른 나라의 무용인과 대구 무용인들이 서로의 기량을 보여주는 예술 교류의 장이다. 서로에게 자극을 주고 서로에게 영감을 주며, 서로에게 도전 의식을 갖게 하는 것이 국제 교류의 숨은 뜻일 것이다. 무엇이 다른가? 그 다른 것이 어떻게 보이는가? 그것을 우리의 것으로 해석하고 재창조할 수 있는가? 등에 무용인들의 관심이 집중될 것이다.

2024 국제무용제에는 4개국이 참여한다. 폴란드, 중국, 캐나다, 그리고 한국이 두 팀이다. 제일 먼저 폴란드 폴리시 무용단의 〈45〉라는 작품이다. 이 무용단의 창립 45주년을 기리는 작품이다. 45주년을 기리는 작품이라 매우 많은 신경을 썼으리라고 추측된다. 신고전주의의

우아함과 현대무용의 자유로운 상상력이 정제된 단순함 속에 펼쳐진다고 하는데, 무용을 통한 45년의 역사가 내 눈에는 보이지 않았다.

두 번째 무대에 오른 작품은 중국 MW DANCE THEATRE LTD팀의 〈看不見的悲傍〉(Unseen Sadness). 안무가 Wen Chuan은 우울증의 보이지 않는 증상 중 하나인 소외감, 왜곡, 단절, 등의 감정 변화를 관객에게 전달하고자 한다고 했다. 무용을 통해 그것을 읽어내기에 나는 아직 많이 부족하다. 그러나 무용을 보며 어렴풋이 억압, 단절 같은 이미지가 그려지긴 했다.

세 번째 무대는 〈김백봉류 부채춤〉, 부채춤을 FAN DANCE로 번역하는 걸 처음 알았다. 평안남도 무형문화재 제3호. 언제 봐도 화사하게 기분 좋게 만드는 부채춤인데 이 춤은 특히 펴고 접는 죽선과 한지의 소박함, 연꽃이 물결 따라 춤을 추는 듯한 포근함, 한국 여인의 미와 멋이 잘 표현되는 작품이라고 한다. 솔리스트 편봉화의 동작은 해설의 내용을 긍정하게 했다.

네 번째 춤은 캐나다 Human Body Expression팀의 〈BODY〉다. 안무자가 재캐나다 한국인이다. 길현아, 2014년에 팀을 창설하고 발레, 힙합, 연극 등 한 장르에 국한하지 않고 융합적인 스타일을 추구하는 무용단으로 이끌고 있다. 흥미로웠다. 인간이 목소리를 잃거나, 소통의 규칙과 구조가 사라진다면? 그런 상상에서 출발해 말이 아닌 움직임을 통해 소통하는 모습을 보여준다. 일상복 차림의 무용수들이 서로의 움직임을 들으며 이야기를 펼쳐 나간다. 팸플릿을 읽고 무용을 보니 느껴지는 것이 있었다.

다섯 번째, 한국의 K-Arts Ballet팀의 〈Le Baiser(The Kiss)〉다. 1913년 이고리 스트라빈스키의 음악에 바츨라프 니진스키가 대본과 안무를 담당한 발레 작품이다. 이 작품에 대한 평가는 극과 극으로 갈렸다. 고전발레의 전통과 기술의 한계를 벗어나 새로운 움직임을 창안하려는 니진스키의 도전과 원시성 짙은 스트라빈스키의 음악에 대한 저항이 있었던 까닭이다.

이 작품은 〈봄의 제전〉 전곡을 표현하는 것이 아니라 키스의 경험 전후의 감정을 담아보려 했다. "한 남자와 한 여자가 있다. 그리고 그들의 내면에 존재하는 그들의 자아들……. 이 둘의 깊은 심연에 숨겨져 있는 그들의 본능을 일깨웠던 첫 키스의 기억을 되새겨 본다."라고 팸플릿 작품 내용에 쓰고 있다. 따라서 작곡가의 의도와는 차이가 있을 수 있다.

'역시' 안무가 김용걸이라는 말이 나도 모르게 나오면서 잠시도 무대에서 눈을 뗄 수가 없었다. 내 눈으로 처음 볼 때 발레가 맞나 싶기도 하다가 조금 지나니 발레였다. 복장에 대한 고정관점이 작용했나 보다. 몰입하게 하고 심장이 두근거리게 하고 무용을 통해 그런 감정을 느끼게 해주니 무엇을 더 바랄 것인가? 소리가 아닌 움직임의 말, 그것을 잘 들을 준비가 부족했지만 이 또한 자주 보면 들리게 되리라.

FACTION, 그리고 열정

Pearl S. Buck 지음, 장왕록·장영희 번역, 『살아있는 갈대』,
길산, 2022(2판 4쇄).

『살아있는 갈대』는 특이한 소설이다. 외국인이 한국의 역사와 픽션을 결합한 팩션 작품을 썼기 때문이다. 작가가 태어난 나라라면 팩션을 쓰는 것이 이상할 것도 없고 또 특이함이 될 수도 없다. 외국인이 다른 나라의 역사에 상상력을 결합하여 창작한 작품은 흔치 않다. 그만큼 대상 국가의 역사에 대한 공부가 필요하기 때문이다. 따라서 작품 창작에 몇 배의 노력이 있어야 한다는 측면에서 작가에 대한 경외감을 갖고 작품을 읽지 않을 수 없었다.

Pearl S. Buck(1892~1973)은 미국에서 태어난 지 3개월 만에 선교사였던 부모를 따라 중국에서 10여 년간 어머니와 왕 노파의 감화 속에서 자랐다. 그 후 미국으로 건너가 우등으로 대학을 마치고 중국으로 돌아와 남경대학의 교수가 되었다. 1917년 중국의 농업기술박사 John L. Buck과 중국에서 결혼하여 정신지체인 딸을 낳았는데, 그 딸에 대한 사랑과 연민은 그녀가 작가가 된 중요한 동기였다. 1931년에 쓴 『대지』로 1938년 미국 여류 작가로서는 처음으로 노벨문학상을 받았다.

펄벅은 우리나라와도 많은 인연이 있다. 1961년에 방문, 남한을 두루 여행하였고, 1967년에도 방문했다. 출생으로 인해 고통받는 아동들을 위한 국제기구 펄벅 인터내셔널을 1964년 창시했고, 국내에서는 1965년 다문화아동 복지기관인 펄벅재단 한국지부를 설립했으며, 1967년 경기도 부천에 보호자가 없는 혼혈아동과 일반 아동을 위한 복지시설 소사 희망원을 건립해 10여 년 동안 한국의 다문화아동들을 위한 복지 활동을 펼쳤다.

2차 대전으로 미국의 OSS[18]에 중국 담당으로 들어오면서 한국과의 인연을 맺게 되었으며, 유한양행 창업주인 유일한과 중국 이야기를 하면서 한국에 호감을 느끼게 되었다고 한다. 그는 "한국은 고상한 사람들이 사는 보석 같은 나라"라고 했으며 박진주朴眞珠라는 한국 이름도 지었다. 한국의 혼혈아를 소재로 한 소설 「새해」(1968)도 있다.

---

18) Overseas Supply Store: 2차 대전 당시 연합군이 점령한 지역에서 민간인을 위하여 설치한 해외 공급 물자 판매점.

『살아있는 갈대』는 1963년 미국에서 출판되자마자 베스트셀러가 되어 『대지』 이후 최대의 걸작이라는 찬사를 받았다. 이 소설의 줄거리는 옮긴이의 말에 잘 요약되어 있다. 한국의 격동기에 태어나 역사의 소용돌이 속에서 나라를 구하기 위해 투쟁한 가족을 4대에 걸쳐 그리고 있다. 중국 일본 러시아가 서로 한국을 탐내어 풍운이 감돌던 구한말에, 주인공 김일한과 그의 아버지는 왕실의 측근으로서 당시 미묘했던 조정의 갈등에 깊이 관여한다.

대원군 축출, 명성황후 시해 사건 이후 주변 강국들의 주도권 다툼 속에서 경술국치가 이루어지자, 일한은 그의 아내 순희와 함께 낙향하여 자신의 두 아들 연춘과 연환에게 학문을 가르치며 애국심을 고취한다. 연춘은 집을 떠나 지하운동에 가담하다 투옥되어 갖은 고생을 하고, 학교 교사인 연환은 동료 교사이자 독실한 기독교인과 결혼하여 지식인으로서, 또 종교인으로서 일제의 박해에 대항한다. 연환은 3.1운동 때 다른 교도들과 함께 불타는 교회에 갇혀 있는 아내와 딸을 구하려다 같이 죽고, 고아가 된 그의 아들 양陽은 조부 일한의 집에서 자란다.

한편 연춘은 탈옥하여 '살아있는 갈대'라는 전설적인 인물이 되고, 중국과 만주를 종횡무진 누비며 독립운동을 계속한다. 그는 독립운동을 하다 알게 된 한녀라는 동지와 북경에서 동거 생활을 하지만, 그녀가 임신하자 자신의 독립 투쟁에 방해가 될 것을 염려하여 남경으로 떠난다. 한녀는 아들 사샤를 데리고 러시아로 가서 갖은 고생 끝에 병들어 죽고, 사샤는 고아원에서 자란다.

2차 대전이 시작되자 사샤는 한국으로 오다가 역시 귀국 도중에 있던 아버지 연춘과 우연히 만나 함께 서울에 있는 할아버지 집으로 온다. 연춘은 미국이 인천에 상륙할 때 일본 경찰의 손에 죽고, 끝내 북으로 떠나는 사샤와 미국인 병원에서 의사가 되어 서울의 미국인 병원에 남는 연환의 아들 양을 통해, 이제 독립을 맞아 본격적으로 시작될 갈등과 민족의 분단이 예시된다. 민족의 분단과 갈등은 오늘날까지 지속되고 있다.

우리 근대사를 새롭게 인식했다. 전혀 모르지는 않았지만 깊이 알지는 못했던 역사, 외국 작가가 나라의 틀에서가 아니라 가족의 틀에서 조명해 낸 것이니까 더욱 실감 있게 느낄 수 있었다. 소설을 쓰기 위해 한국의 역사적 사건만을 공부한 것이 아니라 한국 문화 전반에 걸쳐 공부한 흔적이 역력히 드러나는 것은 작가를 신뢰하기에 충분하다. 강화도 전설, "금강산의 이름은 금강석이 나와서가 아니라 산봉우리에 들어선 절마다 태양보다 더 눈부신 깨달음을 비춰준다고 해서 붙여진 것이었다."(96쪽)는 사실들은 나는 처음 들었다.

그뿐만 아니라 불교와 기독교 등 종교 문제나 누에치기 같은 한국 농가의 풍경까지 세세히 알고 있었다. 특히 내가 관심을 가지고 있는 시조에 대한 언급이 두 번이나 나온다. 첫째는 81쪽에서 "평소 일한은 자기의 의문에 만족스런 해답을 얻지 못할 경우 책을 읽었는데, 이번에는 우연히 조선 후기에 씌어진 시조를 발견했다."

바람아 부지 마라 나뭇잎 다 지것다
세월아 가지 마라 고운 얼굴 다 늙는다
늙는 인생 막을 길 없으니 이를 슬허하노라

그러나 이 시조는 우리 문학사에 비슷한 것은 여러 편 있지만 이 작품은 없고, 특히 종장의 형식이 파격이어서 자료 인용에 한계가 있었던 듯하다.

다른 한 곳은 일한이 아이들을 가르치면서 "고려 말기에도 요즈음처럼 세월이 하수상했단다. 그래서 문인들은 예전의 그 기나긴 경기체가[19]를 지을 여유가 없었지. 시조란 이런 사정에서 생긴 특수한 형식의 글이란다. 다시

---

19) 경기체가: 고려 고종 때부터 조선 선조 때까지 약 350년간 이어진 시가 형태. 대부분 경긔엇더하니잇고, 또는 경기하여라는 구절이 제4, 6구에 있으므로 붙여진 장르상의 명칭이다. 논자에 따라 경기하여가, 경기하여체가, 별곡체, 별곡체가 등으로 불린다.

말해서 문인들이 자신의 가슴 속에 어려있는 복잡한 감회를 아주 간결한 형식으로 응축시켜 놓은 것이 바로 시조인 게야. 지금까지 전해 내려오는 유명한 시조는 한 열 개쯤 되는데, 오늘은 그중에서도 고려 말의 충신이었던 정몽주의 시조를 골랐느니라. 자 그럼, 내가 한번 읊어볼 테니 너희들도 잘 듣고 한 줄 한 줄 따라 해라. 그는 눈을 감고 팔짱을 끼더니 시조를 읊기 시작했다.

이 몸이 죽고 죽어 일백 번 고쳐 죽어
백골이 진토 되어 넋이라도 있고 없고
님 향한 일편단심이야 가실 줄이 있으랴.

그가 눈을 뜨고 다시 한 줄 한 줄 읊어 가자. 아이들도 가냘픈 목소리로 따라 읊었다. 그런데 아이들의 목소리는 두려움 때문에 기어들어 가고 있었다. 그도 그럴 것이 이런 교육은 금지되어 있었다. 일제는 교육제도를 개혁한다며 학교에서도 한국어 대신에 일본어를 사용하게 했고 교과서도 전부 일본어로 고쳐버렸다."(295~296쪽)라고 나온다. 여기서도 전해 내려오는 유명한 시조가 한 열 개쯤 된다는 것으로 보아 시조에 대한 이해는 깊지 않았던 것으로 보인다. 그러나 단순한 이 사실들이 이 작품을 폄하시킬 만한 이유는 못 된다. 한 나라의 문화 양식을 깊이 알기는 어려운 일이기 때문이다.

나는 이 책 제목이 이해가 잘 안 된다. 일한의 큰아들 연춘이 대나무 죽순을 꺾어버린 일과 관련하여, "아버님은 그때 제게 그 대나무들을 속이 빈 갈대라고 일러주셨습니다. 그러나 그때 또 말씀하셨습니다. '갈대는 꺾여도 꺾여도 되살아난다' 고 말입니다.", "이 아들 역시 하나의 갈대였다고 생각해 주십시오. 제가… 갈대 하나가 꺾였다 할지라도 그 자리에는 다시 수백 개의 갈대가 무성해질 것 아닙니까? 살아있는 갈대들 말입니다."(357쪽) 등에서 따온 것으로 짐작된다.

꺾이지 않는 갈대가 저항 정신을 상징하긴 하지만 영어의 "The living Reed" 직역이니까 혼란이 오기도 한다. 『갈대는 바람에 시달려도』로 번역되기도 하는데 이 제목이 소설을 요약하는 제목이라는 생각을 버릴 수 없다. 갈대는 바람에 시달려도 꺾이지 않듯이 독립을 위한 민족의 저항 정신은 아무리 바람에 시달려도 꺾이지 않았다는 뜻을 품을 수 있지 않은가!

9월의 다른 책, 한 문장

1. 고명환 지음, 『고전이 답했다-마땅히 살아야 할 삶에 대하여』, 라곰, 2024.

"문명은 세 개의 층으로 이루어진다. (중략) 시선이 물건에만 가 있으면 후진국, 물건과 제도에 가 있으면 중진국, 물건과 제도와 철학에 모두 가 있으면 선진국이다."(『최진석의 대한민국 읽기』, 250쪽 재인용)

2. 박명숙 단시조집 『어긋나기』, 목언예원, 2024.

"내 잠은 구부러진 어둠의 먹이일까/ 불룩한 생각들은 꿈 사이를 들락대는데/ 한 밤은 밑 빠진 주전자로 잠을 따라 마신다."(「불면」)

3. 정용국 시조집 『그래도 너를 믿는 그래서 너를 참는』, 책만드는집, 2024.

" 절기가 돌아 앉아 등뼈가 녹는 날까지/ 겹겹이 언 빙폭에 또 한 겹 꿈을 덧대/ 냉혹한 거인을 꿈꾸는 모진 밤이 푸르다."(「거인을 꿈꾸다」 3수 중 끝수)

4. 정경화 시조집 『눈물값』, 목언예원, 2024.

"174호 비밀작전이 투하된 장사해변/ 풍란 드센 갑판 위

꽃다운 목숨이었다/ 서러운 울음이 없는 밤이었다 천둥이었다." (「모래 백비」 3수 중 첫수)

5. 김장배 시조집 『햇살 파종』, 목언예원, 2024.

"목탄으로 스케치한 발 시린 화선지에/ 빛살무늬 어른대는 갈밭 사이 거룻배 한 척/ 잔설을 털어내고서 떠날 채비 서둔다." (67쪽, 「겨울 수묵화」 3수 중 첫수)

6. 공화순 시조집 『나무와 나무 사이에 모르는 새가 있다』, 상상인, 2024.

"사계절 몸 바꿔가며 공간을 나눠 갖고/ 곧장 뻗지 않고 슬쩍 비낄 줄 아는/ 나무와 나무 사이에 모르는 새가 있다." (「사이 새」 2수 중 끝수)

현자무가懸刺無暇, 인백기천人白己千

전시명: 최치원문학관 상설 전시, 전시기간: 상설,
전시장: 최치원문학관(경북 의성군 단촌면 고운사길 241),
관람일시: 2024. 10. 4. 14:00

2024년 10월 4일 14:00~16:00까지 최치원문학관에서 ‘길 위의 인문학-경북 북부지역의 역사와 문학’ 프로젝트에, ‘소설가 김주영의 『객주』에 드러난 「보부상의 삶」’ 이란 주제로 강연를 하게 되었다. 대강당에서 두 시간에 걸친 강연을 끝내고 최치원문학관 전시실로 향했다. 지하에 고운의 삶과 문학, 사상과 유산이 주로 사진으로 구성하여 상설 전시되고 있었다.

지하 1층 입구부터 최치원의 삶이 연대별로 정리 전시되어 있었다. 최치원(857~?)은 신라 말기의 학자이자 문장가로 호는 고운, 해운이라 했다. 868년 12세의 나이로 당나라에 유학, 874년 빈공과에 급제하고 876년 선주(양주) 율수헌위에 임명받는다. 877년 박학굉사과에 응시하고자 율수헌위에서 물러나 은거하며 학문을 연마한다. 고

병에게 기용되어 관역순관, 서기관, 승무랑전중시어사내공봉 도통순관으로 승직한 후 당나라 희종으로부터 자금어대를 하사받는다.

그러나 885년 신라로 귀국하여 시독겸 한림학사, 수병부시랑, 지서지감을 제수받았고, 894년 진성여왕께 어지러운 나라를 바로잡기 위한 '시무십여조'를 올려 아찬에 올랐으나 실행되지 않았다. 이후 아찬 벼슬을 면직하고 경주 남산, 강주 빙산(현 의성군), 합주 청량사, 지리산 쌍계사, 합포현 별서 등을 유랑하다 해인사에서 은거한 것으로 전해진다. 908년에 해인사에서 남긴 「신라수창군호국성팔각등루기」를 마지막으로 종적을 찾을 수 없다. 이후 1020년(고려 헌종 11년)에 명예장관직인 내사령에 추증되고 우리나라 문인으로서 최초로 문묘에 배향되었으며, 1023년(헌종 14년)에 문창후의 시호를 받았다.

이와 같은 일생은 최치원문학관 안내서에 기록된 사항이다. 전시관의 여러 자료들은 주로 사진으로 구성되어서 궁금증을 어느 정도 해소할 수 있었지만, 특별히 감동적이라고 말하긴 어려웠는데 영상 자료와 문학관에서 제작한 CD 등 여러 자료를 검토하면서 최치원이 정말 위대한 사람이라는 생각을 갖게 되었다. 그중에서 특히 기억하고 싶은 것을 내 나름대로 네 가지로 정리해 본다.

첫째, 『삼국사기』에 전하는 최치원의 주요 사상은 "나라에 현묘한 도가 있으니 '풍류風流'라 한다. 그 가르침의 근원은 선사先史에 자세하게 실려있으니 실로 풍류는 유불선을 포함하면서 모든 백성을 이어준다. 집에 들어와선 효도하고, 밖으로 나가서는 나라에 충성하는 것이 공자의 취지이고, 억지로 일을 시키지 않고, 말없이 행동을 통해 가르치는 것이 노자의 가장 뛰어난 부분이며, 악행은 만들지 않고 선행을 높이는 것이 부처의 감화"라고 한 것에서 통합 사상을 읽을 수 있다는 것이다.

둘째는 현자무가, 인백기천이라는 성어다. 12세에 당나라로 유학을 떠날 때 그의 아버지가 "10년 안에 과거에 급제하지 않으면 나를 아버지로 부르지 마라. 나도 아들을 두었다 말하지 않으리라."고 하며 유학을 보냈다. 최치원은 아버지의 이 말을 깊이 새겨 '상투를 천장에 매달고, 다른 사람이 백 번을 하면 나는 천 번을 한다'고 다짐하여 18세에 빈공과에 급제했다. 그 정신은 아무리 많은 세월이 흘러도 누구에게나 교훈이 될 수 있는 말이다.

셋째는 그의 작품이다. 많은 작품이 있지만, 이수광의 『지봉유설』에서 최치원 시 중에서 가장 아름다운 구절로 평가받았고, 허균의 『성수사회』에서도 가장 빼어난 시로 평가 받은 오언절구 「秋夜雨中」을 기억하고 싶다. "秋風唯孤吟 쓸쓸한 가을바람에 괴로워 읊조린다 世路少知音 이 세상 뉘라서 내 마음을 알아주리 窓外三庚雨 삼경 깊은 밤 창밖에 비는 내리고 燈前萬里心 등불 앞에 초조한 심사는 만리를 달리네"다.

넷째는 그의 문장이다. 당나라에 있을 때 황소라는 사람이 반란을 일으켰을 때, 「討黃巢檄文」이란 글을 지었는데, 그중에 "천하의 모든 사람들이 너를 죽이려 의논할 뿐 아니라, 땅속의 귀신들까지 너를 죽이려고 의논하였다."는 구절을 읽다가 황소가 앉아 있던 의자에서 떨어졌다는 이야기가 전한다. 그가 신라에 돌아와서 진성여왕께 올린 「時務十餘條」도 명문으로 알려진다.

그 외 그는 우리나라 사람이지만 중국에서 대단히 추앙받고 있다. 중국에서 가장 오래 머문 장쑤성 양저우시에는 외국인임에도 불구하고 최치원기념관과 최치원기념광장이 조성되었으며, 치원로라는 도로까지 있다. 그뿐만 아니라 학생들이 배우는 역사 교과서에도 최치원이 실려있다. 어쩌면 우리나라에서보다 더 현창되고 있다. 경주에 최치원도서관이 있고, 의성에 최치원문학관이 세워지긴 했지만 최치원을 현창하는 사업으로는 부족한 점이 많다.

천 년이 지나도록 잊히지 않도록 한 것은 권력이 아니었다. 학문을 수련하여 훌륭한 시를 남기고 문장을 남겼기 때문이다. 그러나 그는 그의 호 '孤雲' 처럼 외로이 떠돌았다. 당나라에서도 뜻에 맞는 삶을 살지 못했고, 고국인 신라에 돌아와서도 뜻을 펴지 못했다. "사람에 도가 있고, 사람은 나라의 차이가 없다."는 말을 남겼다고 하는데 이 말이 그의 삶을 충분히 유추할 수 있게 한다.

중국 주석 시진평이 한중 교류 행사 때마다 최치원의 시를 인용하여 연설하고, 그는 한중 문화교류의 상징으로 인식되며 최초의 한류라는 말을 듣기도 한다. 천 년이란 그 아득한 세월 속에서 죽었지만 산 사람의 역할을 해내고 있는 최치원이다. 글의 힘이 이렇게나 크다는 사실을 다시 한번 깨닫는다. 고운 선생의 영정이 여러 장 전시되어 있었다. 그 앞에서 두 손을 모아 경건하게 고개를 숙였다. 출구로 나오는데 황혼이 물든 산이 펼쳐졌다. 강연도 잘 끝내고 전시장을 돌아보고 오는 길이 흐뭇했다.

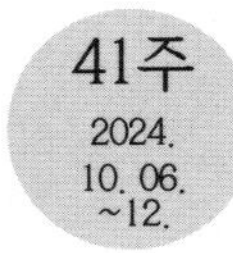

변하는 것들 앞에서

영화명: 〈대도시의 사랑법〉,
개봉: 2024. 10. 1., 등급: 15세 이상 관람가, 장르: 드라마,
러닝타임: 118분, 감독: 이언희, 주연: 김고은, 노상현,
극장: CGV 대구연경, 관람일시: 2024. 10. 11. 12:50

2024년의 41주, '예술로 노는 시니어' 계획은 영화나 연극을 보는 주간이다. 특별하게 봐야 할 영화나 연극을 찾지 못해 가까운 영화관에서 상영되는 영화 중에서 고를 수밖에 없었다. 〈대도시의 사랑법〉, '대도시' 란 말과 '사랑법' 이란 낱말의 연결이 약간의 궁금증을 자아내긴 했다. 대도시는 사람이 많이 사는 곳, 사람이 많이 사는 곳은 그 시대의 가치관을 읽을 수 있는 곳으로 해석할 수 있고, 사랑에 무슨 법이 있나라고 생각하고 사는데 사랑법이라고 하니 그 또한 작은 궁금증이 되기도 했다.

영화관 안에 사람은 많지 않았지만 어둠 속에서 예약된 자리를 찾아가니 옆자리에 앉은 숙녀(?)가 가방과 코트를 벗어 그 자리에 두었다. 내가 자리를 확인하고 앉으려는 행동을 취했지만 자리에 있는 가방과 옷을 가져가지 않았다. 그 자리에 앉으면 나도 불편할 것같고 빈자리가 많아서 다른 자리에 가서 앉아 영화를 관람했다. 그 대단하신(?) 숙녀는 미동도 않고 미안하다거나 자리를 옮겨줘서 고맙다는 말 한마디도 건네지 않았다. 그럴 줄 아는 사람이라면 남의 의자에 가방과 옷을 두지도 않겠지만…….

영화에 대한 사전 정보 없이 영화를 보는데 이해하지 못할 것은 없었다. 대도시에 사는 젊은이들이 사랑놀이를 보여주었다. 게이 홍수와, 자유로운 영혼의 재희가 동거를 한다. 스무 살부터 서른셋까지 동거 중에 게이 홍수는 상대로부터 버림을 받고, 재희는 그녀를 좋아하던 직장 동료와 결혼한다. 홍수는 재희의 결혼식장에서 축가를 부르는데 부케를 들고 그것을 보고 있던 신부가 행진로드에 올라가서 함께 춤을 춘다. 시쳇말로 쿨하다는 것을 보여주려 한 의도로 보였다. 영화는 영화로만 보는 것이 바른 관람일 것이라며 못마땅함을 감춘다.

영화의 대사를 통해 내용을 정리해 보면 "사랑이 집착이 아니라면 난 단 한 번도 사랑해 본 적이 없다."는 사랑이 집착이라는 말이며, "사랑은 보호필름 떼고 하는 거야." 무모한 사랑을 합리화하는 수단이다. 이성 간에 동거하는 논리로는 "베프끼리 같이 살 수도 있잖아요, 씨발 서울의 방세가 얼만데."가 있다. 결국은 사랑도 자본의 간섭을 받지 않을 수 없다는 말이다. 퀴어들에게 위로를 줄 수 있는 "네가 너인 게 네 약점이 될 수 없어."라는 말은 따뜻하다. 위로와 용기를 주기에 충분하다.

돌아와서 이 글을 쓰기 위해 검색을 해 보니, 박상영 작가가 집필한 동명의 연작소설에서 첫 번째 목차였던 「재희」를 영화화한 것이었다. 원작은 퀴어문학으로 2022년 부커상 후보에 노미네이트되는 성과를 올렸다. 단순 동성애의 이야기를 써 내려가는 것이 아닌, 자유분방한 젊은 세대의 진한 사랑과 이별을 사실적으로 나타내며 공감을 이끌었다. 「재희」 파트는 스무 살에 처음 만난 두 사람이 13년간 동거하면서 함께 성장해 가는 과정인데, 자유로운 연애를 추구하는 재희와 성정체성 때문에 움츠려드는 흥수의 서사와 관계를 그렸다고 한다.

시니어 세대로서는 상상하기 어려운 사랑이었다. 그들의 관계는 사랑이란 말을 붙였을 뿐이지 사랑은 아니었다. 서로 편리하게 살기 위해서 서로가 서로를 사용하는 것이었다. 그것을 드러내려는 영화라면 성공했다고 볼 수도 있겠다. 법이 없는 사랑에 그런 사랑이 대도시에서 이루어지는 사랑법이라는 것도 알려주었다. 그래서 그런 제목을 붙였구나 싶다. 가치 판단은 유보하고 그런 현실을 보여준다는 것으로 이해하면 되겠다. 혹시 그런 사랑법을 고발하는 것인가 싶은 생각을 하고 싶지만 거기에선 거리가 먼 듯하다.

세상의 모든 것이 바뀐다. 세상의 주인이라 하는 인간도 바뀌지 않을 수 없고, 인간의 삶 중에서 가장 소중하다고 하는 사랑도 바뀌지 않을 수 없다. 사랑의 방법은 바뀌어도 인간의 진심은 바뀌지 말았으면 하는 바람을 갖는 사람도 없지 않겠지만 그런 기대를 하는 것이 이 시대에 얼마나 뒤떨어져 있는 것인가. 그래, 예술은 내가 경험하지 못한 것을 간접적으로나마 경험하게 해 주고 변해가는 세상의 방향을 감지하게 해 준다. 그런 측면에서 내게 나쁘지 않은 영화였다. 내가 얼마나 더 변해야 이 세상 돌아가는 것을 끌어안을 수 있을지? 그러나 세상의 모든 변화를 내가 꼭 끌어안아야 하는가 하는 의문도 가진다.

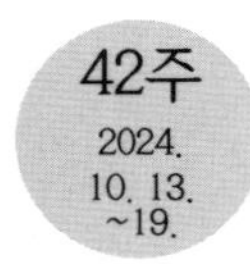

오페라로 읽는 이육사

공연명: 제21회 대구국제오페라축제 〈264, 그 한 개의 별〉,
공연장: 대구오페라하우스, 관람일시: 2024. 10. 18. 19:30

2024년 제21회 대구국제오페라축제, 대구에 살면서 오페라 축제 기간 최소한 한 작품은 관람해야 한다는 생각을 갖고 있었는데, 마침 이육사 시인의 일대기를 오페라로 만든 작품이 공연되기에 반갑지 않을 수 없었다. 대구오페라하우스 20주년 기념작품이라 기대가 컸다. 대본을 쓴 작가 김하나가 이육사의 시 「한 개의 별을 노래하자」가 이육사의 삶과 꿈을 가장 드러낸다고 생각했다고 한다.

오페라의 대본을 쓴 작가의 말에 공감할 수 있겠다. 그 한 개의 별은 조국의 독립이다. 한 개의 별이 무수히 반복되는 것은 그의 바람이 얼마나 간절한 것인가를 짐작게 해준다. 이육사의 삶은 오로지 조국의 독립이었다. 한 개의 별 그것은 독립이고 독립을 그가 생을 바쳐 이룩해야 할 과제로 삼았다. 오페라는 총 4막으로 구성되었다. 3막은 1, 2장으로 구분하여 대본을 썼는데, 2장은 대구형무소에서의 생활을 강조하기 위한 구성이라고 판단되었다.

제1막은 형무소 안, 이육사는 죽음을 앞두고 영혼의 벗 S를 통해 자신의 과거를 떠올리기 시작한다. 일본 유학 시절, 자경단이 조선인을 무차별 학살한 관동 대지진의 비극적인 사건으로 이육사는 독립에 강한 열망을 품는다. 제2막은 결혼식 당일, 독립 생각뿐인 청년 원록은 결혼에는 관심이 없다. 혼인을 거부하는 그에게 신부 안일 양이 대차게 한마디 내뱉자, 원록은 오히려 당돌한 그녀의 모습에 강하게 끌리게 되고 둘은 행복한 혼인을 맺는다. 그러나 행복도 잠시, 원록은 의열단 합류를 결심하고 독립운동을 위해 만주로 떠난다.

제3막 1장에서 의열단에 합류한 이육사는 동료 윤세주와 함께 독립운동을 펼친다. 그러나 작전 도중 둘은 일본군에게 붙잡히고, 그 과정에서 윤세주가 사망한다. 이육사는 잡히는 순간에도 조국 해방을 위한 굳은 신념을 포기하지 않는다. 2장에서 대구경찰서 안, 이육사를 고문

하는 고 경사, 이육사는 모진 고문을 견뎌낸다. 면회 온 아내는 이육사와 재회하고 쇠약해진 그를 보고 눈물을 감추지 못한다. 제4막은 지난 과거를 돌아본 이육사에게 죽음의 시간이 다가왔음을 영혼의 벗 S가 알린다. 예술가이자 독립투사였고 한 가정의 남편이자 아버지였던 이육사는 '자신이 해온 일들이 작은 별 하나처럼 빛을 남겼는지' 자문한다. 그의 유서와도 같은 시 「광야」를 써 내려간다. 기쁨의 자주독립을 기다리며 기꺼이 죽음을 맞이한다.

이 대본에 곡을 붙인 작곡가 김성재는 2021년 대구오페라하우스 카메라타연구회에 작곡가로 참여하여 김하나 작가와 약 3년간 작업했으며 평가위원들의 조언을 토대로 수정 보완한 후 무대에 오르게 되었다고 했다. "작곡가로 3년간 정신적 육체적 에너지를 쏟았지만 17번이나 형무소를 드나들었던 그분의 생애를 과연 어떤 음악적 언어로 담을 수 있을는지요…." 작업 경위를 겸손하게 밝혔다. 진심이 느껴졌다.

대본은 이미 알고 있는 사실을 각색한 것이라 줄거리를 짐작할 수 있었다. 그러나 4막의 구성이 재미있고 현대적이라는 생각이 들었다. 독립운동가, 예술가, 가장의 역할을 하는 세 사람이 한 무대에서 이육사의 치열했던 삶을 보여주는 구성이 특이했다. 작곡은 내가 보기에는 무난했다. 귀에 거슬림이 없었다. 배우들도 대구에서 활동하는 성악가들이 최선을 다하는 모습을 보여주어 상업화된 오페라보다 신선하게 느껴졌다. 출연진, 안일양 역의 소프라노 이윤경, 김정자, 바리톤 제상철, 테너의 최요섭 등이 열연을 펼쳤다.

독립을 갈구한 예술가, 그가 그렇게 간절히 희구했던 독립은 이루어졌고, 그가 남긴 시는 우리 문단에서 그야말로 별이 되어 지금도 반짝인다. 무정히 흐르는 세월 속에서도 사그라들지 않을 것이다. 독립운동가이자 예술인을 오페라로 다시 불러 세워 그의 말을 듣게 해 준 제작진이 고맙다는 생각을 하지 않을 수 없다. 사람은 가도 업적은 남고, 그의 시는 내일 더 크게 빛을 뿜을 것이다.

“뭣 하러 말을 해, 그냥 보여주면 돼.”

톨스토이 지음, 석영중·정지원 옮김, 『이반 일리치의 죽음』, 열린책들, 2018.

『이반 일리치의 죽음』은 톨스토이가 58세 되던 1886년에 발표한 작품이다. 작가는 이 소설의 주제를 ‘평범한 사람의 죽음에 대한 묘사, 묘사로부터의 묘사’ 라고 밝혔으며, 이 무렵 「세 수도승」, 「참회하는 죄인」, 「사람에게 땅이 얼마나 필요한가?」, 「달걀만 한 씨앗」 등의 교훈적인 단편소설을 많이 발표했다. 56세 때 미완성의 「광인의 수기」를 썼는데, 이 작품은 「참회록」과 「이반 일리치의 죽음」 사이에서 일종의 교량 역할을 하는 중요한 자전적 소설이다.

이 당시 러시아 문학계는 1860~70년대의 공리주의에 반대한 ‘미학적 반동’ 의 시기로 알려진다. 이 미학적 반동은 이전 시기에 만연된 공리주의에 대한 문학 정신의 아주 자연스럽고 본질상 건강한 저항이었다. 작가들은 당면한 공리주의보다는 다른 것들, 즉 사회적 함축과는 무관한 삶과 죽음, 선과 악 같은 영원한 문제들에 보다 큰 관심을 보이기 시작했다. 가장 목적 의식적인 80년대의 작가들조차도 목적성을 너무 드러내지 않으려고 애를 썼다.

『이반 일리치의 죽음』은 성공한 판사로서 평탄한 인생을 살아가던 주인공 이반 일리치가 어느 날 찾아온 원인 모를 병으로 서서히 죽어가는 과정의 이야기를 담고 있다. 죽음 앞에서 자신의 인생 전체를 돌아보는 한 인간의 의식과 심리적인 과정을 매우 예리하고 생생한 필치로 전달하며, 삶과 죽음의 의미에 대한 깊이 있는 통찰을 보여준다. 따라서 톨스토이의 중단편들 중에서 가장 뛰어나다는 평가를 받는 작품이다.

토마스 만은 "톨스토이는 가장 위대한 작가다. 『이반 일리치의 죽음』을 읽으면 그 점을 바로 알 수 있다."고 했으며, 기 드 모파상은 "톨스토이의 『이반 일리치의 죽음』에 비하면 지금껏 내가 써 온 작품은 전부 헛된 일이었다."라고까지 했다. 《퍼블리셔스 위클리》는 "죽음이 이보다 더 명료하게 표현된 예는 찾아볼 수 없다. 『이반 일리치의 죽음』은 삶과 죽음 그리고 믿음을 새롭게 바라보는 가장 완벽한 작품."이라고 했다.

이반 일리치의 입원부터 죽음을 맞기까지 과정을 따라가 보면 삶과 죽음이 보인다. "공무를 수행하며 느끼는 기쁨은 자존심이 충족되는 데서 오는 기쁨이었고, 사교활동을 하며 느끼는 기쁨은 허영심이 충족되는 데서 오는 기쁨이었다. 그러나 이반 일리치의 진짜 기쁨은 빈트 게임이었다. 설령 인생에서 온갖 불유쾌한 일과 마주친다 하더라도 모든 일이 끝난 뒤 마치 촛불처럼 다른 모든 것 앞에서 환하게 타오르는 기쁨이 있다면 마음에 맞는 좋은 친구들과 둘러앉아 카드를 치는 것이었다. (중략) 머리를 써가며 신중하게 게임을 한 뒤 요기를 하고 와인을 마시는 것이 진정한 행복이라고 그는 털어놓곤 했다. 빈트 게임을 마치고, 특히 이겨서 돈을 조금 딴 후(많이 따는 것은 좋지 않았다) 잠자리에 누우면 남부러울 것이 없었다." (53쪽)

"세월이 흐를수록 좋은 것은 점점 더 적어졌다." (109쪽)

"처음 인생이 시작되던 바로 그 지점에 밝게 빛나던 한 점의 빛이 있었다. 그러나 빛은 시간이 지나면서 점점 어두워져갔고, 어두워지는 속도 역시 점점 빨라져만 갔다. '음과 가까워지면 가까워질수록 속도는 점점 빨라져가는구나' 이반 일리치는 생각했다. 그러자 점점 더 빠른 속도로 추락하던 이 생각은 영혼 깊은 곳으로 돌덩이처럼 굴러떨어졌다. 삶도, 기승을 부리는 고통도 점점 더 빠른 속도로 끝을 향해, 가장 끔찍한 고통을 향해 떨어지고 있었다."(114~115쪽)

"'만약에' 그는 생각했다. '나에게 주어진 모든 것을 망쳐버렸다는 의식만 지닌 채, 바로잡을 겨를도 없이 이 세상을 떠나게 된다면 그땐 어떻게 하지?' 그는 똑바로 누워 지나간 삶의 모든 것을 완전히 새로운 각도에서 짚어 보기 시작했다. 그리고 다음 날 아침, 하인에 이어 아내와 딸, 그리고 의사가 차례로 보여준 행동과 말은 모두 간밤에 그가 깨달은 무서운 진실이 사실이었음을 확인시켜 주었다. 그리하여 자신이 살아온 삶의 전체가 '그게 아닌 것' 이었다는 사실을, 모든 게 삶과 죽음의 문제를 가려 버리는 거대하고 무서운 기만이었다는 사실을 분명히 깨달았다."(119쪽)

""끝났습니다!" 누군가 그를 굽어보며 말을 했다. 이 말을 들은 이반 일리치는 마음 속으로 되뇌었다. '죽음은 끝났어.' 그는 스스로에게 말했다. '더 이상 죽음은 없어.' 그는 숨을 크게 들이마시다가 도중에 멈추더니 온몸을 쭉 뻗었다. 그는 그렇게 죽었다.”(126쪽) 소설의 이 마지막 문장이 의외로 담담하게 읽힌다. 지금 살아있는 모든 사람들이 맞지 않으면 안 될 일이다. 우리는 모두 그렇게 이 세상을 떠날 것이다.

톨스토이는 죽음을 테마로 한 여러 편의 작품을 썼고, 『전쟁과 평화』, 『안나 카레니나』 같은 대작에도 예외 없이 임종에 대한 상세한 묘사를 하고 있어 연구자들은 그를 가리켜 ‘죽음의 시인’ 으로 부르고, 그의 전 작품을 한마디로 ‘죽음과의 대화’ 라 규정하기도 한다. 죽음에 관한 상세한 묘사는 죽음에 대한 집요한 생각을 통해서 왔을 것이다. 특별한 것이 아니다. 무지렁이가 생각해도 금방 알 수 있는 것이다. 작가는 죽음의 묘사를 통해서 어떻게 살아야 할 것인가를 전해주고 있다.

이반 일리치가 죽음 앞에서 손에 입을 맞추는 아들, 코와 뺨을 타고 주룩주룩 흘러내리는 아내의 눈물을 보고, “‘그래, 내가 이들을 힘들게 하고 있어.’ 그는 생각했다. 그는 이렇게 말하고 싶었지만 말을 할 힘이 없었다. ‘아니야, 뭣 하러 말을 해, 그냥 보여주면 돼…….’ 그는 아내에게 눈짓으로 아들을 가리키며 이렇게 말했다. ‘데리고 가……, 안쓰러워…… 그리고 당신도……’ 그는 ‘용서해 줘' 라고 덧붙이고 싶었지만 '가게 해 줘' 라고 말하고 말았다. (중략) 저들이 불쌍해, 저들이 더 고통받지 않게 해주어야 해. 저들을 해방 시켜 주고 나 자신도 이 고통에서 해방되어야 해. '얼마나 좋아, 얼마나 단순해.' , 그는 이렇게 생각했다." (125쪽)

그렇다. 삶과 죽음은 이렇게 단순하다. 소설에서 어떻게 살아야 한다고 말하지 않는다. 그러나 소설의 마지막 단락을 통해서 좋은 삶이 용서하고 사랑하는 것임을 알아차릴 수 있다. 소설 속의 '뭣 하러 말을 해, 그냥 보여주면 돼' 라는 문장이 쾅 치고 간다. 그간 보여주지는 못하고 얼마나 많은 말을 해 왔던가. 또 다른 문장 '그게 아닌 것을' 빌려오지 않을 수 없다. 말하지 않고 보여주는 것으로 용서할 수 있으며, 단순히 행동하는 것으로 얼마든지 보여줄 수, 아니 느끼게 할 수 있다. 톨스토이는 작품을 통해 그것을 보여주고 있다.

10월의 다른 책, 한 문장

1. 레프 톨스토이, 석영중·정지원 옮김, 『광인의 수기』, 열린책들, 2018.

"죽음이 끔찍한 것인 줄 알았는데, 삶을 떠올리며 생각해 보니 끔찍한 것은 죽어가는 삶이었다."(139쪽)

2. 이경임 시조집 『나의 사소한 연대기』, 그루, 2024.

"조문을 마치고 온 저녁 내내 허기진다// 염치도 잊은 듯이/ 허겁지겁 수저질에// 등짝을/ 후려쳐 대는 망자의 노여움인지"(「폭우」)

3. 쥘 르나르 지음, 박명욱 옮김, 『자연의 이야기들』, 문학동네, 2002.

"물고기들이 수면 위로 올라와 몸을 뒤칠 때마다/ 강은 마치 누가 은동전을 한 움큼 뿌리기라도 한 양 반짝거리고/ 가느다란 빗줄기가 떨어지자 강에는 온통 소름이 돋는다."(12쪽, 「이미지의 사냥꾼」)

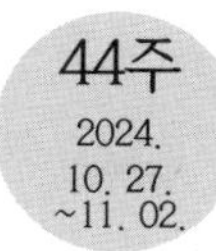

들풀처럼 굳건히

전시명: 들풀시조문학관 상설 전시, 전시기간: 상설,
전시장: 들풀시조문학관(경북 청도),
관람일: 2024. 10. 26.

들풀시조문학관 개관식에 참석했다. 개관식 초대장에는 "시조문학의 새 지평을 열어갈 문학관"이라고 했고, 개관식 안내장에서 설립 취지를 읽을 수 있었다. "시조는 대한민국의 자랑스러운 유산이자 지금도 건재한 우리 고유의 민족시입니다. 국가가 소홀히 하는 동안 소중한 자료들이 사라지는 것이 안타까워 수십 년간 자료를 수집하고 보관, 관리하여 비록 작으나마 시조의 집을 짓기에 이르렀습니다. 이 '들풀시조문학관'을 세우는 일이 장차 시조와 함께할 선진 문화민족의 미래에 바치는 헌정이었으면 좋겠습니다. 이 땅의 들풀처럼 영원한 주인이었으면 좋겠습니다."라고 적혀 있었다.

개인이 하기엔 참으로 벅찬 일인데 성공적으로 개관한 것 같다. 경과보고에서 세 차례나 공립 문학관으로 세울 계획이었으나 모두 무산되어 사립문학관으로 설립하게 되었다고 한다. 그 과정에 얼마나 많은 고뇌가 있었겠는가. 여러 생각을 했다. 먼저 시조문학관의 명칭이다. '들풀' 이다. 왜일까? 관장 민병도의 시조 「들풀」에서 따왔을 것이다. "허구헌 날 베이고 밟혀 피 흘리며 쓰러져 놓고/ 어쩌자고 저를 벤 낫을 향기로 감싸는지…/ 알겠네 왜 그토록 이 땅의 주인인지" 에서 따왔고, 설립 취지문에도 종장의 내용이 들어있는데 시조가 이 땅의 주류문학이 되지 못한 안타까움이 배어있다.

축사를 하면서 그랬다. 민병도 관장에게 축하한다는 말을 하기보다는 감사하다는 말을 해야한다고, 축하는 이 땅의 시조시인들과 시조를 연구하는 사람이 받아야 하겠다고, 그 까닭은 어느 분야든 그 분야의 역사를 제대로 알지 못하면서 그 분야의 일을 훌륭하게 해낼 수는 없다. 그런데 시조문학관에서 그런 역사를 제대로 정리해서 보여주니까 얼마나 다행한 일인가. 그리고 시조를 연구하는 사람들이 여러 곳을 다니지 않고 여기만 오면 자료를 구할 수 있을 정도니까 축하받을 일 아닌가. 지난날 자료 하나 구하러 국회도서관을 드나들던 경험을 말하기도 했다. 이제 들풀시조문학관에서 그런 일을 해결할 수 있겠다 싶었다.

라키비움Larchiveum이란 말도 꺼냈다. 도서관〔Library〕과

기록관(Archives)과 박물관(Museum)의 합성어로 라키비움의 탄생 배경을 알아보면 이런 공간의 힘을 알 수 있다. 2008년 미국 텍사스 주 주립대 메건 윈지 교수가 인포메이션 엔지리어링과 학생들에게 제2차 세계대전을 배경 삼아 컴퓨터 게임을 만들라는 과제를 냈다. 마감날 학생들은 과제를 제출하며 하나같이 불만을 터뜨렸다. "자료가 전부 흩어져 있어 찾느라 너무 힘들었어요." 이들은 제2차 대전 자료를 수집하기 위해 도서관, 전쟁기념관, 국가기록원 등을 누비고 다녔다. 발바닥 아프다는 학생들의 장난 섞인 투정으로 넘길 수도 있었지만 윈지 교수는 그러지 않았다.

문헌 정보학계에 도서관, 기록관, 그리고 박물관을 합쳐야 할 필요성을 제기했고, 라키비움이 등장했다. 다른 서비스를 제공하는 도서관, 기록관, 그리고 박물관이 복합적으로 기능해 이용자가 하나의 정보를 다양한 방식으로 접하도록 큐레이팅하는 게 라키비움의 본질이다. 이런 공간이 주목받는 이유는 크게 두 가지다. 우선 뭐든 편리함을 추구하는 현대인에게 발품 파는 일은 어울리지 않는다. 시대의 변화도 한몫한다. 예전에는 문서와 미술작품의 보존 방식에 차이가 있었다면 4차 산업 혁명 시대에는 고문서는 전자책으로 미술 작품은 디지털 이미지로 변환되는 등 모든 정보가 디지털 데이터로 저장된다.

또한 정보 관리 방법의 경계가 사라지면서 세 기관을 합치는 일이 한결 수월해졌다. 토론하는 사람이 없는 광장을 아고라라고 부를 수 없듯이, 정보기관은 사용자의 요구와 시대를 반영해야 한다. 그러기에 세계적 기관은 일찍이 이 사실을 알고 라키비움으로 변신을 꾀하고 있다. 들풀시조문학관은 이 라키비움적 공간을 구성하고 있다. 현대시조의 출발부터 시조집 초판본이 전시되어 있고, 특히 이호우, 이영도 등의 기록물을 만날 수 있으며 상당수 선배 시인들의 육필을 만날 수 있기도 하다. 그들이 사용하던 일상품까지 전시되기도 했으니 라키비움적 요소를 갖추고 있는 것이다.

한 시인의 집념이 이루어낸 이 들풀시조문학관에 시조를 쓰는 사람들과 시조를 연구하는 사람들이 많이 드나들어야 설립 의미가 산다. 크게 현대시조의 역사, 이호우·이영도 작품 자료, 민병도 관장의 자료가 잘 정리되어 있었다. 전시하지 못한 자료들이 훨씬 더 많은데 앞으로 교체 전시될 것이라고 한다. 필자의 첫시조집 『가을거문고』 표지가 스티로폼에 받쳐 벽면에 전시되어 있었고, 현대 시조시인들의 사진이 벽면을 장식하고 있는데 그중에 내 사진도 끼여 있었다. 그걸 보고 은근히 좋아하면서 내가 나에게 꾸짖었다. '이런 속물아! 제 책, 제 사진 붙어 있다고 좋아하는 꼴이라니.'

앞으로 이 문학관에서 시조 강좌, 낭송 아카데미, 육필 시화전, 명사 초청 특강, 초대시인 특별전, 소장 작품 특별전, 시조 낭송 대회, 시조 연수 교육 등을 실시할 계획도 있다. 부대시설 북카페 이에르바, 민병도 갤러리, 스테이 목아와 연계하면 공부하고 힐링할 수 있는 복합문화 공간이 될 수 있겠다. 설립자의 의도대로 시조문학의 새 지평을 열어가는 문학관이 되었으면 좋겠다. 문학관을 나와 부대시설인 북카페 이에르바에 갔다. 옆 좌석엔 일본 하이쿠 시인들이 앉아 담소를 나누고 있었고, 그 옆 좌석에서 남산여고 출신 시인들과 스님 짜장으로 담소를 나누며, 건너편 둔덕에 핀 코스모스를 아련히 바라보며 차를 마셨다. 북카페에서 가서 책은 안 읽고 차만 마시고 나왔다.

진정한 자식 사랑은?

영화: 〈보통의 가족〉, 개봉: 2024. 10. 30.,
등급: 12세 이상 관람가, 장르: 코미디, 러닝타임: 113분,
감독: 허진호, 주연: 설경구, 장동건, 김희애, 수현,
극장: CGV 대구연경, 관람일시: 2024. 11. 8. 13:40

〈보통의 가족〉이라는 제목이 편하고 친밀하게 느껴져서 보기로 했다. 제48회 토론토 국제 영화제 공식 초청작이다. 늦은 밤에 예약을 하고 오후 1시 40분에 극장을 갔다. 극장이 조용했다. 영화를 보러 올 사람이 많지 않은 시간이라는 생각은 했지만 조용해도 너무 조용했다. 상영 시간에 맞춰 극장에 들어갔는데 아무도 없었다. 관객은 나 혼자였다. 경로우대로 관람권을 구매했으니 7,000원으로 극장 하나를 산 셈이다. 내가 오지 않았으면 상영하지 않았을 텐데 극장주에게 미안한 마음이 든다.

장르가 코미디로 분류되어 있다. 그러나 재미가 있기보다는 생각할 것이 많은 영화였다. 관객을 끌 만한 요소가 많지 않았다. 웃을 수 있는 순간은 잠시도 없고, 이 시대 대한민국에서 자식을 키우며 사는 그야말로 보통 가족의 삶이었다. 보통이라고 보기는 어렵고 상류층의 삶이었다. 우리 사회에서 이른바 '사' 자 돌림의 변호사 형과 의사 동생이 주연이기 때문이다. 변호사와 의사 형제를 둔 가정이라면 상류층임이 틀림없다. 이 시대 대한민국 보통이 아닌 상류층 가정의 가치관을 잘 드러냈다.

형 재완은 변호사, 그것도 살인 사건을 과실치사로 바꿔낼 수 있는 수임료가 비싼 유능한 변호사다. 동생 재규는 종합 병원 소아과 의사. 그들에겐 치매에 걸린 어머니가 있었고, 그 어머니는 형이 아닌 동생이 모시고 있었다. 형 재완은 아내와 사별한 후 연하인 지수와 재혼하여 어린아이가 있어 동생이 모시고 있다. 형에게는 전처의 딸 혜윤이 있고, 동생은 아들 시호가 있다. 그들은 고급 음식점에서 가족회의를 겸한 식사 시간을 갖는다. 어머니를 양로원에 모시는 문제로 이견을 보이기도 한다. 우리네 보통의 가족들이 겪는 일이다.

도로에서 한 차량이 스포츠카를 가로막으며 선다. 운전자가 내려 스포츠카 운전자에게 화를 내다가 야구방망이로 스포츠카를 부순다. 스포츠카 운전자는 후진하여 거리를 확보하고 그대로 차를 질주시킨다. 상대방은 치여 사망하고, 앞차에 타고 있던 사망자의 딸도 중상을 입는다. 사망자의 딸은 의사 재규가 수술하며 그의 형인 변호사 재완이 가해자의 변호를 맡는다. 사건은 언론에 보도되어 여론의 공분을 샀지만 재완은 의뢰인이 공포 때문에 순간적으로 운전을 제어하지 못했다는 논리로 과실치사를 주장한다.

그런 와중에 사촌끼리인 누나 혜윤이 학원에 가야 할 동생 시호를 그의 친구들과 만나서 모임을 하는 자리에 데리고 간다. 시호는 술 게임에 져서 못 하는 술을 마시게 된다. 집으로 돌아가자며 먼저 나온 시호는 거리에 쓰러져 있는 노숙자를 발로 거듭 차며 폭행한다. 혜윤도 같이 노숙자를 폭행한다. 그 사건이 CCTV에 촬영되어 뉴스까지 타게 된다. 아이들은 죄의식을 갖지도 않는다. 혜윤은 변호사인 아버지를 찾아가서 아는 동생의 일이라는 거짓말을 하며 이른바 아빠 찬스를 쓰려 하고 시호는 뉴스를 본 어머니에게 자기가 아니라고 거짓말을 한다.

사건을 알게 된 의사 동생 재규는 아내와 심하게 다투며 아들을 자수시키려 경찰서까지 갔다가 그냥 되돌아온다. 형 재완은 자기 능력으로 딸을 구해 내려는 생각을 한다. 그런 과정에서 폭행을 당한 노숙자는 죽음을 맞이한다. 그런데 어차피 노숙자는 우리가 아니었어도 자연사했을 것이라며 자신들의 잘못을 정당화하며 반성 없이 키득대는 아이들을 보고 실망한다. 재완은 후배 검사에게 기소될 것이라는 말을 듣고 딸을 자수시키겠다고 한다. 처음엔 재규가 아들을 자수시키려 하다가 아들이 진정으로 반성하는 모습을 보이고 앞으로 착실히 살겠다는 다짐을 하자 자수시키기를 포기하고 아들을 구하려 한다.

형 재완은 딸과 조카를 구할 생각을 했으나, 혜윤과 시호가 그 사건에 대해서 전혀 죄의식을 갖지 않고 있음에 생각을 바꾼다. 가족회의에서 자수시키기를 반대하는 동생에게 혜윤과 시호의 홈캠 영상을 보여주면서 동생을 설득하려 한다. 그러나 동생은 자기 앞에서 거짓 반성한 아들을 믿으며 자수시키는 것에 반대한다. 끝내 형의 멱살까지 잡고 자수시키면 형을 죽여버리겠다고 협박한다. 합의를 하지 못하고 먼저 뛰쳐나온 동생 재규는 형수가 휴대폰을 두고 와서 가지러 간 사이에 종업원에게 담배 한 개비를 얻어 피우며 기다리고 있던 형을 차를 거세게 몰아 들이받아 버린다. 생사 여부는 모른다. 재규는 범죄자가 되었다.

진정한 자식 사랑이 무엇인지 심각하게 생각하게 한다. 자식 문제로 부모가 미쳤을 때, 그건 사랑일까 광기일까? 라는 평론가의 말이 새삼 씹힌다. 그뿐만 아니라 우리 사회에 만연한 보복 운전, 아빠 찬스를 활용하려는 영악한 아이들, 무조건적으로 내 자식이라서 감싸려는 의식들을 고발하고 있는 작품이다. 배우들의 연기력은 대단했다. 특히 김희애의 똑 부러지는 연기는 현실감을 살려내기에 조금도 부족함이 없었다. 극장을 빠져나오며 나 때문에 상영을 하게 해서 거듭 미안했다. 청소하는 알바생에게 미안하다고 했더니 손사래를 치며 아니라고 하는데 위안을 받는다. 내가 바꾸지 못할 세상이 두려워진다.

46주
2024.
11. 10.
~16.

가을과 슬픈 음악

공연명: 〈2024 World Orchestra Festival〉 경북 도립교향악단,
공연장: 대구콘서트하우스,
관람일시: 2024. 11. 12. 19:30

대구 시민이 누릴 수 있는 행복 중의 하나인 월드 오케스트라 페스티벌을 놓칠 수는 없었다. 내가 세운 계획에 공연을 보는 주간이라 수소문을 해보았더니 경북도향 연주가 있었다. 가까이 있는 교향악단이지만 몇 년째 연주를 보지 못해 잘됐다 싶어 연주회장에 갔다. 프로그램을 알지도 못하고 무턱대고 갔는데, 임주섭 작곡의 〈대규모 관현악을 위한 한오백년〉과 G. 말러의 〈죽은 아이를 그리는 노래〉와 쇼스타코비치의 〈교향곡 8번 c단조 65〉가 연주되었다. 계절을 고려한 선곡인 듯하다.

〈한오백 년〉은 강원도 민요의 하나로 늦은중모리장단에 맞추며 계면조다. 계면조는 슬프고 애타는 느낌을 주는 음조로 서양의 단조와 비슷하다. 가사는 "한오백 년 살자는데 웬 성화요"가 되풀이되는데 한국인이라면 누구라도 귀에 익고 한두 번쯤 흥얼거려 본 곡이다. 임주섭 교수의 곡은 계면조의 특징을 깊이 반영한 것으로 들렸다. 특히 현악기의 낮고 여린 가락은 슬픔의 깊이를 더하여 가을의 분위기를 한껏 고조시켰다.

G. 말러의 〈죽은 아이를 그리는 노래〉는 처음 듣는 곡이다. 독일의 낭만파 시인 뤼케르트(1788~1866)가 쓴 「죽은 아이를 그리는 노래」 5개의 시에 독창과 오케스트라로 구성된 연가곡이다. 시인 프리드리히 뤼케르트는 동양학자이기도 하여 동양문학을 유럽에 소개하였으며 어린이를 위한 동시·동화 작가다. 이 곡은 1905년 빈에서 초연되었고 우리나라에서는 1974년 처음 공연에 올랐다. 독일에서 공부하고 유럽 무대에서 활동하는 바리톤 양준모와의 협연이다.

다섯 곡 중 마음을 가장 아프게 하는 것은 세 번째 곡 〈네 엄마가 방문을 열고 들어설 때면〉의 전반부다. "네 엄마가 방문을 열고 들어설 때면/ 그래서 내가 고개를 돌려 네 엄마를 바라볼 때면/ 엄마 얼굴을 먼저 쳐다보는 대신/ 난 네 귀여운 얼굴이 나타날 것 같은/ 그 곁, 문지방 뒤부터 보게 되는구나/ 늘 그랬듯 기쁨이 넘치는 밝은 얼굴로/ 네가 들어설 것 같아서 말이다. 내 귀여운 딸아." 라는 가사를 가진 부분이다. 이 시를 사전에 알고 들었으면 더 애절했겠지만 낮은 현악과 맞춘 바리톤의 목소리로 그런 느낌을 받았다.

인터미션이 끝나고 시작된 쇼스타코비치의 〈교향곡 8번〉, 대곡이었다. 한 시간 이상의 연주였다. 이 곡은 2차 세계대전 중에 만들어진 작품으로 쇼스타코비치 자신의 침통한 마음을 표현하여 비통함이 바닥에 짙게 깔려있는 무거운 작품이다. 실낱같은 자유에 대한 갈망도 힘겨워 보인다. 비관적인 분위기 때문에 엇갈린 평가를 받았으며 종전 후 스탈린의 관료들로부터 반동적인 작품이라는 맹렬한 비판을 받았다. 따라서 1960년까지 연주가 금지되기도 했다.

그러나 과거의 음악 기법을 구사한 높은 수준의 작곡법으로 전쟁의 비참함을 그려 요즘에는 쇼스타코비치의 가장 주목할 만한 작품 중 하나로 알려진다. 우울한 곡의 흐름과 긴 연주 시간 때문에 결코 편안하지 않았지만 비극을 통한 카타르시스를 경험한다는 생각으로 집중하려 애썼다. 비극 없는 세상이 없을 수 없지만 음악으로 시대의 아픔을 드러내려 했다는 작곡자의 정신에 경의를 표하지 않을 수 없다. 지휘자 지중배, 그의 지휘봉은 슬픔을 적절히 통제했다. 도향에 대한 내 인식이 달라졌다. 우울한 음악의 끝에 가을도 깊어가고 가을 하루인 오늘도 밤이 깊어간다.

절망하지 말자

한강 동화, 김세현 그림, 『내 이름은 태양꽃』, 문학동네, 2024.

아동문학은 어린이를 위해 창작된 모든 문예 작품을 가리킨다. 아동문학이라고 하는 명칭은 오로지 성인 문학과 구별하려는 편의적 용어에 불과한 것이지 문학 장르의 우열을 가리거나 위상을 가리키는 것은 아니다. 아동문학이 갖추어야 할 조건은 ① **예술성**(감동, 어린이에게서의 감동은 재미있다, 신난다, 더 보고 싶다는 느낌) ② **흥미성**(오락성, 재미, 위로) ③ **교육성**(연령 수준에 맞는 책) ④ **단계성**(발달과 연계, 물활론적 사고) ⑤ **단순명쾌성**(테마, 줄거리, 등장인물 성격) ⑥ **생활성**(나와 연결되는 것)이다.

2024년 노벨문학상을 받은 한강은 이제 노벨문학상 수상자라는 그 이상의 설명은 필요 없어졌다. 시와 소설을 많이 발표하기도 했지만 한강은 아동문학에도 관심을 가져 동화 『내 이름은 태양꽃』, 창작그림책 『천둥 꼬마선녀 번개 꼬마선녀』를 출판하기도 했다. 한강의 동화 『내 이름은 태양꽃』은 작품의 장르는 동화이지만 어린이들만이 아니라 어려움에 처한 성인들이 읽어도 위로를 얻을 수 있는 책이다.

성인 동화라는 장르도 있는데 성인 독자를 대상으로 쓰인 동화를 가리키며 우리나라의 경우 정채봉의 『생각하는 동화』가 효시다. 이 책은 성인 동화로 쓴 것은 아니지만 그 내용에서 성인이 읽어도 생각할 것이 있다. 그것은 삶이 무엇인가를, 어떻게 살아야 하는가를 다루고 있기 때문이다. 삶이 무엇인가는 사람마다 다르게 정의할 수 있는 것이지만 한강은 이 동화를 통해서 모든 폭력과 고통 속에서도 견뎌내는 것이며, "너 자신을 사랑해야 해."(60쪽)라는 것으로 특별한 이야기를 하는 것이 아니라 평범한 진리를 동화로 쓴 것이다.

동화는 10개의 장으로 나누어져 있다. 동화의 첫 문장 "내가 태어난 곳은, 고동색 벽돌을 야트막하게 쌓아 올린 담장 아래였습니다."에 이어지는 각 장의 끝 문장을 연결하면 줄거리가 될 수 있다. 1. "흙 속에서 지쳐 쉬고 있던 뿌리에 문득 힘을 주며 나는 웃었습니다."(11쪽) 2. "결국 나는 혼자 남을 겁니다."(18쪽) 3. "서늘한 바닷바람이 마지막으로 떠나갔습니다."(34쪽) 4. "넌 자꾸자꾸 똑같은 대답 듣는 게 지겹지도 않니?"(40쪽) 5. "모두, 모두! 내 앞에서 없어지란 말이에요!”(44쪽) 6. “너 자신을 사랑해야 해.”(60쪽) 7. “밤 공기는 얼마나 촉촉하게 젖어 있었는지요.”(76쪽) 8. “세상 모든 것들을 이렇게 생생한 눈으로 사랑하는 법을, 살아 있는 동안 잊지 않게 해주세요.”(86쪽) 9. “정수리까지 활활 타오르는 것 같았습니다.”(92쪽) 10. “왜 슬퍼하지 않느냐구요? 이제는 알고 있는걸요. 나에게 꽃이 피기 전에도, 그 꽃이 피어난 뒤에도, 마침내 영원히 꽃을 잃은 뒤라 해도, 내 이름은 언제나 태양꽃이란 걸요.”(106쪽) 역경을 견뎌 삶을 긍정하는 과정이 드러난다.

이 동화는 책 끝에 「작가의 말」을 보면 무엇을 이야기하려 했던가가 분명히 드러난다.

“지난 일 년은 나에게 시험의 해였다. 모든 것을 다 내주고 건강만을 받으라 한다 해도 그것이 충분히 공정한 교환이라는 것을 깨닫게 했다. 나는 그다지 강한 인간이 못 되므로, 이따금 절망했다. 그 시간들은, 스스로 의식하지 못하고 지냈던 나 자신의 숱한, 덧없는 어리석음과 오만 같은 것들을 힘겹게 깨우치게 만들었다. 그리고 끈질긴 설득력으로, 살아 있다는 것의 기적을 나에게 가르쳐주었다.// 그래서, 나는 이제 사랑할 수 있다. 가슴으로 받아들일 수 있다. 이 모든 폭력과 고통의 세계 속에서도, 가을 아침의 햇빛을, 한 조각의 달콤한 복숭아를, 웃고 있는 아기의 두 눈을, 깨끗한 눈물을, 모든 것을 무너뜨리며 동시에 모든 것을 우리 앞에 펼쳐주는 시간을…… 우는 새와 피는 꽃을, 절망할 수 없는 것조차 절망하지 말고…… - 정현종 시집 『나는 별 아저씨』에서

지난해 초 가을에 썼던 위의 글로, 이 짧고 단순한 동화의 대한 변명을 대신하려고 했다." 고 썼다.

우리 삶이 어려움을 견뎌내면 즐거움이 될 수 있다는 만고불변의 진리, 그것을 한 번 더 확인시켜 주는 동화다. 아동문학의 여섯 가지 조건에 비추어보면 단계성에서 어린이들이 쉽게 이해할 수 있겠는가 하는 의문이 있지만 고학년의 경우는 무난할 것으로 보인다. 짧은 동화를 한 권의 책으로 펴내기 위해 페이지를 늘인 것이 아닌가 생각되기도 하지만 가독성을 높이려는 편집이며, 흥미를 잃지 않게 하려는 의도를 가진 것으로 해석된다.

11월의 다른 책, 한 문장

1. 한강 장편 소설, 『소년이 온다』, 창비, 2024(164쇄).

"그러니까 인간은, 근본적으로 잔인한 존재입니까? 우리들은 단지 보편적인 경험을 한 것뿐입니까? 우리는 존엄하다는 착각 속에 살고 있을 뿐, 언제든 아무것도 아닌 것, 벌레, 짐승, 고름과 진물의 덩어리로 변할 수 있는 겁니까? 굴욕당하고 훼손되고 살해되는 것, 그것이 역사 속에서 증명된 인간의 본질입니까?" (134쪽)

2. 사이토 다카시, 정현 옮김, 『일류의 조건』, 필름, 2024.

"이 책에서는 전문가가 되기 위해서 세 가지 습관을 강조하는데, 첫째, 지식을 훔치는 힘. 둘째, 요약하는 힘. 셋째, 추진하는 힘입니다." (7쪽)

3. 최화수 시조선집, 『바람을 땋다』, 고요아침, 우리 시대 현대시조선 139/150, 2019.

"뼈만 남은 빈가지에 딱새 부부 둥지 튼 날/ 뭇 새들이 빈정대네 저게 뭔 집이냐고/ 며칠 새 별궁 되었네 벚꽃 겹겹 에워싼." (35쪽, 「별궁」)

어두운 전시장의 영상

전시명: 2024 대구미술관 해외 교류전 〈WAEL SHAWKY〉,
전시기간: 2024. 9. 10.~2025. 2. 23.,
전시장: 대구미술관 제1전시실, 관람일시: 2024. 12. 4. 14:00

어느덧, 11월의 마지막 주다. '예술로 노는 시니어' 라는 나의 2024 계획에 전시장 가는 주다. 일요일에 비영리민간단체 나시민과 한백통일재단대구광역시본부가 주최하는 강연회에서 강연을 했고, 월요일에 대구문인협회 대구문학상, 대구의 작가상, 올해의 좋은 작품상을 심사한 심사평을 써서 보냈고, 화요일엔 최화수 시인의 시조집 작품해설 집필, 수요일 골프 모임, 목요일 서평 강의, '최댄스컴퍼니' 의 〈"Largo" 로부터 기억하고 생각해보는 새로운 전환〉이라는 무용 공연을 본다고 전시장에 갈 짬을 내지 못했다.

연중 처음으로 예술로 노는 계획에 차질을 빚었다. 수요일 전시장에 가야겠다고 생각하며 바로 대구미술관으로 향했다. 해외교류전으로 〈와엘 샤키〉전이 열리고 있었다. 와엘 샤키는 이집트 출신 작가로 알렉산드리아대학과 미국 펜실바니아대학에서 순수미술을 공부했으며, 역사에 대한 독창적인 시각을 제시하는 작품으로 국제적인 명성을 얻었다. 최근에는 제60회 베니스 비엔날레 이집트 국가관에 초청되어 제국의 통치에 저항한 이집트 우라비 혁명(1879~1882)을 재해석한 영상 작품 〈드라마 1982〉로 큰 주목을 받았다.

와엘 샤키가 한국의 국공립미술관에서 선보이는 첫 개인전으로 그의 다채로운 작품 세계를 한자리에서 감상할 수 있었다. 와엘 샤키는 영화, 퍼포먼스, 이야기 형식을 결합하고, 회화, 드로잉, 조각 설치, 음악 등 다양한 매체를 아우르며 총체적인 예술을 선보인다. 그의 작품은 "기록된 역사를 어디까지 믿을 수 있는가?"라는 질문을 중심으로, 허구와 진실이 만나는 지점을 탐구하며 새로운 역사적 시각을 제시하는 것으로 알려진다. 팸플릿에서 소개말을 읽고 조금은 긴장되었다.

이번 전시에는 신작 영상 〈러브 스토리〉(2024)를 비롯하여 〈알 아라바 알 마드푸나〉, 〈나는 새로운 신전의 찬가〉 세 점의 영상 작품을 선보였다. 이 작품들은 한국, 이집트, 고대 도시 폼페이의 문화적, 신화적 서사를 바탕으로, 신화를 공통된 요소로 다루었다. 샤키는 이번 전시에 대해 "우리의 삶과 초월적인 세계가 어떻게 연결되는지를 보여주고자 한다."고 소개했다. 이는 사랑, 초자연적 존재, 신에 대한 믿음과 같은 무형의 가치나 형이상학적 세계가 현대인의 삶과 어떤 관계를 맺는지에 대한 그의 지속적인 탐구와 맞닿아 있다.

신작 〈러브 스토리〉는 '누에 공주', '금도끼 은도끼', '토끼의 재판'이라는 세 가지 이야기를 통해, 물질적 세계와 비물질적 세계라는 상반된 두 세계가 하나의 이야기 속에서 공존하는 구조를 보여주며, 추상적 개념인 사랑이 어떻게 물질적으로 구현되는지를 탐구한다고 한다. 작품은 판소리의 이야기와 사자 탈춤이 상호 작용하는 독특한 시청각 경험을 준다. 전시장에 처음 들어섰을 때 판소리를 하는 영상이 전개되어 샤키 작품이 아닌 줄 알았는데, 그가 이 전시를 위해 여러 번 한국에 와서 촬영했다고 한다.

〈알 아라바 알 마드푸나〉는 이집트의 마을 이름을 단 작품, 샤키가 2000년대 초반에 그 지역을 방문한 경험으로 제작되었다. 총 3부작으로 구성되어 있는데 이번 전시에서는 2012년에 제작된 첫 번째 편을 선보였다. 나일강의 풍경으로 약 20분 길이의 흑백 영상은 작가의 개인적인 경험과 문화적 요소를 결합해, 고대 이집트 신화와 현대 이집트 신화를 독점적으로 엮어내었다고 한다. 샤키는 물질적 구원에 대한 사람들의 기대와 형이상학적 체계가 어떻게 서로 연결되는지에 대한 관심을 유머와 풍자를 통해 표현했다.

〈나는 새로운 신전의 찬가〉는 고대 이탈리아 도시 폼페이를 배경으로 그리스 로마 신화와 고대 이집트 종교 간의 연관성을 탐구한다. 샤키는 이 작품에서 제우스의 사랑을 받아 헤라의 두 번째 질투를 피해 소로 변신한 여사제 이오에 초점을 맞춘다. 그는 그리스, 로마, 이집트 등 다양한 문화가 얽히고 필연적으로 연결된 폼페이를 상상의 공간, 가능성이 열린 공간으로 펼쳐낸다. 격정적인 이야기의 마지막 장면은 태초의 고요함으로 돌아가는 무상함을 보였다.

이런 작품들이 나에게는 신선한 충격이었다. 전시장에 온 것이 아니라 영화관에 왔다는 생각이 들었다. 판소리로 풀어내는 한국 구전 설화와 이집트의 신화를 배경으로 한 영상이 한곳에서 펼쳐지고 있으니 앞을 보면 한국이요, 뒤를 보면 이집트다. 그런 접합도 접합이지만 전시장에서 서서, 혹은 불편한 의자에 앉아서 보는 영화도 새로운 경험이었다. 예술은 언제나 고정 관념을 깨는 것이다. 고정 관념에 사로잡혀 있으면 그것은 예술의 세계가 아니다. 그런 생각을 다지게 하는 전시장이었다.

지난밤 윤석열 대통령이 느닷없이 비상계엄을 선포하여 6시간 만에 해제되는 참 어이없는 일을 보느라 밤잠을 설치고, 왠지 불안해지는 마음을 진정시키기 어려웠는데, 이 전시가 불안을 조금은 달래줬다. 어두운 전시장의 영상이 내게 빛으로 작용했다. 와엘 샤키가 "기록된 역사를 어디까지 믿을 수 있는가?"라는 질문을 중심으로, 허구와 현실이 만나는 지점을 탐구하여 새로운 역사적 시각을 제시한다고 하는데, 12월 3일 밤의 비상계엄은 우리 역사에 어떻게 기록될 것인지?

우주 정거장 수리 실화

영화명: 〈STATION 7〉, 개봉: 2017. 12. 7., 등급: 12세 이상 관람가,
장르: 액션, 드라마, 러닝타임: 119분, 감독: 클림 시펜코,
주연: 블라디미르 브도비첸코프, 파벨 테레비앙코, 마리야 미로노바,
조연: 류보프 악쇼노바, 나탈리아 쿠드리아쇼바,
극장: 안방(EBS 주말의 명화), 관람일: 2024. 12. 7. 22:45분부터 방영

이번 주 '예술로 노는 시니어' 계획은 영화를 보는 것. 극장엘 가지 못했다. 하는 수 없이 안방극장에서 EBS 주말의 명화를 보기로 했다. 지금까지 TV로 영화를 보면서 한 번도 끝까지 본 경험이 없다. 그래서 또 끝까지 보지 못하면 어쩌나 염려하면서, 재미없어도 끝까지 보리라는 작정을 하고 의자를 끌어당기고 히터를 켜고, 제주산 귤까지 몇 개 접시에 담았다. 아내는 제 방으로 들어가 잠을 청하고 나는 무슨 대단한 일이라도 할 것처럼 바짝 긴장하며 거실의 TV 앞에 앉았다.

영화는 '스테이션 7' 실화를 바탕으로 했단다. 원제는 〈살류트-7〉. 1985년 냉전 시대, 우주를 향한 국가 간 경쟁이 펼쳐지던 시대다. 소련의 전유물인 살류트-7 우주 정거장이 궤도를 이탈하게 되고, 제어할 수 없는 우주선에

도킹을 시도하기 위해 떠나는 블라디미르와 빅토르, 그들에게 인류 역사상 최대의 미션이 주어진다. 우주유영으로 우주 정거장 수리 임무 중 천사를 보았다는 주장을 하다가 환각 증세라는 진단을 받고 우주비행을 금지당한 소련의 베테랑 우주비행사 블라디미르 표도로프는 우주 생활을 청산하고 행복한 가정을 꾸리며 살고 있다.

어느 날 동료 우주 엔지니어이자 친구인 빅토르 사비뉴와 낚시를 나갔다가 빅토르가 소련 우주국의 긴급 호출을 받게 된다. 이를 통해 뭔가 심상치 않은 일이 생겼음을 알게 된 찰나, 예전의 상관이자 소련 유인 우주계획의 지휘관인 발레리 슈빈으로부터 살류트-7 수리 임무의 사령관을 맡아달라는 부탁을 받게 된다. 샬류트-7은 소련의 우주 정거장으로, 원인 불명의 고장으로 인한 통제 불능 상태였다.

때마침 발사되는 미국의 우주왕복선 챌린저호의 임무가 살류트-7을 포획하여 귀환함으로써 소련의 우주 기술을 빼앗는 것이라고 믿는 소련군 수뇌부는 챌린저호의 발사 전에 수리를 하거나, 그러지 못한다면 소련이 30년간 쌓아 올린 우주 관련 기술이 수포로 돌아가는 한이 있어도 살루트-7을 격추하여 소련의 우주 기술이 미국 손에 넘어가는 것을 막는다는 방침을 세운다. 그런데 수리를 위해 소유즈를 파견해도 수동으로 도킹해야 하며 소련의 프로 우주비행사들도 시뮬레이션에서 실패하여 실력으로는 최고인 블라디미르를 찾게 된 것이다. 만삭의 아내를 둔 빅토로와 딸이 있는 블라디미르는 각자 아내의 강력한 반대를 뿌리치고 우주로 향한다.

우주에 나가자마자 도킹이라는 가장 큰 문제에 직면한 블라디미르는 감속하여 도킹 시도하라는 지상관제를 무시하고 어마어마한 속도로 돌진하여 도킹에 성공한다. 도킹한 뒤 진입한 살류트는 난방 시설의 고장과 물탱크 파열이 겹쳐 얼음으로 뒤덮여 있었다. 살류트 내 물기를 모두 제거하고도 고장 원인을 찾지 못하자, 블라디미르가 밖으로 나가 고장 원인을 찾는다. 고장 원인은 태양전지판을 태양에 정렬하는 센서의 케이스가 외부 충격에 의해 변형되어 센서가 감지하지 못하게 막았고, 그래서 태양전지판이 작동하지 못해 전력이 회복되지 않는 것이었다.

이를 해결하기 위해선 센서 케이스를 제거해야 하지만 케이스가 단단하게 결합되어 있어 제거가 사실상 불가능하다고 지상관제 센터에 연락하려는 찰나 제거하지 못한 한 방울의 물이 합선을 일으켜 소유즈가 폭발한다. 폭발로 인해 소유즈의 산소 공급 장치는 작동 불능, 지상관제 센터의 계산법에 따르면 둘 중 한 명만이 귀환할 수 있으며 나머지 한 명은 곧 격추될 살류트와 운명을 같이

해야 한다.

블라디미르는 소유즈 폭발로 화상을 입은 빅토르를 귀환시키고 자신은 살류트와 함께 한 줌의 먼지로 돌아가려 하였으나, 빅토르는 이를 거부하고 힘을 합쳐 센서 케이스를 제거하자고 제안한다. 둔한 우주복을 입고 살류트 외벽에 매달려 죽어라 망치질을 한 끝에 해가 뜬 직후에 다행히 센서 케이스를 제거한 블라디미르와 빅토르, 살류트-7은 원래대로 작동할 수 있게 되고 옆을 지나가던 챌린저호의 우주비행사들은 경례하고, 빅토르가 경례를 받으며 영화는 끝난다.

극장에 가지 않고 집에서 TV를 보는 것이 '예술로 노는 시니어' 계획의 이탈이 아닌가 생각했지만 오히려 잘됐다 싶었다. 집에서도 이렇게 좋은 영화를 볼 수 있다는 것을 체험했기 때문이다. 화면이나 사운드 등 극장에서 보면 실감이 더하겠지만 조금도 후회하고 싶지 않다. 그리고 TV로 영화를 보다가 끝까지 보지 못하고 잠에 곯아떨어졌던 내가 영화를 끝까지 볼 수 있었다는 일에 스스로 대견하다 싶었다. 어떤 일에도 대안이 없는 것은 아니라는 지혜 하나 얻어 챙긴다.

우주유영의 촬영 등 영화 기법으로 어려운 점이 많았을 것이라는 짐작은 가지만 우주에 대해 아는 바가 없으니 깊이 알 도리가 없다. 고장을 수리하는 임무를 성공적으로 수행하여 '휴~' 하고 안도의 숨을 내쉴 수 있었던 것도 멋있었다. 영화에서 감동을 주는 장면은 한 사람만 귀환할 수 있게 되자 블라디미르가 빅토르에게 귀환하고, 자기는 살류트와 운명을 같이하겠다고 하는 것과 빅토르가 "내 딸에게 어떻게 말하냐."며 거부하는 장면이었다. 우주비행사들이 가족을 진심으로 사랑하는 일들이 나를 크게 감동시켰다. 우주 영화, 러시아 영화는 내게 새로운 경험이었다. 영화를 보는 중에 까먹었던 귤 맛 또한 최상이었다.

전환悛換과 전환轉換

공연명: 2024 최댄스컴퍼니,
〈"Largo" 로부터 기억하고, 생각해보는 새로운 전환〉,
공연장: 달서아트센터 청룡홀, 관람일시: 2024. 11. 29. 19:30

그 어떤 공연이든지 공연을 완전히 이해하고 본다고 말할 수는 없지만 그래도 어느 정도는 이해하면서 본다. 그런데 현대 무용은 그마저도 쉽지 않은 장르다. 그러면서도 무용 공연장에 비교적 자주 가는 편인데 횟수를 거듭할수록 조금씩 보이는 게 많아진다는 생각은 든다. 무용 공연을 조금이라도 이해하려면 공연 전에 주관처에서 마련한 팸플릿을 읽는 것이 좋다. 초대의 말이나 공연 내용을 읽고 나서 공연을 보면 훨씬 이해하기가 쉬워지는 것이다.

〈"Largo" 로부터 기억하고, 생각해보는 새로운 전환〉의 초대 메시지는 "혼자인 듯 외롭게 매일을 바쁘게 살아가고 있는, 반복되는 비슷한 일상, 극복할 수 없을 것 같은 어려움, 우리들의 삶을 생각하면서 희망의 메시지를 표현하고자 합니다. Contact를 통해서 서로에게 의지하고, 손잡을 수 있는 만남을, 각각의 솔로들이 모여서 전체의 춤으로, 자연스럽고 편안한 움직임과 극적 이미지를 앙상블 연주와 심포니로 각 장면을 표현하였습니다. 〈"Largo" 로부터 기억하고, 생각해보는 새로운 전환〉에서 여유를 가지고 옆에는 기댈 수 있는 누군가가 있다는 희망을 생각하였으면 합니다." 라고 썼다.

이 초대 말에서 이 공연이 우리 모두가 겪는 현대의 외로운 삶을 함께 극복하며 희망의 메시지를 읽자고 권하는 것이라는 걸 알 수 있다. 예술의 원론적인 의미가 짚인다. 예술은 그 어떤 장르이든지 간에 인간을 위하는 것이어야 하고, 특히 인간을 위로할 수 있어야 하며, 아름다운 삶을 꿈꿀 수 있게 해야 한다. 따라서 이 공연은 예술의 근본 원리에 가닿는다. 이를 기본으로 팸플릿에 나와 있는 내용을 살펴보면 더 가깝게 갈 수 있다.

공연의 내용은 "쉼 없이 움직이고 있는 현재의 세상은 지금도 바쁘게 진행되고 있다. 빠르게 선택해야 하고, 변화되고, 예고 없이 찾아온다. 복잡하고 빠르지만 외로움을 느끼는 순간이 있는 것 같다. 그러함 속에서도 제 위치를 지켜가고 손을 내밀 수 있는 것이 모두의 역할일 것이다. 변화되고 진행되는 세상 속에서 아름다운 음악과 라르고를 생각하며 새로운 전환을 기대해 본다." 고 쓰고 있다.

공연은 이런 내용을 몸짓으로 풀어내는 것이다. 세상을 실감 있게 표현하기 위해 많은 무용수들이 등장한다. 그들의 움직임은 모두 같은 듯하면서 다르고, 다른 듯하면서 또 같다. 서로가 서로에게 손을 내밀어 외로움을 달래려 한다. 손을 내미는 마음이 음악으로 전해진다. 음악은 vn. 오은정, vc. 이동열, pf. 조혜란이 무대에서 연주하는 생음악이라 움직임의 예술인 무용을 더욱 생기 있게 만들었다. 그다음 '라르고Largo', 음악 용어로 악보에서 아주 느리게 연주하라는 말이다. 메트로놈의 박절이 1분에 4분음표 40~69가 되는 빠르기다.

여기까지 오면 이 공연의 내용이 어슴푸레 모습을 드러낸다. 그래서 제목이 이해되는 것이다. 즉 엄청난 속도로 변화하는 세상에서 천천히 아니 아주 느리게 우리의 삶을 돌아보고 무엇을 위해 살아야 하는지 생각해 보자는 의미를 갖는다. '전환悛換' 은 행실이나 태도의 잘못을 뉘우치고 마음을 바르게 고쳐먹는다는 뜻, 전환轉換이라고 쓰면 다른 방향이나 상태로 바뀌거나 바꿈이란 뜻을 가지기도 한다. 그리하여 우리 삶을 바꾸자는 것이다. 변화에 빠져 나를 잊어버려서는 안 되고 천천히 생각하면서 살아야 한다는 교훈을 주기도 한다.

예술 공연에서 꼭 교훈적 의미를 캐내려고 애쓸 필요는 없다. 예술을 통해서 교훈을 얻기보다는 실제로 즐기는 것이 더 중요하기 때문이다. 그냥 보고 즐기는데 교훈적인 무엇인가가 들어있음을 눈치채면 그렇다고 느끼면 된다. 이 공연에서도 천천히 생각하면서 살자는 교훈적 의미를 전해주고 있지만, 그것이 목적 자체는 아니다. 몸짓과 음악을 통해서 우리가 천천히 가야 하는 이유를 생각해 보게 한다는 데 초점을 맞추는 것이 옳은 감상이 될 것이다.

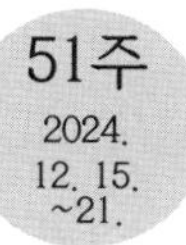

다시 묻는, 시란 무엇인가?

박진임 평론집 『시로부터의 초대』, 문학수첩, 2023.

박진임 평론집 『시로부터의 초대』는 이론비평과 실천비평을 함께 실은 평론집이다. 이론비평은 난해하고, 실천비평은 따분할 수도 있는데, 그런 점을 예상했는지 실제 시 비평에 원용할 이론을 먼저 제시하고, 실천비평을 읽을 수 있도록 구성했다. 14개의 항목에서 첫째 장과 둘째 장에 '시란 무엇인가?' 와 '시의 이해와 감상' 이라는 이론비평 성격의 해설이 있다. 실천 편에서는 '실존과 고독의 시' 를 비롯하여 '기발한 상상력의 시' 에 이르기까지 시의 주제별 항목으로 작품을 평하고 있다.

시적 주제를 중심으로 장을 나누면서 먼저 주제와 관련된 이론을 살피고 작품을 살폈다. 예를 들면 '실존과 고독의 시' 를 해설하기 전에 실존과 고독에 대한 철학적 이론을 살피고, 에밀리 디킨슨, T. S. 엘리엇, 김수영, 박명숙, 정수자, 샤를 보들레르의 작품을 평했다. '여성주체의 시' 에서는 여성을 주제로 삼은 텍스트, 여성이 시적 주체가 되는 양상에 대한 이론을 살피고, 에밀리 디킨슨, 한분순, 정수자, 류미야, 손영희, 한분옥, 김선화의 시를 살핀 것이다. 이런 구성은 시의 주제에 따른 이론을 제대로 인식하게 하는 구성이었다.

이런 점을 비롯하여 시의 이해와 감상 그리고 창작에 이르기까지 그 깊이를 더하게 하는 세 가지의 끌림이 있었다. 첫 번째, 평론집의 제목이 평범하지 않다는 것이다. 평론집 같지 않은 제목이라 주목되었다. 평론은, 평론가가 시를 읽고 쓰는 글이다. 그런데 이 평론집의 제목은 시로부터 평론가가 초대를 받는다. 매우 인상적이지 않은가? 평론가가 읽는 시와, 평론가를 초대하는 시의 차이는 무엇일까? 평론을 쓰기 위해서 읽는 시와, 시를 읽으면 바로 그 작품에 대한 평론을 쓰고 싶은 시로 분류될 수 있지 않을까.

그뿐만 아니라 '시로부터의 초대' 라는 서정적인 이 제목엔 평론가의 자존감과 열정(능동성)이 넘쳐흐른다. 시에 관한 평론이 작품을 제대로 평가해 주는 일이라면 찾아가는 것이 아니라 초대받아야 하는 것이 마땅할 것 같다. 우리의 일상생활에서 찾아가는 것과 초대받는 것만큼의 차이가 있는 것이 아닐까 싶다. 시 평론집에 참 걸

맞은 제목이다. 또 다르게, 평론가의 진심은 이 평론집에서 언급하는 시들이 평론가를 초대했다는 의미가 되어 언급된 작품에 경의를 표하는 것으로 해석할 수도 있겠다.

두 번째 끌림은, 이론의 출처를 분명히 하고 있다는 것이다. 시 이론가들의 시 이론 전체가 아니지만 비평에 인용할 핵심적인 문장을 원어로 제시하고 있다. 예를 들어 "Lyric is the genre of private life: it is what we say to ourselves when we are alone. There may be an addressee in lyric(god, of a beloved), but the addressee is always absent."(16쪽)라는 헬렌 벤들러Helen Vendler의 이론을 원어로 밝혔다. 이런 기술은 이론에 대한 신뢰를 갖게 한다.

이 원문을 더듬거리며 읽고, 이어지는 번역문 "서정시는 사적인 삶의 장르이다. 서정시는 우리가 혼자 있을 때 우리 자신에게 이르는 말이다. 서정시에도 신이나 사랑하는 사람같이 발화의 대상이 존재할 수는 있다. 그러나 그 대상은 언제나 부재중인 그런 대상이다."(17쪽)를 읽으면 서정시에 대해 더욱 분명하게 이해하고, 기억될 것 같기도 한 것이다. 이런 글쓰기가 딱딱함에 치우치기 쉬운 평론을 흥미롭게 읽을 수 있게 하는 장치가 되기도 했다.

세 번째 끌림은 시조를 보는 인식에 있다. 박진임은 시조를 넓은 의미의 시로 대하고 있으며 시 속에서 시조를 해석하고 있다는 것이다. 시조는 분명 자유시, 정형시, 산문시라고 하는 형태적 분류 속의 하위 분류이고, 우리 민족의 정형시가 시조다. 따라서 당연히 시로 보아야 하고 시로 읽어야 한다. 시조를 시조의 영토 안에서만 읽는 것이 시조를 위해 옳고 좋은 일일까? 나는 아니라고 본다. 시조는 시조로만 존재하는 것이 아니라 시로 존재해야 한다. 시 속의 시조고, 세계 정형시 중의 하나가 시조다.

실제로 박명숙의 「찔레꽃 수제비」 평에서 "이 시는 시조 형식을 취하면서도 시구의 배열에 있어서는 자유시의 배열양식을 따르고 있다."(400쪽)에서 평론가 박진임이 시조를 시의 관점에서 살피고 있다는 사실을 보여준다. 시조를 이렇게 봐야 한다고 생각한다. 이 평론집에 시조의 형식에 대한 언급은 많지 않다. 시조를 시의 형태적 분류라는 큰 틀에서 읽기 때문이다. 시조는 시여야 하며, 그래서 문학이고, 그래서 예술이 되어야 한다. 이 책 '여행하는 텍스트' 의 상호텍스트성에서 그 점을 유추할 수 있다.

그 밖에 '기발한 상상력의 시' 항목에서 나의 시 「바람」, 「중장을 쓰지 못한 시조, 반도는」, 「홑」 몇 편을 다루었는데, 「바람」은 "내용과 형식에서 새로움을 추구한다.”, 「중장을 쓰지 못한 시조, 반도는」은 “시 창작에 있어서 내용만이 아니라 형식도 시인이 지닌 기발한 상상력의 매체가 될 수 있음을 잘 보여주는 셈이다.”(557쪽)라고 평했다. 그리고 「홑」은 “새로운 시도를 보여주는 시인”이라고 언급했는데, 시작 의도를 꿰뚫어 보고 있었다.

따라서 이 평론집을 통하여 시를 감상하고 이해하는 수준이 분명히 더 깊어지고, 창작의 방향을 암시받을 수 있었다. 서문에서 언급한 “시에 있어서 시적 언어가 지닌 고유의 결은 참으로 값진 것이다.”라는 주장에 적극 동의하며, 이 명제는 내 시작에 크게 반영될 것이다. 한 가지 아쉬운 점이 있었다면, ‘시란 무엇인가?’에서 다른 이론가들의 정의가 아니라 평론가 박진임의 정의가 있었으면 하는 것이었다. 물론 거론한 정의들에 동의하는 것으로 짐작할 수는 있지만 “매우 유용하다는 결론”(24쪽)에 이어 ‘시란 무엇인가?’에 대한 평론가 박진임의 목소리가 듣고 싶었다.

12월의 다른 책, 한 문장

1. 오 헨리, 김희용 옮김, 『오 헨리 단편선』, 민음사, 2024(1판 14쇄).

“저는 오로지 이번 휴가를 위해 꼬박 일 년 동안 제 주급에서 따로 돈을 모았답니다. 저는 더도 말고 딱 일주일만 귀부인처럼 지내보고 싶었어요. 날마다 아침 7시에 마지못해 기어 일어나는 대신 일어나고 싶을 때 일어나 보고 싶었습니다. 부자들이 그러는 것처럼 최고의 음식을 먹으면서 식사 시중을 받고, 필요한 게 있으면 벨을 눌러보고 싶었어요. 자, 이제 다 해 봤네요. 제 평생 바랐던 가장 행복한 시간을 보냈어요. 이제 저는 흡족한 마음으로 직장과 비좁은 싸구려 셋방으로 돌아가 일 년을 보낼 거랍니다. 당신께 이 이야기를 하고 싶었어요.”(26쪽)

2. 체 게바라 시집, 이산하 엮음, 『먼 저편』, 문화산책, 2002.

“오늘,/ 드디어,/ 목욕을 했다/ 6개월 만에 처음이었으니, 오늘의 중요한 행사였다.// 이 기록은 /네가 세운 것이지만/ 그 기록을/ 깰 만한 대원들도 더러 있다./ 기록은 깨는 것이다.”(94쪽, 「목욕」)

3. 한강, 『희랍어 시간』, 문학동네, 2024(1판 34쇄).

"그중 그녀가 가장 아꼈던 것은 '숲' 이었다. 옛날의 탑을 닮은 조형적인 글자였다. ㅍ은 기단, ㅜ는 탑신, ㅅ은 탑의 상단 , ㅅ-ㅜ-ㅍ이라고 발음할 때 먼저 입술이 오므라들고, 그다음으로 바람이 천천히, 조심스럽게 새어나오는 느낌을 그녀는 좋아했다."(14쪽)

"희랍어 '수난을 겪다' 는 뜻의 동사와 '배워 깨닫다' 는 뜻의 동사입니다. 거의 흡사하지요. 그러니까 지금 이 부분에서, 소크라테스는 일종의 언어유희로 두 가지 행위가 비슷하다고 말하고 있는 것입니다."(85쪽)

"고등학교 이학년이 되던 이른 봄, 그녀는 '상형문자' 라는 제목으로 몇 편의 시를 쓴 적이 있다. 수수한 유머가 배어나오기를 바라며 그녀는 썼다. 알파벳 소문자 a는 머리와 어깨를 앞으로 수그린 고단한 사람, 한자 光은 땅 아래로 뿌리를 뻗어가며, 땅 위로는 빛을 향해 피어오르는 관목, 우우우, 외치는 소리는 창틀 위에 나란히 맺힌 물방울들이 일제히 굴러떨어지는 형태, 속눈썹 아래로 번지다 흐르는 눈물들의 움직임, 누구에게도 보이지 못한 밝고 조용하고 순진한 시들이었다."(164쪽)

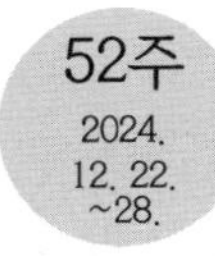

도전의 아름다움

전시명: 2024 송년기획전 '향연' 〈동행이인〉 김일환, 이준일전,
전시기간 : 2024. 12. 3.~12. 29.,
전시장: 수성아트피아 전시실 전관, 관람일시: 2024. 12. 10. 18:00

수성아트피아 2024 송년기획전 '향연' 〈동행이인〉전에 초대되었다. 김종배, 권영길, 이성철의 〈蘭 土 木〉의 어울림, 김일환, 이준일의 〈동행이인〉, 최복호의 〈회화의 평면성과 장식성〉 시리즈 전시 중, 〈동행이인〉전에 시인으로 참가하게 되었다. 전시장 관객으로 초대된 것이 아니라 오프닝 행사에서 시 낭송자로 참여하게 되었다.

〈동행이인〉전의 오프닝은 시 낭송으로 시작되었다. "안녕하십니까? 문무학입니다. 수성아트피아 2024 송년기획전 '향연' 은, 전시명이 참으로 시의적절합니다. 인류사의 명저인 플라톤의 『향연』은 여러 사람들이 사랑에 관한 소견을 발표하는 사랑이라는 말의 잔치였습니다. 그 자리에서 디오티마는 '아름다운 몸들에서, 아름다운 활동으로, 아름다운 활동에서 아름다운 지식으로' 라고 말합니다. 아름다운 활동으로 아름다운 지식을 창조하는 김일환 이준일 화백의 '향연' 초대를 축하드리며 졸시 한 편을 바칩니다.

살아가며 꼭 한 번은 만나고 싶은 사람
우연히 정말 우연히 만날 수 있다면
가을날 우체국 근처 그쯤이면 좋겠다.
(이하 생략)

감사합니다."라고 시낭송을 끝냈다. 이어 축사, 작가의 말을 듣고 개막식은 깔끔하게 끝났다. 준비된 다과를 먹는데 또 건배를 부탁해서 건배사까지 하게 되었다.

〈동행이인〉전은 1970년대에 작품 활동을 시작한 노령의 두 분 화백이 최근 들어 바꾼 작품이 전시되었다. 위 문장에서 '노령'과 '바꾼'이라는 단어가 부각되면서 관심을 증폭시킨다. '바꾼다'는 것은 어쩐지 노령과 잘 어울리지 않는 말인 것 같은데, 아마 그런 선입견까지 바꾸라는 의미로 해석해야 옳으리라. 그리고 바꾸는 것에서 끝내는 것이 아니라 "우리의 일상 속에서 예술이 어떻게 존재하는지를 탐구"한 것이라고 하니 그야말로 관심이 두 배다.

미술 평론가 김영동은 "이준일 작가는 속도감 넘치는

힘찬 필치로 누드 장르에서 인체의 생기를 포착해 내는 드로잉을 기본으로 보여주던 것에서 이번 전시에서는 그것을 나무판 위에 적용한 다음 직소(Jicsaw)기를 사용한 톱질로 윤곽을 따낸다. 다음은 나무상자 형태로 조립한 사각의 틀에 투공을 내며 드로잉 조각을 덧붙여 구성한다. 필획의 평면 누드 선묘는 목재 위에서 검은 채색과 함께 입체적인 설치물로 공간 속에서 구축된다." 고 했다.

김일환 작가는 "캔버스 위에 하던 유화 작업을 나무나 천 같은 거친 바탕으로 옮겨오면서 새로운 함의를 띠게 되고 상징적인 이미지들로 해석하게 만든다. 채색된 천들과 종이들에 텍스트로 의미가 풍부해진 오브제로 장식된 설치 작업을 주로 선보이며 새로운 형식에 도전한다." 고 했다.

따라서 두 화백의 도전이 전시 환경과 패턴을 확 바꾸게 했고, 새로운 작품을 만날 수 있게 했다. 전시된 작품에 대한 해석은 이 설명으로 충분할 것 같다. 그러나 달라도 너무 달라진, 바꿔도 너무나 바꾼 작업이라 조금은 당황스러웠다. 노화백들이 캔버스를 버리고, 붓 대신 톱과 망치를 드는 것부터 보통의 결기가 아니다. 그런 결기로 뭉쳐진 설치미술이 노화백의 예술적 외침을 고스란히 끌어안고 있다. 화가가 평생 해오던 작업의 방향을 바꾸어 보는 것은 용기가 없으면 할 수 없는 일이다. 그런 용기에 박수를 보낸다.

전시장을 돌아 나오며 생각한다. 나의 문학도 저렇게 변신할 수 없을까? 나와 비슷한 연령대의 두 화백은 저리도 과감한 변신을 시도하는데 나는 무얼 하고 있는가? 바꾸는 것이 무조건 좋은 것도 아니고 능사가 아니란 것쯤이야 모를 나이도 아니지만, 바꾸어 보려는 생각도 하지 않는 것은 분명 예술인으로서의 직무를 유기하는 것이다. 미술보다는 문학이 방향 바꾸기가 더 쉬울 것인데 바꿀 엄두도 내지 못하는 나를 점검해 봐야겠다. 예술은 바뀌어야 생명력을 가지는 것이다.

예술의 '향연'을 꿈꾼 수성아트피아의 송년기획전이 노화백들의 변신을 보여주면서 다른 분야의 예술인들에게도 선한 영향을 미칠 수 있다는 점에서 성공한 기획이라 할 만하다. 시각 예술과 문학은 상호 텍스트성이 있다. 한국의 예술, 문학에서 한강의 노벨문학상 수상으로 대한민국의 품격을 한껏 끌어올렸는데, 아! 그 몹쓸 정치는 국격을 얼마나 떨어뜨려 버렸는지 참으로 가슴 아픈 연말이다. 우리 정치는 그 언제 국민이 나라 걱정 안 하게 할는지, 거기다 무안 공항의 항공기 사고까지, 참 우울한 연말이다. 이럴 때 예술은 무엇을 해야 하는가!

2024년

해적이

2024/01

01 : 《한국수필》 2024년 1월 호 '이달의 시' 「겨울밤의 몰다우」 발표

07 : 결혼 45주년 기념 신혼여행지 돌아보기, 포항 거쳐 울진 성유굴, 백암온천

10 : 영화 〈노량〉 관람

12 : 대구시향 2024 신년음악회 관람(콘서트하우스)

13 : 청도문학상 시상식 참석(심사위원, 청도 신화랑풍류마을)

15 : 책으로 노는 사람들 제84회 독서토론, 어니스트 헤밍웨이 『무기여 잘 있거라』

20 : 《시조문학》 작품 신작 1편 송부(「오독사전 6. 는실난실」)

25 : 〈대구신문〉 신춘 디카시 시상식 참가(심사위원)

26 : 아양아트센터 신년음악회(바리톤 고성현, 테너 하석배, 장사익)

30 : 《시조21》 원고 송부(「명품 실수」, 「싫은 새것」)

31 : 전시 〈모네에서 앤디워홀까지〉 관람(경주 문화의 전당 알천미술관)

2024/02

01 : 『책으로 노는 시니어』 출간

0214 〈경북도민일보〉 문무학 시인 『책으로 노는 시니어』 발

간(김희동 기자)

0215 〈대구신문〉 책 읽고 서평 쓰니 일상에 생기가 돌았다 (석지윤 기자)

0216 〈매일신문〉 [책 CHECK] 책으로 노는 시니어(이연정 기자)

0223 〈영남일보〉 "일흔 넘겨보니 책과 노는 것이 남는 것이더라" (백승운 기자)

02 : 장식환 유고집 『배 한 척 달빛 한 섬』 작품 해설, 탈고 및 발간 준비

06 : 전시 〈동요의 귀환〉 -아동문학가 윤복진 기증 유물 특별전- 관람(대구근대역사관 2층)

07 : 《시조문학》 통합 축시 송부(「경칩과 시조」)

08 : 영화 〈건국 전쟁〉 관람

16 : 공연 〈프로코피예프 극적인 사랑〉 -대구시립교향악단 제502회 정기연주회- 관람

17 : 《시조시학》 2024 봄 호 원고 송부(「오독사전 7. 다짜고짜」)

18 : 한글학회 《한글새소식》 원고 송부(「움직씨 "짓다"에 대하여」)

《문장》 『근원수필』 서평 송부(「예술의 적 -속기俗氣」)

19 : 책으로 노는 사람들 제85회 독서토론, 윌리엄 셰익스피어 『베니스의 상인』

21 : 전시 〈렘브란트, 17세기의 사진가〉 관람(대구미술관)

윤동주 문학상 수상자 우수 선집 추가 원고 송부(「인생의 주소」)

22 : 대구MBC TV, 『책으로 노는 시니어』 신간 소개 녹화

29 : 장식환 유고집 『배 한 척 달빛 한 섬』 발송 작업

2024/03

01 : 《대구문화》 『책으로 노는 시니어』 신간 소개
《문장》 68호(2024 봄) 『근원수필』 서평 발표(「예술의 적 - 俗氣」)
영화 〈추락의 해부〉 관람

05 : 《한글새소식》 619호(2024. 3.) 「움직씨 '짓다'에 대하여」 게재

08 : 공연 〈Happy Birthday, Chopin〉-쇼팽 탄생 214주년 기념 앙상블 노바팔라 정기 연주회- 관람(달서아트센터)
〈한라일보〉 [책세상] "책에서 찾는 꿈" 문무학의 '책으로 노는 시니어' (오은지 기자)

14 : 《수필세계》 창간 20주년 축사 원고 송부

15 : 학이사독서아카데미 9기 서평집 『步로써 保하다』 표사 송부
전시 〈參nom展, 처염히 물들다〉 - 윤성도, 최복호, 이춘호- 관람(대덕문화전당)

27 : 아양아트센터 기획 팔공산예술인회 초대전 시화 출품(「산아 산아 팔공산아」 문무학 시, 자혜 강국련 서)

29 : 연극 〈고도를 기다리며〉 관람(신구, 박근형, 박정자, 김학철, 김리안 출연, 아양아트센터)

30 : 한국문인협회 시조분과 사화집 작품 송부(「행복과 항복」)

2024/04

01 : 〈더스쿠프〉 '한주를 여는 시' 작품 「왜가리」 재수록
이승하 교수 해설 「갈 수 없어 머물고 머물 수 없어 간다」 게재

03 : 제28회 참꽃 축제 시화전 원고 송부(「비슬산에 참꽃 피면」)

07 : 공연 〈막심 벤게로프 바이올린 리사이틀〉 관람(콘서트하우스)

08 : 《시조문학》 2024 여름 호 '시조 한 수 읊읍시다' 인터뷰 원고 송부

10 : 《가히》 2024 여름 호 신작 원고 송부(「오독사전 15. 무시무시」)
《불교와 문학》 91호 원고 2편 송부(「후진」, 「선거철」)

11 : 대구 이육사기념사업회 고문 위촉 수락

22 : 영화 〈남은 인생〉 관람
윤일현 시인과 함께하는 토크 콘서트 진행 회의(김보미, 강동은)

23 : 2024년 세계 책의 날 기념 북 토크 '책으로 노는 사람 문무학 작가' (서부도서관 향토문학전시관)
주제: 책에서 꿈과 길을 찾다
부대 행사: 문무학 저서 전시/ 『책으로 노는 시니어』 서평 책 52권 북큐레이션
52권 중 5권 선정: 월 1회 독서토론회(『노인과 바다』, 『대성당』, 『유배지에서 보낸 편지』, 『아버지의 해방 일지』, 『아침 그리고 저녁』)

24 : 경주 푸른 독서회 초청 강연, 『책으로 노는 시니어』(보문초밥)

25 : 대구문협 합동 출판 기념회 '문학, 꽃길을 가다' 『책으로 노는 시니어』 서문 일부 낭독(대구문화예술회관 비슬홀)
공연 〈드보르자크 인 아메리카〉 - 대구시향 제504회 정기연주회 - 드보르자크 서거 120주년 기념 시리즈 Ⅰ. 관람(대구문화예술회관)
26 : 공연 〈세기의 낭만〉 - 대구시향 제505회 정기연주회 - 드보르자크 서거 120주년 기념 시리즈 II. 관람(콘서트하우스)
27 : 윤일현 시인과 함께하는 토크 콘서트 '가족, 삶과 죽음' 참여(상화기념관 이장가문학관)
30 : 백수문학상 운영위원회 자문위원 위촉 수락

2024/05

08 : 《가히》 2024 여름 호 「오독사전 15. 무시무시」 발표
16 : 전시 〈붓, 노를 삼다〉 - 수성아트피아 기획전 II - 초대작가 류영희, 류재학전 '작가를 만나다' 참석
17 : 하이브리드 파티 '백화만발' 백화제방토크 '시인 문무학의 시 쓰며 노는 이야기' (월성38)
20 : 《좋은 시조》 여름 호 2편 송부(「봄날의 의자」, 「봄산」)
22 : 한국출판산업진흥원 2024년 제1차 전자책 지원 사업 두 권 선정(『뜻밖의 낱말』, 뜻밖에, 2023, 『책으로 노는 시니어』, 뜻밖에, 2024)
23 : 작가와의 만남 '우리말로 본 시조 이야기' (중앙대로 402

'혁신공간' 바람 2층, 이육사기념사업사업회 주관, 후원 대구광역시, 대구문화예술진흥원)

24 : 전시 문상직 초대전 관람(DGB 갤러리)

25 : 34회 대구무용제(대구문화예술회관 팔공홀)

초청공연 정효민 〈태평무 강선영류〉, 엄선민 소울무용단 〈장고춤 배정혜류〉

경연작 척프로젝트 〈교집합-스치듯 물들여지는 모든 것들에 대한〉, M. F. L 〈다이빙-저마다 생각의 방으로 뛰어들곤 한다〉

26 : 영화 〈혹성 탈출-새로운 미래〉 관람

27 : 백수문학제 운영위원회 위촉장 받음, 제1차 회의 참석(김천시청)

2024/06

01 : 《불교와 문학》, 2024 여름 호 시조 2편 발표(「후진」, 「선거철」)

《시조문학》 '시조 한 수 읊읍시다' 「문·무 겸비한 학 같은 전방위 시조시인 문무학」(152~164쪽) 게재

《대구예술》 2024 여름 181호 『책으로 노는 시니어』 신간 소개

14 : 공연 〈나의 음악, 나의 조국〉-대구시향 506회 정기 연주회 관람

15 : 《좋은시조》 여름 호 「봄날의 의자」, 「봄산」 게재

'권영오의 진짜 좋은 시조' 에 「우체국을 지나며」 소개

18 : 전시 〈도법자연〉 - 민병도 - 관람(수성아트피아)

27 : 김천백수문학제 운영위원회(김천예술인회관)

28 : 〈대구일보〉 '문향만리' 신상조 「찝찝한 예감」, 『책으로 노는 시니어』 소개

30 : 《시조미학》 가을 호 원고 송부(「오독사전 8. 덕지덕지」)

최치원문학관 강의 자료 송부(보부상의 삶 - 김주영의 『객주』를 중심으로)

2024/07

03 : 한국시조시인협회 창립 60주년 기념 특강 원고 송부

구작 3편(「바다」, 「우체국을 지나며」, 「인생의 주소」)

공연 〈미싱 링크〉 - 제18회 DIMF 공식 초청작 - 관람(대구문화예술회관 대극장)

05 : 범물노인복지관 개관 10주년 기념 시 낭송 대회 심사위원장(윤일현, 이정도)

08 : 2024 구미예술창작지원사업 문학 분야 심사위원장(구미문화재단)

12 : 공연 〈브라질에서 온 클래식〉 - 대구시향 제507회 정기연주회 - 관람

15 : 《서정과 현실》 하반기 호 원고 2편 송부(「오독사전 9. 뒤죽박죽」, 「혜엄」)

20 : 《공정한 시인의 사회》 원고 송부(신작 3, 대표작 2)
《정형시학》 가을 호 '나의 시학 그리고…' 사진 10장, 동영상
《국제시조》 단수 송부(「느릿느릿」)
공연 〈정서적 교감〉-제9회 정혜진 클라리넷 독주회-관람(대구콘서트하우스 챔버홀)

21 : 한국시조시인협회 창립 60주년, 시조의 날 기념 특강(서울 조계사 전통문화예술공연장)
한국시조시인협회 '보낸 60년 맞을 600년'

24 : 전시 〈2024 수묵의 확장, 동아시아 실크로드〉 관람(대구문화예술회관 1~5전시실)

30 : 《대구문학》 권두언 원고 송부(「에이지즘과 시니어문학」)

31 : 《죽순》 원고 송부(「들랑날랑 오독하기」)
〈서울경제〉 반칠환 시인 '시로 여는 수요일' 「절경」 소개

2024/08

02 : 김종연, 부산대학교 대학원 석사학위 논문 「문무학 시조의 놀이성 연구」 받음

12 : 사진 촬영(사진작가 이영기 스튜디오)

16 : 공연 국립극단 〈햄릿〉 관람(수성아트피아 대극장)

19 : 책으로 노는 사람들 제91회 독서토론, 안토니오 스카르메타 『네루다의 우편배달부』

21 : 백수문학제 운영위원회 참석

24~25 : 대구시조시인협회 학술세미나 참석
정미숙, 현대시조의 관계론적 지평 6. 문무학: 그리움과 사랑을 묻고, 잇다
26~31 : 대구문인협회 제33회 글과 그림전 〈인생의 주소〉(대구 아트웨이 오픈갤러리)
30 : 《개화》 33집 작품 2편(「말과 삶」, 「디지털 디바이드」), 이병주문학관 강의 원고 송부
31 : 《달성문학》 수필 원고 송부 「비슬산 참꽃 군락지에서」

2024/09

01 : 월간 웹진 《공정한시인의사회》 2024년 9월 호(Vol. 108) 이달의 시인
신작시: 「미싱 링크」, 「오독사전 14. 모름지기」, 「연령주의」
자선시: 「낱말 새로 읽기 13. 바다」, 「우체국을 지나며」
시인론: 박진임 「문학적 전복의 표현: 전통을 지키고 재건하는 문무학 시인」
《정형시학》 '나의 시학 그리고…' 「안절부절의 시학 - 낱말 공략 12진법」(61~64쪽)
03 : 전시 〈여세동보(與世同寶): 세상 함께 보배 삼아〉 - 간송미술관 개관전 - 관람
04 : 백수문학제 운영위원회 참석(김천예총)
05 : 김미정, 조명선 시인과 함께하는 토크 콘서트 '가을이 오는

소리 가곡으로 듣다' 대담

10 : 《국제시조》 거리시화전 원고 송부(「절경」)

11 : 공연 대구국제무용제 관람(대구문화예술회관 팔공홀)

12 : 학이사독서아카데미 '독하게 독하다' 강의

20 : 경남 하동 이병주문학관 초청 강연 '짧은 시의 매운맛'

《대구문학》 원고 송부(「막무가내」)

23 : 책으로 노는 사람들 제92회 독서토론, 펄 벅 『살아있는 갈대』

27 : 달성도서관 디카시 본심(달성군립도서관)

30 : 2024 이호우·이영도 시조문학상 심사(상락식당)

《대구시조》 연간집 원고 송부, 시조문학사 좋은시조집상

수상작 「왜가리」, 올해의 발표작 「오독사전 14. 무시무시」

신작 「오독사전 서시」, 「망설망설」

제14회 《백수문학제 기념문집》 원고 송부(「미싱 링크」)

《가람시학》 원고 송부(「어처구니를 풀다」)

《고령문학》 원고 송부(「오독사전 13. 덕지덕지」)

2024/10

01 : 《에세이스트》 수필 원고 송부(「디지털 디바이드」)

03 : 도동시비문학상 심사(당선 이유환 「빈산」, 도동시비동산)

04 : 최치원문학관 강연 '보부상의 삶- 김주영 『객주』를 중심으로'

05 : 《시와반시》 호수서가 개관 기념식 참가, 축사

10 : 백수문학상 운영위원회 참석(황악예술촌)

15 : 이상화기념사업회 《상화》 4집 원고 송부(「은퇴 이후」)

16 : 전시 〈지금 우리는〉 - 문상직 초대전 - 개막식 참가(아양아트센터)

18 : 第172회 《월간문학》 신인작품장 심사

(엄정권 「북위 90도」, 고관희 「막노동 일지」 뽑음)

공연 〈264, 그 한 개의 별〉-제21회 대구국제오페라축제- 관람(오페라하우스)

20 : 《월간문학》 신인작품상 심사평 송부(「신선한 제목과 종장의 힘」)

《계간문예》 원고 2편 송부(「빗꾸러미」, 「동지섣달」)

《시조문학》 작품론 송부(이정자 작품론 「뿌리의 빛을 비추는 신념의 시조」)

《시와반시》 나의 대표작 10편과 시론 「비정형의 정형」 송부

《대구문학》 대구 알리기 작품 송부(「산과 절」)

《의성문학》 원고 송부(「가을이 깊어지면」)

21 : 책으로 노는 사람들 제93회 독서토론, 레프 톨스토이 『이반 일리치의 죽음』

24 : 학이사독서아카데미 '평으로 평하다' 강의

25 : 청도 국제시조대회 참석

이승하 특별 강연 '시조 혁신의 실상에 대한 고찰' 「역주행」과 「왜가리」 거론

2024 이호우·이영도 시조문학상 시상식에서 축사

26 : 도동문학제, 시비문학상 심사평

들풀시조문학관 개관식 참가 축사

27 : 제11회 〈경북일보〉 청송객주문학대전 시 부문 심사
30 : 《시조21》 원고 5편 송부(「물음표 낌새 1~5」)
방송대 《반월》 40호 발간 축시 송부(「마흔 번째 꽃송이」)

2024/11

05 : 《나래시조》 겨울 호 원고 송부(「오독사전 16. 반짝반짝」)
10 : 《달성문학》 2024 제16집 수필 발표(「비슬산 참꽃 군락지에서」)
《죽순》 2024 제58호 「들랑날랑 오독하기」 발표
13 : 백수문학제 운영위원회 참석(김천 예총)
14 : 2024 대구문학상, 대구의 작가상, 올해의 좋은 작품상 심사(위원장)
15 : 제11회 청송객주문학대전 시상식 심사위원(청송객주문학관)
《에세이스트》 2024 11-12월(118호) 「디지털 디바이드」 발표
16 : 백수문학제 참가(청송에서 김천으로)
18 : 책으로 노는 사람들 제94회 독서토론, 한강 동화 『내 이름은 태양꽃』 서평
'보부상의 삶-객주를 중심으로' 논문 김주영 선생에게 보냄
20 : 대구문학관 개관 10주년 기념식 참가 축사
21 : 학이사독서아카데미 '몽을 몽하다' 강의
22 : 색동회 원고 송부(한강 동화 『내 이름은 태양꽃』 서평)
《죽순문학》 발간 및 이윤수문학상 시상식 참가 축사

24 : 2024년 사회윤리강연회 '물음표를 찍어라' (비영리민간단체 나시민, 한백통일재단대구광역시본부 주최, 웨스트시티타워 801호)

25 : 대구문학상, 대구의 작가상, 올해의 좋은 작품상 심사평 송부
《고령문학》 2024년 제28집 「오독사전 8.」 발표

28 : 학이사독서아카데미 '종으로 종하다' 강의 및 10기 수료식

30 : 『윤동주문학상 수상 작가 우수문학 선집』(월간문학출판부) 「바다」, 「인생의 주소」 수록
백애송 평론집 『마음과 마음이 주고받는 말』(걷는 사람, 2024), 「전통과 현대성으로 풀어낸 삶의 철학 - 문무학론」 수록

2024/12

01 : 《시조21》 2024 겨울 호(71호) 신작 특집 「물음표 낌새 1~5」 5편 발표
《시와반시》 2024 겨울 호(130호) 나의 대표시 10편과 비정형의 정형 시작 노트 발표
「오독사전 15. 무시무시」, 「역주행」, 「밭」, 「한글 자모 시로 읽기 23. 홀소리 ㅡ」, 「대」, 「탑」, 「중장을 쓰지 못한 시조, 반도는」, 「홍수」, 「달과 늪 - 우포에서」, 「지평선」
《월간문학》 2024 12월 호 제172회 신인작품상 심사평 발표
《시조문학》 2024 겨울 통권 233호 이정자론 「뿌리를 비추는

신념의 시조」 발표

《국제시조》 2024 통권 8호 「느릿느릿」 일역 게재

02 : 최화수 시조집 『은발의 예지랑날』 작품 해설 「시조에 붙잡힌 사랑, 사랑에 붙잡힌 시조」 원고 송부

05 : 《상화》 제4집 「은퇴 이후」 발표

06 : 제7차 백수문학제 운영위원회 참석

07 : 영화 〈STATION 7〉 감상(EBS 주말의 명화)

10 : 전시 〈김일환, 이준일 초대전〉 개막전 시 낭송(「우체국을 지나며」, 수성아트피아 전시실)

《의성문학》 2024 제38집 '의성문학으로의 초대' 「가을이 깊어지면」 발표

15 : 한국문인협회 시조분과 『시조, 우리 말과 글의 꽃씨 되어』에 「행복과 항복」 수록

《계간문예》 2024년 겨울 호(제78호) 「빗꾸러미」, 「동지섣달」 발표

16 : 책으로 노는 사람들 제95회 독서토론, 오 헨리 『오 헨리 단편선』

20 : 2024 대구문학제 대구문학상 등 심사평(심사위원장)

21 : 일본 구마모토(11:55~13:25) 玉名溫泉, 18:00 AZ 호텔, 이현옥 교수 댁

22 : 肥後 산바레 컨트리, 석식, 天重, KKR 호텔

23 : 아소 오즈 컨트리, 석식, 돈까스 전문점, KKR 호텔

24 : 구마모토 성, 구마모토 현립미술관 관람 후 雄本市 (전) 市議員(7선) 鬼海洋一, 대담

구마모토 출발(14:30~15:55) 부산 김해~대구

2024 대구 알리기 문학 작품 모음 『갓바우 부처가 빙그리 웃으미』 「산과 절」 발표

26 : 제2회 〈대구신문〉 디카시 본심

27 : 대구문인협회 2024 대구문학제 심사 총평 「회원이 회원을 격려하는 상」(12~13쪽)

올해의 작품상(시조) 심사평 「신선한 제목 따뜻한 상상력」(45~146쪽)

예술로 노는 시니어

지은이 | 문무학

초판 발행 | 2025년 2월 1일

펴낸이 | 신우철
펴낸곳 | 뜻밖에
출판등록 | 제25100-2021-000005

대구광역시 달서구 문화회관11안길 22-1(2층)
전화_(053) 522-0700　팩시밀리_(053) 554-3433
전자우편_book0700@naver.com

ISBN_979-11-983681-9-5　03810